Qiu Huadong
Collection

邱华栋文集

中短篇小说

十一种想象

邱华栋 著

江苏凤凰文艺出版社
JIANGSU PHOENIX LITERATURE AND
ART PUBLISHING, LTD

图书在版编目（CIP）数据

十一种想象 / 邱华栋著 . -- 南京 : 江苏凤凰文艺出版社 , 2018.6

（邱华栋文集）

ISBN 978-7-5594-0527-2

Ⅰ . ①十… Ⅱ . ①邱… Ⅲ . ①短篇小说 – 小说集 – 中国 – 当代②中篇小说 – 小说集 – 中国 – 当代 Ⅳ . ① I247.7

中国版本图书馆 CIP 数据核字 (2017) 第 126250 号

书　　名	十一种想象
著　　者	邱华栋
责任编辑	黄孝阳　王　青
出版发行	江苏凤凰文艺出版社
出版社地址	南京市中央路 165 号，邮编：210009
出版社网址	http://www.jswenyi.com
印　　刷	三河市人民印务有限公司
开　　本	690 × 960 毫米　1/16
印　　张	16
字　　数	195 千字
版　　次	2018 年 6 月第 1 版　2021 年 6 月第 3 次印刷
标准书号	ISBN 978-7-5594-0527-2
定　　价	36.00 元

目　录

长 生

一

有没有长生不老？人是不是可以永生？这是我有一段时间最关心的事情。这也是我的师傅丘处机最关心的问题。

我叫李志常，我跟着我的师傅丘处机求道，已经有些年头了。我母亲告诉我，在她怀孕后，就经常觉得我在肚子里和她说话。生我的前一天，她梦见一个男人穿着一身很古怪的衣服，把一个像玉一样白嫩的孩子放到了她手上，醒过来之后，我就出生了。我是河南观城人，两岁父亲病故，六岁母亲又病故了，是伯伯把我养大，从小在私塾里念四书五经，受到了那些圣贤书的教化。但是，当我对生死问题感到疑惑、渴望长生的时候，我就觉得，那些讲求入世的四书五经，就无法解惑了。

一切改变发生在我十九岁那一年，伯父想给我娶老婆，我却不愿意，我说："本来我想获得对道的领悟，现在还没有一点眉目，如果此时被爱欲和家庭缠身，我就再没有获得悟道的机会了！"但伯父坚持给我说亲。

于是，没有几天，我就背上行囊，拿着手杖，离开了伯父家，前往山东崂山隐居起来。

在崂山，我遍访附近的得道高人而不得。我又来到了天柱山，那里一个道长见我气宇轩昂，很喜欢我，他告诉我，山东栖霞的太虚观很有名，现在是全真派教主长春真人丘处机在主持，我应当去拜他为师。于是，我又踏上了前往山东寻道的行程。

说到全真教，在我离开家庭、寻求得道旅程的时候，我听说，王喆（王重阳），也就是重阳真人所创立的全真教派，已经开始深入人心。五六十年前，他在陕西终南山下凿穴而居，修习道法，自号“活死人墓”，三年后又盖了一所茅屋继续修习，不断有弟子前来学习和归附，并盖了一座庵，由重阳真人的大弟子马钰题写“全真”作为庵名，自此，全真教就正式创立并且传播开来。

说起来，我去寻访长春真人丘处机的旅途并不顺利，因为当时战乱频发，强盗四起。为了躲避土匪、强盗和官兵，我就尽量挑选山间小道行走，很快来到了即墨的东山。在东山上，我遇到了一伙强盗正在打家劫舍，就想赶紧躲避起来。这个时候，我发现了一个很大的洞窟，里面已经隐藏了几百人。我要进去，却被他们中间几个带头的给拒绝了，理由是我是刚刚来到的外地人，不能躲在这里，否则会把那些强盗招引过来。他们强行把我赶出去，还把洞口巧妙地掩盖起来。我刚出洞口，就被那伙强盗抓获了，他们把我捆起来殴打我、蹂躏我，要我说出附近那些人的藏身之所，因为他们就是要找那些人算账的。他们几次打得我昏死过去。可是，我清醒过来的时候，什么都不说。那伙人生气地走了，没有杀我。

等到强盗走了，刚才藏在附近山洞中的人都出来了，他们围着我，都哭着感谢我，让我原谅他们，其中一个人说："我们都是小人啊，刚才我们几百个人的性命都悬在你一个人的嘴上，只要你说了我们的藏身之所，我们就要被杀，而你不记我们拒斥你的仇，还冒死相救，实在是有大恩大德啊！"他们纷纷给我拿钱拿物，还给我找住处，让我调养身体。

我把伤养好，听说长春真人已经到山东莱州的昊天观居住了。我就来到了昊天观。丘真人见到我，问了我几个问题之后，就很喜欢我，马上收下我做徒弟了，我也就入道拜丘处机真人为师，专门一心求道，那一年，我刚刚二十五岁。

我一开始觉得，求道就是求永生，就是求得长生不老。几年之后，我明白了，或者说是我的师傅让我逐渐领悟到了，永生是不存在的，肉体腐朽得很快，而道则存在于世界上。因为，在大地之上，到处都是生命的死亡和再生。而死亡就是生命的终结。当年，我从河南往东，到山东栖霞寻找师傅，一路上见到了太多的尸体，饿殍遍地，民不聊生。那些年，北方的金国、南边的宋国，还有更北面的蒙古鞑靼人，以及山东境内的豪强和盗贼，不断地掠夺着我所经过的大片区域，因此，战争使人的生命变得非常脆弱，因此，很多和我一样困惑的人都加入了我的师傅丘处机主持的全真教。

全真教的教众就是在那些年增加了很多，我的师傅丘处机的名气也越来越大，信众越来越多。后来，他的师兄王处一去世之后，他就成为全真教的新教主，并由栖霞太虚观转到了莱州的昊天观居住和修习。那些年，金国、宋国的君主和将领，闻得我师傅的大名，曾经轮番请我的师傅去讲道，他都拒绝了。后来的邀请也一律拒绝。拒绝的理由，我的师傅从来都没有告诉我，但是我知道他内心的忧虑，他要小心翼翼地保持全真教的独立性，并在金国、宋国和日渐强大的蒙古鞑靼人之间保持平衡。

莱州的地方官看到金国、宋国那些失望的使者不断地无功而返，害怕惹祸上身，就劝告我师傅答应他们的请求。我师傅说：“你们不用紧张，我的行动取决于天,你们不会明白的。到了留不下来的时候,我自己就走了。”

二

这年冬天里的一天，我们跟随师傅早晨练功。忽然，我师傅看到远处的天空中，有一行白鹤翩然飞过，他凝视良久，长啸一声，说：“上天派使者前来，马上就有客人来了。这一次，恐怕我们要远行了。你们要准备好行装，听我安排。”然后，他嘱咐我带几个人到大门口迎接客人。

我有些将信将疑，但我知道师傅一向料事如神，预感十分灵验。我带领几个弟子来到大门口，站在门口谛听。果然，没有半个时辰，就有马蹄声嘚嘚而响，由远及近，密集地叩响了石板路，杂沓的马蹄声也敲击着我们紧张的心。因为，那马蹄是征战者的马蹄，是镶了金属马掌的战马，我在过去赶路的时候曾经多次在旅店里被这样的马蹄声惊醒，而这样的马蹄声随之带来的，往往是血腥的杀戮，是尸横遍野。

我正感到紧张，忽然听到那马蹄声慢了下来，然后，就是叩门声。打开大门，我看到一个汉族文官大臣带着二十多个彪悍的蒙古鞑靼骑兵，已经下马站立成两排，那个汉族大臣穿着朝服，但和颜悦色，问我：“我是成吉思汗的侍臣、宣使刘温（刘仲禄），前来拜见长春真人丘处机。真人可在观内？”

看他们的架势，我猜想一定是请我师傅去讲道的。我师傅跟我们说，现在，蒙古鞑靼人的力量在迅速强大，成吉思汗不仅统一了漠北各个部落，还与宋国议和，南下打击金国，使金国面临全面的崩溃。

我说："师傅在，您跟我来。"说完便立即引领刘仲禄前往内庭，去见我的师傅。其他鞑靼骑兵则在观外休息等候。

到了厅堂，我师傅早就装束整齐地在那里等待了。两下见面，刘仲禄先行行礼，鞠了一个深躬，非常恭敬地出示了一面带有老虎花纹的金牌，说："长春真人丘道长，您看，这是成吉思汗给我、要我请您去讲道的金牌，上面有'如朕亲行，便宜行事'几个字，意思是，见到虎牌，就如同成吉思汗亲自来访。他的心很诚，请您务必前往讲道。我皇说了，不限抵达时间，但是要求我们一定要请到您。"

我看到师傅沉吟了片刻之后说："宣使大人，现在是战乱年代，各国争战不休，您冒险前来，真的是不容易，鞍马劳顿了，当好好歇息。不过，我想问，成吉思汗请我去讲道，他想听些什么呢？"

刘仲禄说："是啊真人，我们走了六个多月才来到您这里，今天得见道长的真容，果然不凡。我听说，您已经有三百岁了，是活神仙和得道者，我也禀告了成吉思汗，说了您的神仙事迹。我皇因此专门派我前来，延请并护送您到他在西边的行宫，想当面向您请教长生之道。"

我看到师傅的面容沉着而宁静，我猜想，他会不会拒绝刘宣使的请求呢？因为，自从蒙古鞑靼人、金人和宋人的连年战乱之后，他很注意在各种政治势力之间寻找平衡。我师傅笑道："那是传说，刘宣使，我不是活神仙，也没有到三百岁。不过，既然成吉思汗这么诚心，那我答应您，可以前往讲道！不过，你看，这里饮食不便，请您先到益都等候几天，等我做完上元节的大醮，你们派些人来接应，我也挑选好随从，我们十八日就出发。"

宣使刘仲禄非常高兴，一拜、再拜、三拜之后，辞行而去。

他们走了，马蹄声完全消失之后，我们几个徒弟都围在师傅的身边，感到惶惑。我看到已经七十一岁的师傅神闲气定，他看着我们，说："我想让你们十八个弟子一起去，准备好，跟我出门远行。"

我问："师傅，有多远？"

师傅说："比你能想象的还要远。"

是哪十八个弟子呢？分别是：赵道坚、宋道安、夏志诚、宋德方、孟志温、何志坚、潘德冲、尹志平、王志明、于志可、鞠志圆、杨志静、綦志清、张志素、孙志坚、郑志修、张志远和我。

三

上元节打醮之后，果然，宣使刘仲禄如约派来了十五个蒙古鞑靼骑兵，保护我们师徒上路。十八日这一天，我们出发了。

我们很快就到达山东青州，在那里，没有看见刘仲禄本人，原先他说要在这里等我们的。接应我们的是当地守卫部队的主帅张林。张林原来是金国的汉族将领，最近才投降宋国，师傅觉得这个人首鼠两端，不敢轻信他，问他刘宣使到哪里去了？

张林施礼之后说："真人，因为突然来了四百个精悍的蒙古鞑靼骑兵驻扎在临淄，当地的百姓十分骇惧，纷纷逃亡，宣使刘仲禄专门去说明了。其实那些骑兵都是保护您的。"

我师傅说："那我明白了，我们不在这里停留了，直接去寻找刘宣使的足迹吧。因为，只有他知道我们前往西方的路怎么走。"

张林也不敢留我们，派人护送了一段路程，就离去了。我们继续前行，到达济阳的时候，我忽然看见了一幕奇特的景象：有一只白鹤在我们的头顶盘旋不止，久久不愿意离去。我们都觉得这是祥瑞的征兆，就禀报了师傅。

师傅看到了也很高兴，说："看来，此行虽然比较艰难，可最终会圆满的。"

我们在济阳的素养庵吃饭休息，四下探询刘宣使的行踪。来接待我们的道人、官吏和当地的绅士，争先告诉我们，最近当地总是有白鹤出现。比如，上个月，就有一只白鹤从西北方向飞过来，在当地盘旋，后来往东南方向而去了。接着，又有一只白鹤从西南方向飞来，引来了几百只白鹤跟在它后面，一直在头顶盘旋。他们都不知道这是怎么回事，现在见到了我们一行才明白了，是我们师傅仙人要抵达这里的征兆啊。

在济阳住了几天，宣使刘仲禄派人告诉我们，现在，他在前方的滹沱河边安营扎寨了，在等待我们，要我们立即出发。

我们来到了滹沱河边，看到他把渡河的船都准备好了。原来，因为害怕金兵对我们一行的滋扰，他一直在打前战，布置兵力防备金兵来袭，在清除了附近金兵的残余势力之后，才派人接应我们。师傅笑说："看来没有刘大人，我们过不了这条滹沱河啊。"

渡河之后继续北行。二十二日这一天，我们到达了卢沟桥。这是燕京的门户了，我看到，当地官员、百姓和道人都到郊外来迎接我们。和师傅出来，一路上都受到了很好的礼遇，这是我内心里很高兴的事情。燕京行省的长官是一个蒙古人，他有一个怪名字，叫作石抹咸不得，听上去，难道他不喜欢吃盐吗？人不吃盐怎么行啊？我私下里寻思。这个蒙古长官知道是成吉思汗宣诏我们一行的，对我们态度很好。

我们十八个弟子围拢在师傅的左右，就像一群白鹤围绕在领头鹤的身边。我们长发飘然，身上的道袍被风吹拂，猎猎风响，手里的拂尘飘散。师傅走在前面，他那一把白色的长胡须，清癯而瘦长的身材，走路就像脚没有移动那样，让看见他的人都尖叫："神仙来啦！神仙来啦！"

我们在玉虚观住了下来，每天，都有几百人来找师傅，求颂乞名。据说，哪个地方有兵乱和战争，只要一提是我师傅的弟子，有我师傅起的名字，就可以免除被杀和被抓，可见我师傅的道行高、影响大。

就在那几天，刘仲禄得到了消息，说成吉思汗继续西行了，他告诉我师傅，我们的行程会更加艰难。而且，这几天，刘仲禄正在燕京为成吉思汗挑选面容姣好的女人，打算让那些美丽的女人和师傅及我们一行，一起踏上西去的路程。

师傅听说了之后，感到十分不妥，考虑再三，叫刘仲禄来，对他说："刘大人，过去，齐国向喜欢淫乐的鲁王进献了八十个歌女，孔子劝说未果，就辞去官职，离开了鲁国。贫道虽然是一个山野之人，但是，绝不能和女人一同行走，并去觐见成吉思汗。再说，贫道年事已高，已经七十多岁了，我看，还是等成吉思汗结束在大西边的征战，回到漠北大营之后，再去朝谒也不迟，您看呢？"

刘仲禄不敢强求我师傅，就赶紧写了一封奏折，派人护送挑选的女人先行西行。我师傅也写了一封表章，派人一同进呈给成吉思汗，这样，我们就在燕京驻扎了下来。

虽然停下等待消息，可是我师傅一直没有闲着。四月十四日，应当地百姓的再三请求，师傅带领我们做了一次占醮。那一天，天本来是阴沉沉的，看那样子要下雨，可是，我师傅登上了醮坛做法事的时候，天立即晴朗了。众人纷纷称奇。

第二天，我师傅又登上宝玄堂讲授戒律，大家都看到有几只白鹤从西北方向飞过来了。焚烧简牒的时候，一片简牒飞到了空中才熄灭，有五只白鹤围绕着鸣啼不已。众人和我们这些徒弟都感到惊奇。

四

三天打醮完毕，我们继续休整。不久，刘仲禄来劝说我师傅，说他应该借机在附近地区的一些道观转一转，因为信众都期盼我们前往。

我们继续西行。刘仲禄陪伴我们出了居庸关。那天晚上，刘仲禄带领一干人马在前面搜索，落在后面的我们停下扎营时，遇到了一伙强盗，但当他们听说是我师傅经过时，都在路边叩头表示道歉，说惊动了师傅，真该死，磕头之后他们就风一样走了。

五月间，我们到达了河北的涿鹿，在禅房山上的龙阳观停留下来。禅房山上有很多山洞，传说有不少得道高人在那里修炼过。

我师傅设立醮坛，给当地的信众授符表，传戒律。我清晰地记得，师傅设醮那一天，天气很热，大家席地而坐，都觉得溽热难当，可是，师傅讲道的时候，忽然不知道从哪里飞过来一块很厚实的云彩，就盖在我们的头顶，大家立即觉得凉爽了。那几天，龙阳观里的井水也溢了出来，大家都说是我师傅德行高，得到了上天感应的结果。

八月间，我师傅又应德宣州的元帅移剌秃花的邀请，到朝元观居住和讲道。那段时间，我们十八个徒弟非常高兴，过着闲云野鹤般四下游走的生活，长了见识，开阔了眼界。

就在这时，一个叫阿里鲜的成吉思汗的内臣前来拜见师傅，他带来了成吉思汗的表章。师傅在道观的厅堂上接受诏书。在诏书上，成吉思汗说："既然道长已经从蓬莱起程，就可以继续驾鹤西行。达摩东来，传来印度佛法，老子西行，教化了胡人懂得了道理，虽然路途遥远，可是，您借助车马拐杖，路途就不显得遥远了，祝道长安好。"诏书还叮嘱刘仲禄："不要饿着、累着真人，可以慢慢地来，不要急着赶路。"阿里鲜还带来了成吉思汗的四弟帖木耳斡辰大王的信件，在信上斡辰大王说，如果师傅西行，请一定经过漠北我的大帐。我师傅答应了。

看来，是非去大西地觐见成吉思汗不可了。我忽然感到了一些忧虑。因为，西行可能真的比我想象的还要远。但我师傅依旧十分镇定，他对一切事情都顺其自然。他对刘仲禄说："刘大人，你看，现在天气转凉了，而我们还没有准备好过冬的衣服。我想，我们应该先回到龙阳观去过冬，等到来年的春天再出发，您觉得如何？"

刘仲禄当然会同意。于是，我们回到了禅房山上的龙阳观，一下住了四个多月。在四个多月里，我们按照师傅的安排，细心准备西行的物具。我师傅也在附近的道观做了法事，设立醮坛，讲经说道，并和燕京很多文人雅士写诗唱和。我师傅的诗写得又快又多又好，他作诗的才华，我看是堪比李白杜甫，提笔就写，根本不用打腹稿，而且写成之后就定型了，马上被人拿走传诵了。我的一个任务就是把师傅的言行和诗歌都记载下来，出来的这大半年里，师傅已经做了二十多首诗了。

第二年的二月八日，刘仲禄如约派人来接我们起程北行。道友们哭着为我们送行，并且拦住了师傅的马，说："师傅，您要到万里之外的地方去了，前途遥遥，什么时候我们才能再见到师傅呢？"

师傅笑了笑，"此行恐怕需要三年时间，我三年之后，就一定会回来！"

五

果然，我师傅料事如神，我们一路西行，前后经历了整整三年才重新回到了龙阳观。这就是师傅神奇的地方，他总是能看得比我们远。当然，这是后话了。

我们出发后的旅程的确非常艰难。虽然有成吉思汗的特使刘仲禄和那些鞑靼骑兵一路保护我们，指引道路，我们还是经历了种种磨难：天气的变化，疾病的困扰，饮食的不便，行程的改变，以及突如其来的一些意想不到的事情。对于此段旅程，我简单叙述如下。

二月十日，我们经过了野狐岭，看到大量人的白骨横陈于荒野之上，感到十分震惊。我们停下来为之超度。随行的刘仲禄大人告诉我们，那是十年之前，蒙古与金国展开的一场决定性的大战的结果。在那场战斗中，金兵惨败，在这里留下了整整三十万具尸体。战场上没有人收尸，就变成了这累累的人骨。我师傅唏嘘感叹，同行的道友说等回来的时候一定专门在这里为亡灵超度。

我们继续往塞北而行，从此离开了中原之地。二月十五日，我们来到了只长荒草的戈壁滩，我看到人烟越来越稀少，内心里也感到荒凉。我们还看见了一个巨大的盐湖，在盐湖边上，可以看见积累起来的盐柱就像凝固的浪头那样。

二月二十二日，我们来到了沙漠边缘。此前，我们谁都没有见过沙漠，因此，见到这种地貌，对于我们来说，实在是惊奇万端。那可以流动的、吞没人畜的沙子，乍一看，似乎根本就没有流动，可是，如果你蹲下来仔细地看，你会发现，沙子实际上是一层层随着风在滚动和游走的。那流沙非常细腻，细得要是被风吹进了你的眼睛里，你都不好把它吹出来。

我们朝北方走了一千多里地，所见到的都是沙漠和戈壁。天地浩大，星空浩瀚，是我的真心体会。路上所见的山川风物，和中土已经是大不相同，令我们开眼。

到了三月初，我们才来到了有水草的地方，这才重新看到了人烟。我看到有人打鱼，有人放牧牛羊，但那些人无论长相、穿着打扮都是和汉人不一样了，他们要么是蒙古人，要么是金人或者契丹人，总之，他们和我们完全不一样，他们倒也并不怕我们一行，可见，这里已经是鞑靼人的天下了。

四月初，我们来到了成吉思汗的四弟斡辰大王的营地。成吉思汗西征之后，让他的弟弟帖木耳留在陆局河附近的大本营驻扎。一路上，到处可见冰雪融化，草木发芽，春意盎然。我们还碰见了当地人举行的婚礼。据说，方圆五百里之内的人，都带着礼物和马奶子酒前来祝贺，并且在营地里摔跤、喝酒、打猎和练习骑马比赛。

四月七日，师傅面见斡辰大王，斡辰大王说：“请师傅为我讲授长生之道吧。”

师傅说：“大王必须戒斋之后，才可以听讲。”双方约定，在四月十五日这一天，由师傅开坛，讲授养生大法。

到了四月十五日这一天，一大早，我看见天空却降下了大雪。斡辰大王说：“看来，天意要我取消这次讲道啊。”于是就取消了讲道，大王又对我师傅说：“我明白了，皇帝派遣宣者刘仲禄不远万里邀请师傅前去讲道，我作为皇弟不能抢先听讲。师傅还是尽快起程吧。”我师傅点了点头。

十七日，我们继续起程，斡辰大王给我们一行送上了几百头牛和马，还有十辆大车。五天之后，我们来到了陆局河的交会处，在那里，可以看见有一面看不到边的大湖。据说，这个湖叫作呼伦湖。我看到，湖水幽蓝幽蓝的，十分沉静漂亮，有时候大风甚至能把湖水里的鱼都卷上岸。

我们沿着湖岸一路向西走，路上有很多野韭菜可以吃，味道怪怪的。

五月初一，我们正在行走的时候，忽然看见了日食。那是非常奇妙的景象：太阳消失的时候，漫天都是星星在璀璨地闪亮。昼夜温差很大，草地上到处都是黄色的小花，而且，草地上百灵鸟和银雀很多，看到我们来到，忽然就升起来钻到天空里了。

我们走到了河流拐弯的地方，接着，又走了十天，看到了连绵不绝的大山出现在我们的面前。我们看到了不少人，他们的穿着打扮和蒙古鞑靼人也不一样，戴着高帽子，住在白色的毡房里，依靠打猎放牧为生。他们看到我们经过，非常友好，给我们送来了粮食和肉。

夏天到了，河流和山川都变得更加的美丽。在一处河岸边上，我们发现了一座古城的遗址，那里还有着残垣断壁和一些刻着古怪文字的碎瓦。没有石碑可以考证是谁建立的城垣，可我的师傅从那些碎瓦上的字迹辨认出，这里是契丹人建立的城市。

师傅说，这里很可能是辽国被金国灭亡之后的残部一路西行几千里，到达这荒野上所建立的城市。刘仲禄说："我也没有来到过这里，不过，师傅说得对，这里可能就是辽国人建立的城市。我听人说，从这里出发往西南方向走一万里，有一个城市叫撒马尔罕，是回纥人聚集的地方，后来，契丹人残部在那里建立了王朝，也叫作辽国，前后经历了七个皇帝，后来被乃蛮部的一个王子篡权，成吉思汗现在正在追击他。"

六月十三日，我们到达了长松岭。当地人把这里的大山叫作杭爱山。山上的北面到处都是松树，非常茂密，可是山南却光秃秃的，只有草而没有树木，十分的怪异。我们扎营之后休息了三天。十七日早晨，我们起床之后发现到处都是霜，原来，这里五、六月份都会下雪，何况结霜呢，昼夜温差之大，让我们很难适应。因为才从暑热的沙漠、草原来到了寒冷的大山上，立即就遭遇了霜降，我师傅就给这里起了一个名字，叫作"大寒岭"。

我们起程一边走，一边经受着大雨倾盆的浇注，而且，大雨中还往往夹杂着冰雹，声音很大很吓人。我们下山之后，就沿着一条布满了石头的河流的北岸行走，河水非常的清澈，水流声冲刷那些石头，就像玉石在互相撞击一样，十分清脆。

在长松岭的山麓上走，我们一会儿上山，一会儿下山，可以看见峭壁边长着的巨大的野葱，足有半人高。眼看峰回路转，山川秀丽，景色十分宜人。到了六月二十八日，走在前面的刘仲禄的人马前来报告我师傅："前面就是斡耳朵，是成吉思汗的宫帐所在，皇后有旨意，请师傅过河，进入营地之后，把车子停在河的南岸。"

我们一行骑马过河，河水发出了喧哗。

六

在河流南岸有一座大营。这里蒙古语叫作“斡耳朵”，汉语的意思是行宫。由于成吉思汗去进攻西辽，这个行宫主要是他的后宫所在和军队补给站。看来，成吉思汗又继续西行了，而我们仍旧要踩着他的脚步继续前行。

在这里，我看到，蒙古营帐连绵几十里，牛羊和马匹非常多。听说我们来了，金国的汉公主和西夏国的公主，都专门差人送来了礼物和御寒的衣服，因为这里昼夜的温差也很大。我纳闷，为什么这里除了有成吉思汗的皇后娘娘，还有汉公主和西夏公主呢？宣使刘仲禄告诉我们，那是前些年成吉思汗与金国、西夏国打仗的时候，接连打败了他们之后，后者求和时所敬献的皇族女人。

在行宫中，粮食和油等物品的供应十分充足。想到那些大米、白面都是胡商们从遥远的汉地运送到这里来的，我觉得十分不容易。陪同师傅行走，我看到行宫的大帐巍峨庄严，供皇帝和皇后出行的车子也非常巨大，连见多识广的师傅也感到惊奇。

在这里，天气在迅速转暖，但是，夜晚和早晨却很冷。因为还没有和成吉思汗见面，因此，皇后和其他嫔妃都不能先行召见我们。

我们停歇了几天，休息停当、增加了补给和干粮之后，七月八日，在刘仲禄的带领和护卫下，继续出发了。

我们沿着大山的山脚下朝西南方向走。七八天之后，我们来到了乌里雅苏台东侧的鄂特洪腾格里峰下。但见那山峰就像刀削斧砍一样，异常的险峻挺拔。山上松柏苍翠，西面有像镜子一样的一面大湖，而南边则是一条大峡谷，山的北面有一座旧城，据说是乌里雅苏台旧城。那里如今已经没有什么人居住了。

我们继续向西南方向，走过了一片沙地之后，看到有回纥人耕种和灌溉的小麦田，绿油油的。我们翻越山岭继续朝南走，很快就来到了镇海城。

镇海城由一个叫田镇海的回纥人管理，当年，成吉思汗命他在阿鲁欢山一带屯田，因此，建设了这座城市。七月二十五日，有很多镇海城的汉族工匠，来我们的宿营地迎接师傅，他们欢呼礼拜，以五颜六色的彩幡、华盖和鲜花作为前导。

我们还看到了金章宗的两个妃子徒单氏和夹谷氏，以及前些日子我们在行宫见到的那个金国的汉家公主的母亲、钦圣夫人袁氏，三个女人哭着来迎接我们。

我纳闷怎么她们也在这里，宣使刘仲禄悄悄地告诉我："她们三个，是圣上的部队攻占金国的中都时，被掠夺后带到这里来的。"这三个皇族女人见到师傅，都特别的高兴，仿佛见到了亲人一样。她们争相对师傅说："过去，我们经常听说师傅的道业、德行和高风亮节，想都没有想到会在这偏远之地得见神仙的真容。"

师傅以温和的话语安慰了她们，并给予了她们祈福的简签。

我暗自感叹这些出身高贵的女人，命运怎么这么悲惨。在这大雪山、大草原和大沙漠连绵不断的北方隔绝之地，要想再回到中土汉地，是非常困难的。不过，后来，钦圣夫人袁氏在这里居住了十年之后，要求出家，最终回到了燕京。这是后话了。

第二天，田镇海大人从北面的阿不罕山屯兵和屯田之地赶过来，拜见师傅，问我师傅有什么打算。可能是那些接连来拜访的大批汉族工匠和金国的公主、夫人的来访，触动了师傅的内心，师傅说："镇海大人，贫道年事已高，圣上两道诏书敦请，我才不远万里，鞍马劳顿地走了大半年，来到了这里，来到了你的管辖地，我是很高兴的。"又转身对刘仲禄说："沙漠里的人，大都不事农耕，可是，在镇海仓头城，我看到，仓廪充实，粮食富足，人们生活安详，这都是镇海大人的功劳啊。眼下，已经是秋天了，我看到这里的庄稼都成熟了，我想在这里过冬，等待成吉思汗回来，你看怎么样？"

刘仲禄说："师傅既然有这样的打算，我不敢不尊重。请镇海相公来决定吧。"

田镇海大人说；"我最近接到皇帝的敕令，说：沿途官员如果遇到真人路过，都不要延缓他的行程。我想，皇帝陛下是渴望早一点见到真人，如果真人在这里停留，那么，罪过就是臣下的了。镇海愿意即刻跟随真人起程一路西行，护佑真人尽快赶到皇帝的身边。师傅需要什么，我立即下令全部都准备好。"

师傅沉吟了片刻说："好吧，既然镇海将军这么说，那我们休整一些时日，等我占卜了起程的吉日，就出发吧。"师傅和我们商议之后，决定在这里留下九个弟子，以宋道安为统管，响应当地人的号召，建造一座道观。那些天，很多人都前来帮助做义工，工匠出技术，富人出钱财，不到一个月，一座有大殿、宿舍、厨房、醮坛和配殿的道观，就建设完毕了，这也是上天的意愿啊。师傅看到每天的晚霞都非常美丽，遥想到了山东老家的风土，就给这座道观起名为"栖霞观"。

八月初，这里下了霜。道观落成后，百姓们赶紧收割庄稼，但见风沙弥漫，天气开始转冷。八月八日，师傅带领另外九名徒弟和几辆大车，由宣使刘仲禄带领的二十多个蒙古骑兵贴身护送，镇海大人率领的一百铁骑兵殿后，继续出发了。

我们向西南方加速行走。走了三天，翻越了杭爱山。过去，这里曾是乃蛮部的属地。在唐朝的时候，还是回鹘牙帐所在地，如今，我们在路上经常可以见到累累的人马的白骨，裸露在青草和树林间。

这年的中秋节，我们抵达了金山的东北面，在那里作了停留。

听刘宣使说，前些年，成吉思汗就是在统一了漠北各个部族之后，从这里翻越金山，进攻西辽，一路追击而去的。我们现在正行走在成吉思汗的铁骑军所开辟的道路上。因为金山出产山金，山势连绵不绝，高山峡谷使得马车根本无法通行。当年，是成吉思汗的三太子窝阔台西征，开辟出一条大道。如今，田镇海命令他的一百骑兵，用绳子绑在师傅的大车车辕上，拉着车子上山，下山的时候，也是这样拉车，控制速度。

我们走了四天，艰难地翻越了金山山脉里的五座山岭，才来到了河南面的一条叫作额尔齐斯河的河边，扎营休息，并等待前方驿站的人马送来粮食和水等补给。夜晚，在大河边上，空气寒冷，我们跟随师傅漫步，师傅兴致却很高，接连写了三首诗，我只记得其中的两句："八月凉风爽气清……空对金山皓月明。"

七

前方的驿站送来了粮食、清水和其他补给，我们得以继续渡河南行。

镇海大人对师傅说："前面的路不好走，是黑色的石头构成的黑戈壁，那里叫作白骨甸，进去的人都死了，当年，乃蛮部的人就是在那里被成吉思汗打败的，人死得太多了，累累白骨现在还可以看得见。在白天行军，有时候我们可能看见一种幻象，使人觉得前面是绿洲和村庄，可是，其实只有无尽的沙漠，人一进去就完了。因此，我们最好在晚上行军，但夜间行军，黑暗中可能有妖魔鬼怪出来害人，真人，我们的办法是把羊血涂抹在马匹的额头上，那样的话，就可以驱除那些夜间的妖魔鬼怪了。”

师傅笑了："将军多虑了，妖魔鬼怪碰到正人君子，都会逃得远远的。我们道人都知道这个事，都不怕，你不必担心。"于是，这天的傍晚我们就起程了。我们把那些拉车的、疲惫已极的牛都留在了驿站，只用马匹来拉车。

一路上，我们在沙漠和戈壁间行走。沙漠上，沙山连绵，沙丘的颜色有白色、黄色和红色，而戈壁则有黑色、褐色和土黄色。走了好几天，我们看到前方有一座黑黝黝的山脉的躯体，像一条死去的巨龙躺在那里。天空有如银色的云霞一样美丽。

师傅问田镇海："镇海将军，那里是什么山？"镇海大人看了看说："真人，我看应该是天山的东段山脉了，那里有回纥人建立的城市，我们到那边再休息吧。"路上我遇到了樵夫，问他，他也说是天山山脉，当地叫阴山。这个阴山和包头北面的阴山不是一个地方。

八月二十七日，我们终于抵达了天山脚下的回纥人建立的小城。回纥人到郊外迎接我们，把我们接到了回纥人首领的家中。

我记得，那是一个很大的院子，由黄色的土墙围起来了。院子里种植了鲜艳的蓖麻树和石榴树，院子的架子上是密集的葡萄藤。在葡萄架下那华美的地毯上，早就摆好了葡萄、美酒和各类新鲜瓜果，还有味道奇特的圆形的蔬菜，叫作圆葱，味道很刺激，我不知道是什么，一次，就让我流眼泪了。他们还送给我们回纥人织的小地毯，来欢迎我们。

回纥人部族首领敬酒的时候说："欢迎你们来到回纥人家作客。这里往南翻越天山，走三百里，就是火洲。火洲火洲，天气非常热，那里的葡萄特别多。而人和马匹都很容易渴死，所以，尊敬的客人们要在这里把水喝足。"

我明白，我们来到了回纥人的居住地了。镇海将军就是回纥人。不过，他蒙古语、汉语和回纥语说得都很好。在当地的回纥中间，他很有威望。

随后的几天里，我们沿着天山的北面一路西行，靠近了别失八里城。很快，城里的官员、士人、庶民、僧人和道士，都出来迎接和欢迎我们。回纥人首领接连不断地送来葡萄酒、珍奇宝贝和各种水果、香料，可见镇海将军的影响力。

在别失八里城，我们停下来休息，他们就给我们表演歌舞和有小侏儒表演的节目。侏儒竟然可以在盒子里被刀劈成两半，等一会儿出来的时候还是一个完整的人。那些表演者、工匠、道人、士人都不是一个民族的，装束也都不一样，也有很多是从中土汉地来的汉族人，可见，这里的各个民族都能够和谐友好地相处。

我师傅问那些来拜见他的士人和道士："这里有什么样的风俗？"

他们说："真人啊，在大唐朝，这里是北庭都护府所在地。最有名的大都护是杨和，他政绩很好，得到了各族人民的爱戴，事迹至今还在流传。在城西有一个龙兴寺，里面有佛经，还有两块石碑，记载了大都护的功业德行。向城东走五百里，可以到达西凉府肃州的武威，向城西走三百里，就到达昌吉了。”

我师傅很关心这里距离最终的目的地还有多远，便问：“我们还要走多远，才可以到达皇上的行在呢？”

他们说：“啊呀，师傅，您还要向西南走一万多里才可以抵达。”

师傅沉默了。看来，我们已经走了一万里，才只走了一半的路。不过，后来我才知道，再走三四千里地，我们就抵达了皇帝的行在，没有他们说的那么远。

几天之后的九月二日，我们继续西行。四日，我们到达了昌吉东边的轮台，那里有景教的教长前来迎接我们。南边就是巍峨高耸的天山，主峰博格达峰挺立在那里，十分高大雄伟。九月九日，我们到达了昌吉，这里蒙古语叫作昌八喇，统管昌吉城的回纥王是镇海将军的老朋友，他率领部族首领和回纥佛教僧人，前来迎接我们。

我们在当地的回纥王家里歇息。他的包裹面纱的夫人给我们斟上了葡萄酒。道人喝点葡萄酒的感觉，也是很舒服的。我看到了这里的西瓜十分巨大，还有椭圆形状的甜瓜，香气馥郁，吃完了，嘴唇上面仍旧带着蜜糖。

师傅问在他旁边陪坐的僧侣：“你们平时都看什么经典书籍？”

那个胡僧说：“我们剃度受戒，拜佛为师，因此读佛经。师傅要从这里再往西走，就没有礼佛的僧侣了，回纥人大都信奉伊斯兰教，读《古兰经》，每天向西边做礼拜。”

第二天，九月十日，我们继续赶路，沿着天山山脉的北麓一路西行。看着远处黝黑的山体伴随我们向西蜿蜒，我的心情就逐渐地豪迈了起来。

天高地阔，我这样一个年轻的道人竟然走了这么远，到达了谁都难以想象的地方，真的是开心啊。

我们走了整整八天后，才进入到艾比湖和精河之间的沙漠，那里几乎寸草不生，我们的车子也陷入沙子里，跋涉了整整一个昼夜，才从那片沙漠中走出来。我看到了白骨累累，在流动的沙子里隐现，心里庆幸我们没有被流沙所吞没。

我们继续前行，有时候在天山的北面走，有时候会走到山坡的南面，那是为了抄近路。走了五天之后，我们来到了一面巨大的湖泊边。我看到，四周的雪峰环绕着大湖，山峰的影子倒映在湖水中，非常美丽。师傅的心情十分愉悦，他给这个大湖起名为天池，并写了一首诗歌。后来，我才知道，这面湖泊叫作赛里木湖。

我们在湖边开始向南部的山麓而去，走的是当年成吉思汗的二太子察合台所开凿的一条险峻的山路，但见山路崎岖，周围都是松树和桦树，峡谷中奔流跳荡着河水，天气寒冷。我们在峡谷中走了两天，来到了一条平缓奔流的大河边，发现这里水草丰美，气候宜人，我们看到了桑树、野苹果树、枣树，我们都很奇怪在深秋的天气里，这里却有着春夏季节的植被和树木。

九月二十七日，我们到达了阿里马城。后来，成吉思汗的二太子察合台就在这里建立了汗国的首都。阿里马是苹果的意思，因为这里出产一种很好吃的野苹果。当地的回纥人首领、王族和蒙古镇守将军都前来接应。这里还出产一种羊毛织品，也很好。

我们在这里休整停歇了几天，得到了新的御寒衣物，那些衣物都是用羊毛和棉花织成的，颜色鲜亮，质地结实，穿在身上很温暖。我们看到当地人用陶瓶盛水，顶在头上走路，就送给他们一些取水的用具，这些回纥穆斯林就夸赞我们这些汉族人很聪明，制造的东西非常巧妙。

远山山峰之上，是白雪皑皑，可是山脚下我们的宿营地则温暖如春。昼夜的温差特别大，早穿皮袄，中午穿背心，晚上要裹着棉被才可以睡觉。

我们起程继续西行，沿河边走，看到这条被叫作伊犁河的河流宽阔、水面平静，转弯向西北方向流去，而河的南面则被大雪山所包围。

八

十月二日，我们乘船渡过了伊犁河，来到了一座山脚下的小城市里休息。这个时候，师傅得到消息，这里距离成吉思汗的行宫已经不远了。

其实，说不远，却仍旧有一两千里地呢。在西域，距离的标准都被放大了。宣使刘仲禄大人因为要提前向成吉思汗奏报我们的行程，他带着几个人骑马先走了。

十月七日，在镇海将军的保护下，我们翻越了一座大山，遇到了一个从皇帝的行在归来的东夏的使者前来拜见我师傅。金国的中都被成吉思汗摧毁之后，金朝的一个大臣在辽东建立了一个小政权，叫作东夏，这个使者是为了向成吉思汗称臣而去觐见皇帝的，现在，他觐见完毕，踏上了回程。

师傅问他，他从行在出发到这里，走了多久？那个使者说，“我走了两个半月才到达这里。我听说，成吉思汗正在率兵追赶花剌子模的国王，也叫作苏丹的扎兰丁，打到身毒（印度）去了，所以，师傅您的路途还很遥远呢，至少要走三个多月。”

师傅笑了，“我们走了快一年了，三个月，说明距离不远了啊。”我们都欢呼了起来。因为再走三个月，就可以到达目的地了。

十月十六日，我们来到了大石林牙城。这里是当年辽国被金国灭亡之后，大臣耶律大石带领几千人，一路西逃、走了十几年才到这里建立的都城，又叫作虎思斡耳朵。后来，这里变成了吉尔吉斯国的伏龙芝城。这里水土丰美，既可以灌溉种植农作物，也可以种植葡萄和水果，是一个很适合农耕和生活的地方。

耶律大石建立西辽政权之后，经历了多代帝王。西辽东北面的乃蛮部被成吉思汗的蒙古兵打败之后，乃蛮部的王子屈出律逃到了这里，利用西辽的慷慨接纳，不仅恢复了力量，还最终窃取了西辽的权力，并继续挑衅成吉思汗。而西辽西北面的花剌子模帝国兴起之后，也向东扩张，占领了西辽的很多领土。前几年，成吉思汗率领强大的蒙古兵，灭掉了乃蛮部，接着，南下攻打企图联手花剌子模帝国对抗他的屈出律政权。本来成吉思汗还想和花剌子模帝国友好通商，但花剌子模帝国的国王摩珂末刚愎自用，他下令杀害了成吉思汗的商队商人，成吉思汗大怒，决定讨伐花剌子模帝国，很快就打败了花剌子模帝国的军队，毁灭了他所有的城市，杀掉了抵抗的所有男人，还把国王摩珂末一路追到了里海边的一个小岛上杀死，把他的儿子扎兰丁一路追杀到了印度。这，就是那段时间里西域的一些历史情况，是镇海大人给师傅讲解的，我做记录。

十月十八日，我们离开了大石林牙城，继续往西南方向走了七八天，路两边都是大雪山，这里的自然条件十分恶劣，不适合农耕和定居，只适合追逐水草而居住的游牧民族。我们路过了一座已经废弃的由红色石头修建的城堡，看到了漫天的乌鸦。

十月底，我们来到了塞蓝城，当地的回纥首领出来迎接我们，并热情地接待我们住下。他告诉我师傅，成吉思汗在南边撒马尔罕城往南的大雪山下扎营了，我们距离那里是越来越近了。

我们的心情在这个时候却沉重了起来。因为，虚静先生赵道坚的身体突然不好了。他卧床不起，对师傅说："我跟随师傅一路西行，在河北宣德州的时候就有预感，觉得此行我很可能不能再回到中土老家了。如今，我们一路奔走一年多，我感到身体十分疲惫，现在，我的归期已经到了。师傅您常说，道人应该不因生死而动心，也不能介意人生的苦乐。我升天之后，你们诸位道友，一定要好好侍奉师傅。"

十一月五日，虚静先生病死在塞蓝城。师傅命令我们把他安葬在城东面的平原上，很快，我们祭奠之后，就继续出发了。走了很远，我还在回望那片原野上的那个小土包，它显得那么的孤独和凄凉。

三天后，我们来到了察赤城。镇守在这里的也是一个归降成吉思汗的回纥部族，首领很老，他迎送我们的礼节很周到，我们吃到了很好的热汤面。又走了两天，我们来到了霍阐河边。从霍阐河上的浮桥上过河之后，我们在河的西岸停留。管理浮桥的官员给镇海大人送来了河里捕捞的大鱼，像半个人那么大，牙齿很锋利，是靠吃其他鱼为生的鱼，味道十分鲜美。

当天夜里我们就继续出发了，准备翻越一座雪山，前往撒马尔罕城。

我感觉路途越来越艰险，道路难行，似乎四周都是危险。一些被成吉思汗的士兵不久前摧毁的城市里，到处都弥漫着尸体的臭气，据说，花剌子模国的城市，但凡不投降的，攻打下来之后，所有的男人都被鞑靼兵杀掉，女人和少许工匠被分配给了将士们带走。因此，到处都是战争带来的破败景象和如山的尸体。我感到了害怕，因为我从来都没有见过那么多的尸体，以各种姿势，死在城市的周围。

我们不断地前行，有时候，师傅带领我们超度那些亡灵。

我们又到了一座城市，才又看见了水草，当地的回纥首领前来迎接。在道路边上，我们看到一个回纥老人拉着一头牛，从一口深井里打水给路过的人喝。据说，成吉思汗看到了这个老人，免除了他今后所有的赋税。

十二月十八日，我们又渡过了一条河，来到了撒马尔罕的城北。撒马尔罕是西域的一座大城市，等候在这里的成吉思汗的太师耶律阿海，还有蒙古、回纥的首领都来迎接我们了。场面立即变得隆重了。宣使刘仲禄因为前方道路不通，虽然他早于我们开拔，但是现在也滞留在撒马尔罕，一起前来迎接我们，大家见面都十分高兴。

我们坐下来之后，刘仲禄大人对师傅说："刚才，太师耶律阿海派人察看前方通往大雪山下的皇帝行在的道路，探子回来说，通往行在的路上有一条大河，是最后的考验了，可是河上的舟桥都被花剌子模国流窜的败兵撤退时破坏了。因此，我建议，真人一行就在撒马尔罕休息过冬，等到来年的春天，再觐见皇上。"其他人，镇海大人、耶律阿海太师都表示同意，然后，我们就从撒马尔罕城的东北门入城了。

撒马尔罕在唐朝的时候就是一座大城市，是通往最西边的大秦国的要道丝绸之路上的货物集散地。我们走在城市的街道上，还可以看到城市早年繁华的痕迹。据说，原先这里至少有二十万人居住，成吉思汗的士兵打败了统治这里的花剌子模苏丹之后，四分之一的人战死，四分之二的人都逃难去了。在城中，回纥人比较多，汉人工匠、契丹人、河西人杂居在一起。

太师耶律阿海安排师傅住在苏丹新建设还没有来得及享用的宫殿里。

那座宫殿位于一片高高的土岗上，有些破败了。太师还送来了金缎十四，但是师傅坚决不要，太师就更加敬重师傅了，每个月叫手下供应师傅米、面、盐、油、水果和蔬菜等。

刘仲禄看到我师傅很少饮酒，就打算用储藏的一百斤葡萄酿新酒。师傅说："何必酿酒呢？把新鲜的葡萄给我们用来招待宾客，就很好了。"于是，我们就每天吃甜美的葡萄。这是一段闲暇而舒适的日子，我们终日就是修炼、读书，睡得也安稳了。

在撒马尔罕，我看到了孔雀、大象等来自东南方几千里的印度的动物，觉得很稀奇。师傅每天很忙，因为有很多汉人来找师傅问道和看病，什么样的人都有。还有一个擅长天文历法的人，来和师傅讨论天象，师傅就和他说起了五月初一那天我们在路上看到日全食的情况。

刘仲禄大人派人继续到前面去打探，探子回来后和刘仲禄一起报告师傅："大河上的舟桥，已经被皇上的二太子派兵修好了，二太子听说真人来到十分高兴，说，圣上目前驻跸在大雪山下，也就是当地叫作兴都库什山的东南面，眼下，大雪封住了道路，无法通行，来年春天雪融化了，他再派兵来护送师傅前往行在。"

师傅点头："再往南走，一千里地没有任何庄稼了，请你们准备好粮食和蔬菜，明年春天我们再出发。"

九

转眼之间，就到了壬午年春天，距离我们最开始出发的时候已经跨越了两个年头。我看到，宫殿花园里的杏树、桃树都开花了，十分灿烂。

到了二月二日，杏花就落了。司天台判官李公来请师傅到郊外游玩。刘仲禄大人前来陪同师傅，带领我们一同出发了。这一天，天气晴朗，树木发了新芽，可见花园里亭台楼阁、雕梁画栋、飞燕啁啾，大家在师傅的周围，谈玄论道，举杯共饮，一直到傍晚才回到住宿地休息。

到了三月上旬，侍臣阿里鲜从成吉思汗的行宫回来，传旨道："真人从日出之地前来，跋山涉水，一路鞍马劳顿，十分不容易，现在，朕已经从追击扎兰丁的路途中返回，急着要听师傅的讲道，请真人休息好了之后，就前来见朕。"诏书中还嘉奖了刘仲禄大人和一路护送的镇海大人。成吉思汗还命令手下大将、骁勇善战的万户博尔术带领全副武装的一千名士兵，准备前来护送师傅过最险要的关口铁门关。

师傅把尹志平等三人留在撒马尔罕的馆舍，带领我们其余五六人，加上宣使刘仲禄和镇海大人，在三月十五日继续起程出发了。

四天之后，我们到达了碣石城。这里又叫作沙赫里夏勃兹。前面就是险要的铁门关了，大将博尔术带领一千铁甲兵在前面开道，向东南方向走，翻越了一座大山，只见山势崎岖，乱石穿空，士兵在前面拉车，骑兵在前后护卫。走了两天，我们才翻越了大山，沿着阿姆河北岸的支流希拉巴特河继续前行。

到了平缓的地方，完成了护送任务，强健的博尔术将军就带领一千士兵继续向北面的山林里，剿灭山贼去了。但见河边芦苇满地，黑色的大蜥蜴在芦苇里穿梭，我感觉很惊奇。这一天，已经是三月二十九日了。

又走了四天，我们终于到达了成吉思汗行在的所在地、兴都库什山的南边。听说我们到达，成吉思汗立即派大臣喝剌播得前来迎接我们。这一天是四月五日。

到达成吉思汗的皇宫行在，成吉思汗派镇海大人来问我师傅："是现在就请师傅见面，还是先歇息歇息再见？"

师傅回答："希望现在就入见。另外，请禀报皇上，道人面见皇帝从来都不行跪拜礼，就行折身叉手礼罢了。"

圣上回答说都可以。

随从安排好了馆舍的住宿之后，师傅就由阿里鲜、耶律阿海、镇海大人和刘仲禄陪同，带领我们一同去觐见成吉思汗。我的心里很忐忑，这个时候我很有些害怕。一路上，看到了成吉思汗摧枯拉朽的战斗力量，我明白了战争的残酷。这是一个有着钢铁般意志的人，是杀人不眨眼的人，也是一个心怀四海、胸中有万仞的人。我看到，他所在的大帐十分巨大，仿佛是一座圆形的白色宫殿，坐落在一片雪山的下面。护卫的士兵高大威猛，虎视眈眈地看着每一个靠近大帐的人。一种奇异的香气从大帐中流溢而出。听到侍卫的高声呼唤，太师耶律阿海、阿里鲜就带领师傅和我们几人一起鱼贯而入。

我低着头进去，完全不敢抬头看。但是我看到我师傅是昂首而入，背影坚定而潇洒，心里的恐惧就减少了很多。大帐深处，有一个很大的卧榻，旁边坐着一个胖大的男人，装束打扮十分华丽。他脸色威严，不怒自威。他可能就是成吉思汗了。我看到师傅并没有下跪，而是躬身行了道人的礼，然后，旁边有人立即拉过来了交椅，请我们落座。太师等人按照他们的习惯依次盘腿坐在地毯上。

一见面，成吉思汗就微笑着嘉许我师傅：“请真人坐下。我知道，别的国家邀请师傅讲道，真人都没有答应，现在真人为了给朕讲道，不远万里前来会面，朕非常欢喜。”

师傅拢手回答说：“山野之人，奉诏而来，是天意啊！”

成吉思汗很高兴,就让我们都坐下,摆好了令人眼花缭乱的食物和美酒,又问：“真人远道而来，有什么长生药带给朕吗？”

我师傅沉默了片刻,回答说:“圣上,贫道只有养生之道,而无长生之药。”

这个时候，我非常担心我师傅的直率，会让成吉思汗感到恼怒。因为，成吉思汗太想长生不老了。他戎马生涯倥偬一生，如今，也年逾花甲了，精力不如过去强健，因此他迫切地希望能有长生之药帮助他长生不老。不知道有多少方士和巫师给他进献各种丹药呢。而宣使刘仲禄也对成吉思汗说,我的师傅都已经三百岁了,才有了这次万里的邀请。可是,我的师傅却说,“只有养生之道而无长生之药”,虽然很诚恳,也很真实,但是皇帝会喜欢吗?

所有的人都屏气凝神，看成吉思汗如何反应。这个时候是那么的漫长，又是那么的紧张。我看到，成吉思汗略微迟疑了一下，就点头赞许：“真人很坦诚，朕很喜欢。真人很好啊。”他转移了话题，吩咐阿里鲜在御帐的东边，为师傅和我们搭建两座白色毡房。阿里鲜立即出去办理了。

看来,圣上的心情很好,大家都松了口气。接着,成吉思汗又问镇海将军,“人们平时怎么称呼真人呢？”

镇海大人回答：“圣上，一般的人称呼他为师傅、真人、神仙。”

成吉思汗说：“好，今后，我们都要称呼真人为神仙。神仙，今天先见个面，吃完饭，你跟随我的部下，到前面的雪山上去看看吧，那里凉快。”

那天，成吉思汗和我师傅约定好，在四月十四日问道于师傅，还命令镇海将军、刘仲禄、阿里鲜和太师耶律阿海、内臣耶律楚材等记录问道的内容。但是，随后几天，情况发生了变化。探子来报告，说附近有花剌子模帝国的王子扎兰丁的残部集结作乱，杀害蒙古哨兵，偷袭运输车队，继续向蒙古人挑衅。成吉思汗大怒，打算亲征，于是重新占卜，把问道的时间定在了十月初，也就是半年之后。

师傅就对成吉思汗说：“圣上，这里战事不休，贫道想先回撒马尔罕的馆舍居住，等待您问道的时候再来。”

成吉思汗说：“也好，也好。不过，等神仙再来这里，路途上又很辛苦。”

师傅躬身说：“不打紧的，也就走半个多月，就到这里了。”

成吉思汗同意了，说：“神仙啊，附近兵匪比较多，我们还在战事当中，很不安全，我就命令宣差杨阿狗带领一千士兵，和刘仲禄一起，护送神仙和随从一行，一起回到撒马尔罕城吧。”

第二天，我们就返回了。我们返回的路途走的是一条新路，但见荒郊野外，到处都是死去的士兵的枯骨。师傅对战乱的后果十分吃惊，他喃喃自语，说战争实在太可怕了。

五月五日，我们又返回到了撒马尔罕城，在馆舍里住下来，和原先留在这里的尹志平等道人重新会合了。

我和师傅所住的馆舍位于一片山崖之上，非常清净，也不容易被侵扰。下面是一条非常清澈的河水。那河水是雪山水，清凉无比。

很快，就到了六月，天气很热，庄稼加速成熟，瓜果飘香，当地一位里姓官员专门给师傅五亩地的瓜田，供师傅和我们这些弟子们取用。我就经常到瓜田里摘瓜，看到有的西瓜和甜瓜像斗那么大。宣使刘仲禄一直陪伴我们。

六月，成吉思汗的二太子察合台来到这里，刘仲禄经得了师傅的同意，到瓜田里挑选了一些西瓜，奉献给二太子。我看到，当地居住的主要是回纥人，男人也梳辫子，有的女人还长胡子，都信奉伊斯兰教，每天早晚由教长登上高台来呼唤民众，他们都在教长的带领下一起向西方施礼。教长的脑袋上戴着由长达三丈的布做成的帽子。

夏天里，这里的温差很大，早晚很凉爽。师傅带领我们研习经书，他也经常写诗。师傅的诗我都记录了下来。到了七月十六日，师傅派宣差阿里鲜送表章到成吉思汗的行在，确定讲道的日期。

八月七日，得到要我们即刻起程的批复，八月八日，我们再度从撒马尔罕出发，前往成吉思汗的行在。

八月十二日，我们过了碣石城。前面是险要的铁门关，在那里，前来接应的一千步兵和三百全副武装的骑兵护卫等候着我们，护送我们过了铁门关。

八月十五日中秋节，我们是在一条河的岸边大营里度过的。巨大的月亮映照着天地万物，我们连夜开拔赶路，为的是躲避回纥部族的叛乱和可能的袭击。在班里城，我们也没有停留，因为附近不断有回纥人的叛乱发生，局势很不稳定。他们对蒙古鞑靼人的征服心存畏惧和强烈不满。

八月二十二日，师傅熟悉的老朋友田镇海将军率兵前来迎接我们。

十

师傅再次觐见皇帝，成吉思汗很高兴，赐乳酪给师傅和我们吃。八月二十七日，忽闻北部还有扎兰丁的残部袭击了蒙古军营，于是，成吉思汗决定北上。我们跟随他的行宫继续北上了。九月初，我们渡过了阿姆河，在一片草原上扎营。师傅的毡房就在成吉思汗大帐不远的地方。

九月十五日，成吉思汗决定在大帐中设立斋庄，并把太师耶律阿海从撒马尔罕招来，请求听师傅的讲道。

那天傍晚，戒斋结束，大帐里面灯火辉煌，我们一些弟子在大帐门口侍立。我听见成吉思汗说："今天，我终于能安下心来，很高兴地请神仙给我讲讲道。"

太师耶律阿海担任翻译，旁边的阿里鲜、镇海、耶律楚材等近臣，都期盼着我的师傅讲道。耶律楚材拿好了纸和笔，担任书记的工作。

这是激动人心的时刻。我师傅静心默诵了一阵，开讲了："好，我开始讲了。陛下，道生天，育地，日月星辰、鬼神人物，都是从道而生，道是万物的基础和母体。人们一般只知道天大，但是不知道道的大。我平生离开家庭和亲人，所学习终生的，唯独就是道。道生天地，开辟鸿蒙，最后才生出人来。人是万物之灵，刚开始诞生就神光自照，行步如飞，不同于其他走兽。那个时期，地上生出了野生的庄稼，树下生发出可以吃的蘑菇，人们不用借助炊具，就可以生吃。这个时候，还没有火的发现和利用，因此，那些野生的粮食和菌的味道很香，很自然，人用鼻子去嗅闻它的香气，用嘴巴去尝它的味道，后来逐渐就失去了轻盈的感觉，为什么呢？是因为爱欲之念想过于深重的原因。学道之人，比如我们这些道人，就是因为这个道理才去修习道法的。世人爱的我们不能去爱，世人住的地方我们不能去住，我们去声色，以清净为唯一的安慰心灵和肉体的办法。屏蔽各种世间的滋味，以恬淡为美。

“道和德又是一体的两面，有的人并不明白何为道，何为德。一些人的眼睛只看见颜色，耳朵只听见声音，嘴巴只尝到滋味，追逐自身的情感和欲望，就会散失其元气。就像充气的蹴鞠，气体充实了，就饱满，气体散失了，就瘪空。因此，人，要以气为主，光想着追求物欲而不断动念头，元气就散了，如同蹴鞠的气散了一样。上天生出两种灵物，一种是动物，一种是植物，草木之类都是植物，植物并无意识，它们依靠雨水和露水而活，自己就枯荣循环。人属于动物，动物是有感情的。如果没有衣服穿，没有东西吃，是无论如何无法度日的，因此，动物要经营自己的生命。昼夜劳作，是因为身体和嘴巴需要营养。

“这里就说到了人。人，分男人女人，男人是阳，又属火，女人是阴，又属水，阴阳相克相生，阴消阳，水灭火。因此，学道之人，必须而且首先要戒色。这是首要的一个准则。人们平时为了衣食住行而劳累自己的思想和身体，虽然散失了元气，但是却散得少，而贪恋色欲，则损耗精神，不仅散失元气，而且，会散失得很多。

“道生出两仪，轻而清者，上升为天空，天，属阳，也属火；重的、浑浊的，则下降为地，地属阴，也属水。人居中于天地之间，背负阴而怀抱阳。因此，学道之人首先要知道修炼的道理，要点在于去掉奢华，屏蔽欲望，固精守神。人要是只炼阳气，阴消失了而只保全了阳气，就会升天成为神仙，就如同火苗朝上升腾。愚昧痴迷之人，把酒当作琼浆玉液，以妄念当作平常的东西，放纵自身，追求欲望的满足，耗散精力，损害精神，于是就导致了阳衰而阴盛，则沉入地狱变成鬼，如同水总是往地下流一样。

“因此，学道之人，修真求道如同背着石头上山，山越高，就越觉得累。如果颠扑跌倒，那就前功尽弃了。因为修道很难，所以世上大部分人是没有办法去追求道的。这就是修道之难。而背离道则很容易，去追逐欲望的满足，就如同把一块石头扔到陡峭的斜坡上，越卑劣鄙俗，就越容易堕落，不一会儿就会滚下陡坡，一去无回，是因为往下坡滚非常容易。世间的大部分人都是这样，并没有领悟其中的道理。”

九月十五日，我师傅就讲了这些。成吉思汗命太师翻译，命耶律楚材做记录，他对听到的讲道感到很满意。

十 一

九月十九日晚上，天清气朗，成吉思汗召我师傅进行第二次讲道。听的人和上一次的一样，翻译还是太师，记录的人也一样。

师傅说：“圣上，我在前一次讲的所谓修炼之道，都是常人求道的时候需要面对的。而对于您这样的天子来说，又不一样了。陛下本来就是天人，是您所推崇的长生天的化身和人间代表。皇天高贵，负载天命，是因为上天要借助天子的手除暴安良，安慰天下父母和孩子，恭敬地执行上天的处罚，如同代替木匠去砍伐树木。如此克艰克难，功成身退，最后才可以重新回到原来天上的星宿的位置上。因此，天子在人世间，一定要减声色，抑制住嗜好和欲望，圣体安康才能保证心思细密、周详并且高瞻远瞩。老百姓中，大部分男人只娶了一个妻子，尚且因满足欲望而损害身体，何况天子有那么多的嫔妃后宫，一定会深深地损害身体啊！陛下，您宫姬满座，我前些时候还听说，宣使刘仲禄又到中都替陛下选捡处女，来充实陛下的后宫。

我看到《道经》上说：‘不显示自己的欲望，使民心不乱。’既然显露了，戒之则很难。希望陛下留意这一点劝告。

“人成为真正的人，是因为人借助身体的躯壳，从父母亲那里得到的生命，神仙成为真正的神仙，是因为可以从道中得到领悟，能够思辨世界上的真假清浊。行善得道之人则升天成为仙人，作恶背道的人就下到地狱里成为恶鬼。

“道成为众多事物的显现，如同金属可以被打造成各种器物，销毁它的表象，就会重新返回到本色的金属状态。人行不行善，则表明他是不是背离了道。在人间的声色与衣食，人人都觉得是高兴和快乐的享受，其实，这并不是真正的快乐，恰恰相反，是人生的劳苦处。世人大都以妄念为真理，以劳苦当作快乐，难道不是让人感到悲哀的事情吗？他们并不知道，上天至乐才是真正的快乐。

“我辈中人，就是因为学道的原因，抛弃父母，栖身于荒凉的大山中的岩石洞穴里，同时学道的同辈有四人，分别是马钰、刘处玄、谭处端和贫道自家。他们三个人功满道成，如今，已经升天化为神仙。只有我在人世间的辛苦劳顿的岁月还没有结束，每天只吃一顿饭，品尝一种味道，每顿又只吃一碗饭，怡然自得，就是为了等待升天得道的那一天。世界上那些富贵的人，沉溺于得到的富贵而无法自拔，能够拯救百姓，挽回时局，积累功德，就更为少见了。但凡积善行道之人很少，怎么能不成为神仙呢？

“我中土之国，承平的时间长了，上天就不断降临一些经文和教诲，劝人向善。大河南北、大江东西，很多地方都有。东汉的时候，干吉得到《太平经》一百五十卷，都是修身治国的良方啊。中国的道人背诵并且施行这些道理，就可以获得福气，成道成仙。还有，东汉恒帝永寿元年正月七日，太上老君降临蜀地临邛，教授天师张道陵《南斗北斗经》和《二十四阶法箓》等各种经籍，一共一千多卷。晋朝王纂生逢乱世，毒瘴横行，他一心祈祷，感动了太上老君驾临，教授他多部道经，以拯救百姓。元魏时期，天师寇谦之居于嵩山之上，于太上老君那里收受道经六十多卷，都是治心修道、祈福消灾、扫除魑魅魍魉、拯救百姓于疾苦之术。其他的经教，还有很多，来不及细说了。而降经的意思，就是为了使古今帝王、臣民都能行善。道经很多，我只是举了上述大概和要旨。

“天地之间，孕育出人类，人类是宝贵的。因此，人的身体很难得，就如同麒麟的角一样稀少。世间万物众多，纷纷然如同牛毛一样。既然一个人获得了难得的肉身，那么，就应该寻求养生修真之路，做善事，修福分，渐渐地就会领悟到道的存在。上至帝王，下至庶民百姓，虽然地位的尊卑差别很大，但性命寿数都是一样的。帝王是承受天命，谪降于人世间的，如果行善修福，在升天之后，就能够获得比过去在天上的位置还要高的职位，不行善修福，那就结果相反，会被贬低。上天中有些神仙功微行薄，上天会让他到人间修福济民扶困，最后才能得到高位。过去，轩辕氏背负天命来到世界上，第一世为庶民，第二世为臣子，第三世才为人君，他济世安民，积累了无数功德，寿数尽了，升天成为神仙尊者。

“陛下，您要修道得法，没有别的途径，应当外修阴德，内固精神，同时，还应该体恤下民，保护众生，使天下都安定是您外部的使命和行为，而节省欲念、保护精神，则是内部应该修炼的方法。人以饮食为本，清洁的，就是人的精气，混浊的，就是人的便溺，被释放出去了。贪欲好色，则丧精耗气，人就会衰老和疲惫。陛下，您应当更加珍惜自己的精气神，要吝惜自己的身体。每天晚上射精一次的话，就已经深深地损害身体了，更何况恣意地纵欲呢！虽然人很难全部戒除欲念，但是，如果能节制欲望，则离得道不远了！

“人的精神面貌为子，元气为母体。元气经过眼睛变成眼泪，经过鼻子变成鼻涕，经过舌头演化为津液，经过皮肤变成汗水，经过内脏则显现为血液，经过骨头则显现为骨髓，经过肾脏则显示为精液。元气全则生命蓬勃，元气消亡则人死灯灭，元气旺盛则人壮实，元气衰弱则人变得苍老。如果人能够经常保持元气不散失，就如同孩子有母亲，气散了，则如同孩子失去了母亲，就没有什么依仗和依靠的了！

“人的精神和元气，是一体的，人的精髓也是出于一个源泉。我想，陛下如果能尝试一个月安静地独自就寝，必然会觉得精神清爽，筋骨强健。当初，陛下一见到贫道，首先就问我，可有长生的药给我吗？您问得很好。我现在再次回答您，古人说得好：‘服药千朝，不如独卧一宵’。药是草，精为髓，去髓而添草，对人的身体又有什么益处呢？这就像钱袋子里本来装满了金子，可是，不断地去掉金子，增添铁块，久而久之，金子没有了，钱袋子虽然仍旧是沉甸甸的，可是里面只是留下了不中用的铁而已。因此，服药的原理和我刚才举的这个例子是一样的。

“从古到今，人们为了繁衍和继嗣，娶妻而成家，是天理。先圣周公、孔子、孟子都各有子孙。孔子四十而不惑，孟子四十而不动心。人到了四十岁之后，气血就开始衰减，因此首先要戒的，就是色欲。陛下您的圣子圣孙满堂，如同大树的枝蔓广大，是很好的事情，因此，切宜保养身体、养生戒欲为根本啊。过去，宋朝上皇帝本来是天上之人，有神仙道人林灵素，带领他神游天上，入住天上宫殿，题写宫殿的匾额为‘神霄’。在天上，宋皇不饥不渴，也不感觉到冷热，逍遥无事，快乐自在，很想一直在天上住下去，没有再回到人间的想法了。林灵素劝说他：‘陛下背负天命要降临人世，有天子的功德和劳作，大限没有完毕，怎么可以在天上久久停留！’

于是，宋皇就下凡到人间。后来，女真国兴盛起来，宋太祖兵败垂成，被金兵裹挟到北方冰雪之地，最后终老于上京。

“因此，可以明白一个道理，那就是，上天的快乐，比尘世间的快乐要强一万倍。要知道，只要是人间的因缘没有终了，人就不能随便地归天成为神仙，像圣上这样背负天命的人尤其如此。贫道过去出家，同道本来有四个人，他们三个人已先于我升化了，就如同蝉之蜕皮与脱壳一样，生命的失去是早晚的事情，这并不令我悲伤。抛弃肉身这一具幻象，而化身为千百看不见的东西，没有不可以的。但是，如今我还辛苦万端地存在于这个世界上，那是因为我的尘世因缘还没有结束啊，我的肉身还必须在世界上行走。所以，我才来到了圣上您的面前来讲道，这也是天意啊！”

眼看天色漆黑，但见星河灿烂，我在帐外听到师傅讲道，也听到了成吉思汗发出了赞叹和满意的声音。看来圣上很高兴，我们这些弟子也很高兴，心情十分舒畅。

十 二

九月二十三日，成吉思汗请师傅第三次论道。圣上和颜悦色，继续听道。

我师傅说：“圣上，人还没有出生的时候，是在混沌的道中存在，无所谓寒冷暑热，也不知道饥渴，心无所思，真是快乐啊。等到生下来，降临到这个世界上，眼睛看到五色，耳朵听到声音，舌头品尝味道，意念思虑事情，于是，就有一万件事情和诱惑在等着他了。古人常说，心是最难测定的，因此，把心比喻为猿猴，把意念比喻为马匹，可以知道心意的难以把握和控制。古人曾经说：‘猛兽容易降伏，可人心难以揣度，甚至难以降伏寸心。’明白了这个道理，就知道了成道升天的捷径在哪里。

“道人修真炼心，一件物事都不思量，就如同太虚世界的止水。就像水面的风突然走了，水面安静清楚，就像镜子一样可以映照万物，一览无余。而水面上忽然刮过风，使水面动荡而混浊，什么都不会被看见了。可以说，人的本来真性，静如从不流动的水，眼睛看见颜色，耳朵听到声音，舌头尝到滋味，心思考虑事情，这些从具体的感官，到心灵的感受，就如同风吹浪涛那样，一浪高过一浪地持续增加，到心灵的世界里才是最高的反应。我们道人修炼心灵的时候，一开始是很难的，而随着时间的推移，日子久了，功力日深，就会达到无为的状态。

“道人只有天地之间一具躯体，治心都非困难，何况天子拥有天下和四海之内的所有东西，日理万机，修炼心性那就更不容易了。但是，如果能节制情欲，减少思虑，就会获得上天的佑护，何况如果全戒除了，那就会更加得到佑护。过去，轩辕黄帝善造弓箭，用武器来威风于天下。功成的时候，请教过仙人广成子，问他如何修炼心性、保养身体之道。广成子说：‘我就告诉你一句话吧，不要思虑过多、操心过多就行了。’我想说的是，陛下，这修身养性之道，最重要的地方，就是要讲究中和。中和中和，中正平和。太容易生气，则伤身体，太高兴和喜悦，则伤精神，太思虑则伤元气。这三个事项，对于求养生之道的损害非常大，陛下最好都能加以注意和戒除。陛下，您现在知道了，您本是天上的星宿神仙，那才是真的您自己，而身躯则是幻象之影，其实，不过是载体和化身，因此，但凡见色起心的时候，就要立即清醒和明白，身躯是假的，而神位是真的，自然，就能够止住虚妄的念头。

“人生在世，长寿很难得，就如同鸟兽一样，年年产卵生子，接着就会自然地死亡。而最终善终的并不多，人也是这样。因此，二十、三十岁就死了的，是下寿，是早夭早亡，四十、五十就死了的，是中寿，六十、七十就是上寿了。因为，人生七十古来稀，陛下，您已经超过六十岁，可以说已进入上寿的阶段，尤其应该以修德养身为宜，最终陛下会很长寿。我们这些出家学道之人，对衣着、饮食都不讲究，也不积累财富，就是害怕伤害身体、损害福分的原因啊，而在家修道的人，在饮食起居和玩赏珍奇物品、积累财富方面，也不能过于强调欲望。这是一个基本的修持。

“陛下崛起于苍茫之地，知道天下之大，四海之内，国土广阔，财富有亿万兆之多，珍奇异宝比比皆是。但是，这些物质的东西，都不如中原地区受上天垂顾而发展的经教有价值，那些治理国家、修身养性之术，才是真正宝贵的东西，赛过任何宝贝。因此，屡屡有奇人得道升天啊。我想告诉陛下，山东，河北，是天下美地，出产很多好庄稼、蔬菜、鱼类、食盐、蚕丝等，以供给四方天下使用，从古代到如今，得到这些地区的，就是大国，因此，是历代有抱负的人必定要争夺的地区。现在，上述地区已经为陛下所有，可是，连年的兵火相继，人们亲人失散而无法重新团聚，陛下应该派遣能干的、了解这些地方民情和风俗的能臣，前去治理，谋求发展。贫道建议，最好能免去当地三年的赋税，使百姓休养生息，到时候能有足够的蚕丝丝绸和其他供应进献给陛下，也使老百姓得到喘息和安歇，一举两得啊。陛下，这不是贫道的私心杂念，这也是安民祈福的一种方法，因此，陛下就会得到上天保佑，也因此而无往不胜。

“贫道自万里之外，响应陛下的宣诏，来到这西域大雪山下，给陛下您讲道，修身养性的办法，我在前面都说得很充分了，因此，治国保民之术，我当然也不会不说。我刚才说的对山东、河北进行安抚和休养生息的事情，如果您差遣清明廉正的官员去，他依据陛下的规划和旨意行事，必定会让上天也感到满意。假如派去了没有才干的官员，不仅没有益处，反而会为害当地百姓。当初，金国得到天下的时候，在不熟悉汉地中原的情况下，为了能更好地统治中原地区，封刘豫为过渡的齐国国君，经略了八年之后才取而代之，这也是开创在汉地统治的良策，我希望陛下您能够加以考虑。

“修身养命的要旨和妙处，我都给陛下您讲解完毕了，而治理国家、管理黎民百姓之术，只简单地说了一点梗概和建议，您采纳也好，不采纳也好，都是您自己的决断。过去，金国世宗皇帝即位十年，色欲旺盛，结果身体非常疲惫衰弱，每天他参加朝会，都要两个大臣搀扶着才可以上朝。后来，到处寻找高人和得道之人，求保养之方，也曾经请我去，问过我修身养性之道，我就像前面给陛下您说那些一样，告诉他应该怎么样。他果然按照我说的做了。从此之后，他的身体就逐渐地健康和强壮起来了，走路也跟年轻人一样了，在位三十多年，才升天故去。

“贫道生平学道，以无思无虑为圭臬。我曾经有一次做梦，梦见有天意告诉我：‘你功行未满，应当等待时间到了才可以升化入天。身体是幻象，如果逆行倒施，那是不行的。只有真身飞升，可化为万千假象，没有不可以做到的。上天千岁或万万岁，但只要人间有事，就会奉天命而转世投胎，到人间的房子里。’陛下，您是下凡的星宿，早晚要回到天上的神位，唯其如此，才当恭敬行事，少杀生，不使生灵涂炭，不使大地震怒，不使百姓遭殃，不使天地倾斜，这样的话，陛下您将功德无量，并获得长生。”

我师傅讲解完道，成吉思汗很满意，传谕旨说：“神仙的谆谆教诲，我恭敬地听到了。神仙说的这些道理，我明白，都是难行之事啊！但是，我不敢不遵从神仙的意思，我当经常来遵行。神仙传道的话，已经让近臣记录下来，并书写到册页上，朕将亲自阅读。如果遇到没有明白、过于深奥的，朕还要继续请教神仙。”

十 三

三次讲道之后，成吉思汗起驾东行，我们也跟随大营一路东行。这期间，我师傅多次向成吉思汗讲解道法，对皇上不明白的地方再次进行开释。

十月初，我们跟随圣上的行在，在撒马尔罕西南方约三十里的地方扎营。由于讲道已经完毕，师傅在心中已生归意。他请太师禀告皇上，道人喜欢清净，尤其不喜欢听到军马嘶鸣和兵器相交之声，希望能够在圣上的大部队前后，根据情况，自由地行走。成吉思汗明白我师傅的意思，同意了。

我们就这样在成吉思汗大部队的前后左右行走，有时候跟在后面，有时候又走在前面，就这样踏上了归途。很快，冬天的降临使得天气变得越来越寒冷，到了十二月，大雪纷飞，冷风刺骨。好在有皇帝的随从一路照应师傅，我们的供给也没有问题。

十二月二十八日，下了一场大雪，同时，我们竟然听到了打雷的声音。成吉思汗觉得十分诧异，就派人来请教师傅，为什么大冬天的，天还要打雷。

我师傅回答说："我听说，蒙古人夏天不在河里洗澡，不洗衣服，不造毯子，野地里有蘑菇也禁止人去采摘。而且，有的蒙古人还不孝敬父母，这是三千桩罪过中最大的罪过啊，因此，上天是通过打雷来警醒世人的，希望皇帝陛下利用您的权威和盛德，来禁止人们那么做。"

成吉思汗听了很高兴，对手下将军和大臣说："汉人尊重神仙本人，就像我们敬奉长生天一样。我现在越来越相信道长真是天上的神仙啊。是上天让神仙对朕说这些话的，你们每个人都要牢记，都要孝敬父母，清洁自己的身体。"

来年的一月十一日，我们继续往东北方向行走。我不知道师傅怎么想，反正我是有些归心似箭。走了三个月，我们离开西南边的撒马尔罕城已经有一千里了。

一月十九日，是我师傅的生日，我们一起给他庆祝生日。二十日，提控府邸的李公前来拜见师傅，师傅告诉他："我们今后很难再见面了，因为，二、三月，天气暖和了，我就要东归了。"

一月二十二日，我们在一条大河边宿营。这里距离东北方的赛蓝城只有三天的路程。这里水草丰美，牛马繁盛。成吉思汗的大部队和我们都在那里休整。

二月七日，师傅觐见皇帝，说："圣上，贫道离开故乡，曾经约定好三年回去。现在，距离我出发已经有三年了，能够回到故乡，是我的心愿啊！"

成吉思汗说："朕现在也在向东走，神仙，我们同路回去怎么样？"

我师傅再三坚持要先行，皇上沉吟了片刻："神仙，请再等几天，等太子来了之后您再走。神仙讲的一些道理，有的我还不很明白，等我都请教完毕了，神仙就自行走吧。"

师傅答应了。

二月八日，成吉思汗在狩猎的时候，射中了一头大野猪，但是他的坐骑失去了控制，跌倒了。那头受伤的野猪并没有逃跑，而是盯着落马的圣上看，差点就冲过来咬他。幸亏护卫及时赶到，驱赶了那头野猪。

回到行宫，我师傅也听说了这件事情，就入谏跟皇帝说："圣上，上天之道，在于少杀生，现在圣上年事已高，应当少外出打猎，从马上摔下来，是上天的告诫，而野猪没有上前伤害您，也是上天的庇护，不可不重视。”

成吉思汗回答说：“谢谢神仙的提醒，朕已经深深地反省了。神仙劝诫我的话，是很正确的。我们蒙古人骑马射箭，围捕打猎，是从小开始，已经习以为常。因此，朕会慢慢地停下来，我当记住神仙的话。神仙劝我的话，以后我都要听，至少两个月之内，朕不再出去打猎了。”

二月二十四日，师傅觐见皇帝，请求辞行。皇上说：“神仙要东行，可是给神仙的礼物我还没有想好，朕要考虑一下，再等几天吧。”

我师傅只好耐心等待。三月七日，师傅再次觐见圣上请求东行，圣上就赐给师傅很多的牛马。我师傅一概不要，说，“圣上只要安排好驿马就可以了。”

圣上知道已经无法再留住师傅，就颁布一道圣旨，加盖御印，免去我师傅门下所有道家子弟的差役和劳役，并命阿里鲜做宣差，护送师傅和我们一行东行。

三月十日，很多官员都带着葡萄酒和瓜果，前来给师傅送行，大家洒泪而别，我们踏上了回程的路。

十　四

我们走了三天，来到了赛蓝城的东南部山地，在那里，我看到了山林里有一种两头蛇，互相撕咬，看到来人两个脑袋又向人吐出信子。三月十五日，我们在赛蓝城郊区虚静先生赵道坚的墓地祭奠，大家商议着想把他的尸骨起出坟墓，带回山东老家。但是师傅说：“人的身体终究是腐朽之物，只有一窍有真的灵性，是自由自在、不受拘束的。肉身腐烂，灵性也就升天了，我看，还是不必了。”于是，我们遵从了师傅。

第二天我们继续前行。三月二十三日，宣差杨阿狗跟了上来，为师傅饯行。四月五日，我们到达了阿里马城，二太子的大将张公执意要挽留师傅在当地讲道作法，说在阿里马城已经有四百道教信众，并且建立了三个道坛，希望能向师傅请教。

师傅说:“东方的因缘已经很近了,我不能改变行程。如果没有别的事情,我就去,好不好？”但是第二天,师傅的马突然奔向东北方向,谁都拉不住。于是，张公等人哭着看着我们继续远行。

后面的路是我们来时曾经走过的，我们很快就到达了天山下的赛里木湖边。继续向东北方向走了整整二十天，我们穿越了黑色戈壁，才最终接上了穿越金山阿尔泰山的路。

四月二十八日，我们在金山遇到了一场大雪。满山都白了，那个苍茫和寂寥啊，仿佛世界上就剩下了我们在行走一样。

五月一日，我们来到了阿不罕山下的仓头城，这里就是镇海将军曾经屯田的地方。我们终于和留守在此的其他九个道兄会合了，大家看到，我们中间除了虚静先生不在了以外,师傅和其余八名弟子都回来了,十分高兴。宋道安等以及当地建立的长春、玉华等会众,以及宣差郭德全等人都来迎接,接待师傅住进当年就建立起来、如今更见规模的栖霞观。

我记得，就在师傅下车的时候，天降喜雨，大家都觉得是祥瑞之兆，因为，这个地方在整个夏天都缺乏雨水。我们在那里休整了几天，阿里鲜和师傅商议，为了能安全、快速地回到中原地区，回程的时候我们不必一路往正东走，再经过哈喇和林和大斡耳朵了，而是直接向东南方插过去，穿越沙漠和大戈壁地区，抄一条近道，直奔宣德州和燕京地区。师傅同意了。阿里鲜还说：“往南的道路都是沙石路，虽说是一条来往频繁的商道，路途也十分艰险，马匹很容易疲劳，恐怕我们要多做准备。”

师傅说：“不打紧，我看，出发的时候我们师徒分成三班鱼贯前进，就可以彼此之间互相照应了。”五月七日，师傅命令宋道安等六个人先走，十四日，师傅带领我和其他六人又出发了，三天之后，其他的同门兄弟接着出发。我们一路向东南方向走，对于我们来说，这是一条很新的路径。

我清楚地记得，从十七日这一天开始，师傅就病了，我们都很担心。问师傅哪里不舒服，师傅说：“我的病不是医生可以诊断和治疗的，这是圣贤和上天对我的磨难，不能很快就痊愈的，你们不要过虑了，到了汉人多的地区，就好了。”师傅很少生病，但生病就是大病。我们时而骑马，时而坐马车，旁边有阿里鲜带领的几百个蒙古鞑靼兵护卫。这一段路我们走了一个月，看见的都是连续的沙地和不断出现的海市蜃楼。幸亏我们没有迎着海市蜃楼走，要不然，就走到沙漠里出不来了。

我们沿着西夏国的北边走，听说，成吉思汗马上就要对西夏发动攻击了。我们越走，就看到水草越茂盛，这说明我们距离汉地不远了。眼看着帐篷、村寨也多了起来，走在最后面的第三部分人也赶上了师傅，我们都会合了。

六月二十一日，我们抵达了渔阳关，这里后来也叫作阴山，是隔绝蒙古人与汉地的重要关隘。过了渔阳关，我们走了五十多里地，来到了丰州。自元帅以下的官员都出来迎接师傅，宣差俞公请师傅住在他家，给师傅做热汤面吃。师傅饱饱地吃了一顿，身体逐渐地复原了，我们都很高兴。

休息了几天，七月初，我们继续走，来到了下水城。元帅夹谷相公招待师傅和我们这些徒弟，大家都在他的大宅子里住，这个地区信奉道教的信众比较多，他们都来瞻仰师傅、向师傅行礼，一个信众给师傅送了三只活着的大雁，第二天，师傅就到城外把大雁放生了，看着大雁在一面大湖里自由自在地嬉戏玩耍，师傅很高兴。

七月九日，我们到达了大同，那里的官吏和道众也都来迎接，这里就是纯粹的汉地了，师傅和我们一下子住了二十多天，因为前来瞻仰师傅的道众太多了，应接不暇。这时，宣差阿里鲜请求师傅让尹志平和他一起先去山东，到那里宣读成吉思汗招降纳叛的诏令，因为，如果没有尹志平前往，他们假如遇到暴力抗阻，成吉思汗会不悦并下令动武，就会生灵涂炭。

我师傅沉吟良久，同意了，他一定想起了我们在西域见到被成吉思汗毁灭的城市的惨状。“慈悲为怀，当使众生免除杀戮。也罢，你们先去吧。”

八月初，我们继续起程往东南走，十二天之后，我们回到了宣德州。当地的耶律元帅迎接师傅进驻朝元观。后来，很多王公、官吏、将帅、士人和庶民，都来瞻仰师傅，请他为他们祈福。我们一住就是两个月。

十月初，师傅举行了一次占醮。醮事完毕，从成吉思汗那里带来书信的贾昌将军，前来面见师傅，并宣读了圣旨。上面说：“神仙您从春天走到夏天，又走到秋天，一路上很不容易吧。路上的供给有没有问题？到了宣德州，当地官府是不是认真安排了师傅的饮食起居？可以告诉我。朕诏谕百官和百姓，望他们听从我的旨意。朕常常想念神仙，神仙也千万不要忘了朕啊。”

我师傅也很感念圣上的关心。有时候，我看到他常常独自在院子里往西北方向观察天象，不知道是不是在想念成吉思汗。

我们在朝元观住了一段时间，又来到了龙阳观过冬，此时已经是十二月了。

十　五

到了来年的二月初，师傅带领我们继续往东南走。先在缙山的秋阳观做醮事，但见缙山山川秀丽，有一条叫作妫水的河流盘绕而过，满山都是松树和藤萝，是道家喜欢的修行之地。在那里，师傅收到了燕京行省的最高长官石抹咸得不的书信，恳请师傅去燕京的大天长观居住，师傅同意了。

不久，燕京的官员就派驿马前来迎接师傅了。我们骑马过了居庸关，受到了大批道众前来迎接，盛况空前，父老乡亲们用香花引导师傅进入燕京城。

二月初七，我们跟随师傅住进了天长观，十五日，又住进了玉虚观。

二月二十二日，成吉思汗派近臣喝剌前来传达圣旨如下："神仙请选择喜欢住的地方居住，告诉阿里鲜，神仙年事已高，要好好爱护，保持健康。神仙不要忘了朕过去说的话。如果神仙的门徒为朕诵经，祝朕长寿，那就予以表彰。"

我师傅对皇帝的旨意表达了感谢。

我们在玉虚观住到了五月份，夏天来了，燕京行省的官员几次请师傅去主持大天长观，五月二十二日，师傅接受了他们的邀请。

我们去天长观的路途中，看到有白鹤在空中引导。而且，师傅住在哪里，哪里就有白鹤出现，这感召了不少道众和信徒。师傅在大天长观主持之后，道教的力量迅速壮大，师傅带领我们以天长观为中心，建立了八个道教组织，分别叫作平等、长春、灵宝、长生、明真、平安、消灾、万莲，一时间，道众云集，那些异端邪说就消失了。

每次持斋完毕，师傅喜欢去金朝过去的皇家园林里的琼华岛上游玩，大家坐在松树树荫里，吟诗唱和，饮茶对谈，十分愉快。

有时候，我师傅也应当地官吏的邀请去做醮事，给民众祈福，驱逐灾星。很多崇拜师傅的人在九月九日这一天为师傅献上了菊花。也有人显然是不服我师傅的威名，以佛家理论来质问师傅一些是非问题，师傅不正面回答，只是回答一些道理，同时，写了一首颂词："拂，拂，拂，拂尽心头无一物。无物心头是好人，好人便是神仙佛。"

那个人听了，很惭愧地走了。

我记得，还有盘山的道士请师傅去主持黄箓大醮三天，这已经到了来年的正月了。本来应该寒冷的天气，却如春天一样温暖。

一晃，又到了五月，天气大旱，农人们很焦急，他们设立祭坛，祈祷降雨，但是没有用。于是，燕京行省的官员前来恳请师傅主持祈雨大醮。我师傅做了三天醮事，果然，天下了大雨。百姓纷纷传说是丘神仙下的雨。我师傅说；"是你们的至诚之心感动了上苍，施仁爱之心救万物生灵，我又做什么了呢？我和你们一样，是在用心祈求罢了。"连天的大雨不断，使干渴的土地得到了润泽。到了这一年的秋天，庄稼果然获得了丰收。名公和硕儒都写诗向师傅道贺。

在师傅的主持下，天长观也得到了修葺，并扩大了道人的斋舍。

转眼，又到了丁亥年，春天和夏天里，燕京地区还是干旱，师傅做了多次祈雨的醮事，完毕之后，降雨超过了一尺。

丁亥年的夏天里天气暑热，燕京的统兵元帅张资允就派人来请我师傅到西山游览。在张将军的府邸里住了几天，前来听师傅讲道的人很多。一天晚上，师傅正在讲道，忽然，天空中电闪雷鸣，打雷的声音特别大，风雨大作，窗户都要震裂了。球状闪电在窗户外面滚过。可是，在院子里谈经说道的师傅身上竟然没被一点雨滴打湿。而且，大家都感到奇怪的是，霹雳按说是要连续震响的，可是，忽然就停息了。众人都感到吃惊，说："看来，真人丘神仙在这里，雷神都感到无奈，平息了怒火，没有了平日的威风！"

那天，我感觉到师傅沉默不语。我师傅似乎感应到了什么，但是他没有说话。几天之后，我们跟随师傅回到了天长观，道人王志明已经等候在道观里了，他从秦州带来了成吉思汗的旨意，那个时候，他正在猛力攻打西夏国。在诏书里，成吉思汗下令把北宫仙岛改为了万安宫，把天长观改为了长春宫，诏令天下出家向善的道人，都要隶属师傅管辖，并且赐给我师傅一个黄金虎符，嘱咐"道家的一切事务都仰仗神仙处理"。

师傅感念皇帝的惦记。就在这年的六月二十一日，我师傅病倒了，痢疾不止。我才明白了一个月之前打雷下雨那天晚上，师傅为什么不说话了。这一天，我师傅在长春观的太液池里沐浴，到了晚上，忽然下起了大雨，太液池里的水溢了出去，水池里的鼋、鳖、鱼、虾都跑光了，太液池竟然干涸了。师傅听到这个消息，沉默良久，笑着说："山崩池枯，我将和它们一起离开！时候到了！"

七月七日，中午时分，师傅登上葆光堂，书写颂辞一首："生死朝昏事一般，幻泡出没水常闲。微光见处跳乌兔，玄量开时纳海山。挥斥八纮如咫尺，吹嘘万有似机关。狂辞落笔成尘垢，寄在时人妄听间。”片刻间，师傅就归于道真，奇异的香气充满了厅堂。师傅升天做神仙了，我们还在大地上，还在尘世。我明白了，其实，人只拥有短暂的尘世，没有长生不老。

而且，奇特的是，几个月之后，我们得到了消息，成吉思汗在攻打西夏国的时候受伤病发，驾崩了，重新成为天上的神仙了，和师傅的归真时间是前后脚，竟然都在丁亥年七月，真是奇特啊。难道，成吉思汗和我师傅真的有什么事先约定吗？

我们计划在七月九日这一天举行盛大的仪式来安葬先师。但是，从六月底开始，天一直在下雨，大家都很担心葬礼能否如期进行。可是，到了七月七日，天空立即晴朗了，我们都看到了黑色的鹤从西南飞来，白色的鹤从东北方飞过来。也许，鹤是来迎接师傅的罢。

我们打开了灵柩，看到师傅的容颜就像活着的时候一样。瞻仰遗容进行了三天，远近的官员、士人、庶民、僧侣、道众都前来送行，每天有上万人。长春宫设立道场三天三夜。预先备斋十天。九日的子时，我们把师傅的躯体埋葬在长春宫东侧的下院中。奇异的芳香很久都没有消散，大家都感到奇异。

宣抚王巨川相公和我师傅心心相印，他对我师傅的景仰更胜从前，亲派卫兵维持葬礼的秩序，他还亲自为师傅的灵堂题写了“处顺”的匾额，并为埋葬师傅的天长观题写了“白云”匾额，从此，这里就叫作白云观了。

师傅升天了，我很悲伤。我跟随师傅很多年，知道师傅写诗作文，从来都不打草稿，总是一气呵成。我记得师傅有一次对我说：“古代得道的人，见于书本记载的事迹都很简略，因此，德行不能广泛流传，十分可惜。我常常给你们列举的近世以来的得道高人，都是我亲眼所见，耳闻目睹的，等到有了闲暇，我会编写一本《全真大传》留给世人。”可是，现在师傅升天了，虽然他给我讲过一些片段，但是我等后辈永远都不可能看到这本书了。真的可惜啊！于是，我才写下了我跟随师傅一路西行，觐见成吉思汗的这些事。

又　记

我写完上述跟随师傅西行的行状录后，过了十年，主持道教事务的清和大师尹志平七十岁了，他推举我担任全真教的教长。元宪宗皇帝蒙哥即位之后，命我管理天下道教事宜。道家的信徒日益增多，都是因为师傅当年曾万里西行，和成吉思汗谈论长生和养生所结下的果。

可是，佛教徒害怕道家力量太过强大，趁机诋毁我们，说我纵容道士毁坏佛像、占据寺庙，刊行《老子化胡经》、称佛为道教弟子等栽赃陷害和子虚乌有的事情，并煽动佛教徒抗议我们道家。

在我六十二岁这一年，根据顺帝蒙哥的旨意，我和佛家的大住持在蒙哥皇帝面前，进行了一场佛道两家的辩论。最终，佛道两家各有说辞，蒙哥皇帝没有当场分判我们的胜负，但佛家子弟却认为是我们道家败北了，并写下了很多文字著述，来继续攻击道家。

我信奉师傅的说法，再也不做辩解了，因为，我记得，师傅的一首诵辞为："朝昏忽忽急相催，暗换浮生两鬓丝。造物戏人俱是梦，是非向日又如何？"其实，师傅早就给我们答案了。

我也感到，来年，我就要跟随师傅而去，去白云之上，成为别人梦中驾鹤而行的幻影了。

一个西班牙水手在新西班牙的纪闻

阳光一直照彻着人类的疼痛，除去被海藻覆盖的时代，人类一直被自己的血和眼泪喂养而成长着。人类的本性中到底隐藏着多少只野兽，谁都无法从任何一部历史典籍中完全测知。在时代的变迁和历史的流逝中，人类渐渐从外部生活走进内心生活，从明亮走进阴暗的世界之夜半。所有过去发生的事只是作为一个遥远的梦，我们站在时间的土坡上，才能影影绰绰地看到一点什么。

人类学家雅尔·索斯泰尔说："没有鲜血，太阳和天地万物注定要毁灭……因此战争不仅仅是一种政治工具，它首先是一种宗教仪典，一种圣战。"人类前进的每一个脚印之中都注满了已凝成乌黑血痂的鲜血。弗洛伊德理论声称，人类历史上以活人祭神和吃食人肉的行为是爱本能和侵犯本能的表达。因为这种行为包含了一种爱与恨的妥协，人们以吃掉牺牲品而培植自己在大地之上繁衍的信心。

下面的描述是十六世纪初期西班牙一个叫汉斯·斯塔登的水手所记述的，他于 1521 年在中美洲海岸附近遇上了沉船海难，从而目睹并记载了中美洲帝国、当时叫作西印度群岛，或者新西班牙地区那些原始人的残酷行为和激情：

“自从 1492 年发现了新大陆之后，在西班牙，掀起了持续的前往那片陌生的、传说到处都是黄金的地区进行探险的热潮。不过，大多数探险队都是民间组织，由贵族和商人出钱组织的，探险队与政府签订了分成协议，每次探险回来，除了给政府上交一部分以外，其他的财富，都由探险队员瓜分了。这促成了一拨拨探险者、冒险家、士兵和罪犯组成的探险队前往西印度群岛，以至于更为广阔的新西班牙大陆。

遭遇巨大风暴之后，我们的船倾覆那一天的黄昏，我们的大船开始沉没，我的伙伴全部都掉入海中，被淹死了。群星闪耀之时，我一个人从海滩上醒来，发现了我是唯一的幸存者。我浑身疼痛，躺在沙滩之上仰望天空。我知道我是到了西印度群岛的一处海滩上，剩下的路只有一条。我想，那就是明天迎着朝阳，向太阳升起的陆地中央方向走去。

第二天清晨，为了看清我身居何处，我爬上了海岸，沿着海岸边上的一条不长但很高的山脉攀缘。不久，我就爬到了海拔数百米的山顶，当爬到山顶一棵长相怪异粗大的树的顶端时，我同时也听到了空中传来的鼓声，这鼓声十分激烈、紧张，而且类似于原始人类的喊叫之声也传了过来。透过稀疏的树枝，我看见了在山脚下的一片广阔的平原之上，有两队服饰不一，但都长发披肩的人流汇为一体，鼓声更加密集地响了起来，他们发出的声音显然是喊杀声。我明白了，这是两队人马在厮杀和战斗。而且，我惊异于他们人数的庞大，双方至少都有数万人，在那片广阔的平原上，拥挤与冲撞在一起，像两股巨大的颜色不一的水流，流汇在了一起。

太阳依旧清澈地上升着，它那博大明亮的光辉赋予了大地欣欣向荣的力量。我蹲在树顶之上，目不转睛地观察着这一场战争。一个上午过去了，我看见，有一队显然正在溃败，接着，另一种奇怪的敲击声传来，我看见其中一队开始发起了冲锋。很快地，在那片平原上，颜色一致的人驱散和追逐着另一队人，在那里，地上躺满了战死的人，空中投枪和箭镞割破空气，发出了刺耳的声音。太阳飞快地在空中运动着，不久，胜利者唱起歌，声音古朴，他们向西北方向列队行进。

我从山顶溜到了山脚下，当我沿一条小溪行进的时候，一队身穿草和树枝编织的衣服的原始部落人抓住了我。显然，他们就是刚才战胜的那一方。他们十几个人当中，几乎每一个人的腰间都悬挂着人头。其中一个在脖子上挂了一个由俘虏的耳朵穿起来的项圈。我害怕极了，我竭力用西班牙语告诉他们，我是一个船员，一个落难的船员。我的服饰在他们看来是非常奇怪的，这使我发现我没有被他们当作战俘来看待。在步行了整整半天之后，我们来到一座城堡，也就是说一个国家的首都。

在随后的城堡游历当中，我感到无比的震惊，因为在世界上还从来没有听说过有这样一种国家，拥有极其独特的宗教信仰。我发现，在这座城市里，任何建筑、艺术、生活习俗和宗教仪式都充满了暴力、鲜血和死亡。在这座城堡当中，那宏大的庙宇和宫殿边上，它们的墙壁和广场专门用来展示下颌、牙齿、手指，密集得像石子儿一样的人的指甲、骨头以及咧着嘴的死人头。这个国家的神吃人，它们专喝人的血，食人的肉。在这个国家中，祭司的职业充分发达，这个帝国的人也因为向神灵敬献人身人血而诉求免于灾难，免于使世界衰微败落、瘟疫流行，或成为一片火海。

我奇迹般地作为怪物或外宾，被送到了国王那里。这个国家的国王长得异常粗壮，显示出他在这片大陆上争伐的业绩和功德。显然，他对我产生了浓厚兴趣，在交谈过程中，我们渐渐地互相都听懂了对方的话，我受到了热情的款待。在这一天十分盛大的晚宴上，我吃到了大量的珍馐，宴会结束时，在一阵狂热的欢呼声中，国王把一副由磨得光滑、洁白的人的膝盖骨穿成的项圈，套在了我的脖子上。我的内心之中充满了兴奋与恐惧。事后，当我得知我在晚宴上吃了人肉烹制的菜肴时，我大吐不已。我简直无法接受我已由一个文明人变成了一个吃人的人的事实。

在西班牙，我的祖国，我也见过，或是听说过各种各样的酷刑，比如用拉动肢体的行刑架折断人的骨头，五马分尸，把人捆在火刑柱上烤死，等等。然而，我接下来在这个帝国所见的关于人杀人的场景，仍是让我震惊得几乎昏厥。

第二天凌晨，太阳还没有升起，东方只显现出鱼肚白色，我被国王的随从叫醒，然后，我被带到已穿戴整齐的国王身边。国王满怀激情地告诉我，他要带我去看看怎样杀死上一次战役俘获的近一万名俘虏。我们沿着一个巨大的金字塔的一百一十四级台阶向上攀缘，在我四周，更多的高大的庙宇和祭坛都森严地闪耀着白光。我们走至一半高的时候，一个圆形的类似古罗马角斗场的建筑展现在我们面前。我看见，在这个角斗场的中间，有一个沉重的磨盘石，一些结实的绳索穿过了磨盘的圆孔，这是一根非常长的绳子，绳子的那一头拴着一个十分英武健壮的战俘。

国王告诉我，这个战俘是上一次战役中对方的著名战士。国王一声令下，我看见一些人交给那个战俘一柄利剑，然后，四个手持利剑和盾牌的人围着他，国王又说了一句什么，战俘与四名战士开始交战了。这样的角斗是不公平的，最后，我痛苦而又触目惊心地闭上眼睛的时候，那个英武的战俘被四个战士杀死了，血像水流一样溅了开来，有一些还溅到了我和国王的身上。

之后，我们继续向上走，走到了这个庙宇的顶部。在这里，放置着巨大的石块，四周墙壁上，雕刻着巨大的凶猛海生动物的雕像。不同的是，我认出了在这块石板上和石板周围留下的一层厚厚的类似黏土一样的沉积物，原来，竟是凝结的血块。我终于明白了，这是一个大祭台。一股强烈的臭味扑进了我的鼻子，我不得不用一块洒了香精的手帕捂住鼻子。

在祭台的对面，耸立着一座巨大、凶恶的神灵雕像。国王告诉我，那是他们崇拜的战神神像。在神像面前，有十个人在烤着穿在木棍上的人的心脏。我感到害怕极了。

国王宽大的身躯异常威武，面对着他的帝国、他的江山，他的目光里显现出自豪和伟大的激情。接着，一些随从从下面带上来四名战俘，把他们交给了四个穿红衣的祭司。四个祭司一起抬起一个战俘，把他放在了那块石板之上。国王沉默地仰视东方，神情颇为虔诚与敬畏。我看见，东方已渐渐发亮，太阳升起来了。不久，我们周围的一切物体被照亮了，太阳徐徐地升了起来，我看见国王仰视那东升的太阳的脸上，滚出了一行热泪。

一个祭司将一柄尖刀交给了国王，国王转过身，我看见，那名战俘仰面躺在那块酷似太阳的祭台上，四个祭司捆好了战俘，并用绳子套住了战俘的脖子，用力向下拉，这样他就不能动弹了。国王高举着刀，走到那块太阳形祭台石的跟前，他用刀剖开了战俘的胸膛，这个时候，战俘的鲜血喷涌而出，溅得很高，就像是沸腾的地下泉水一般。战俘的惨叫很快消逝，国王探出左手，掏出了人心。他快步地走到祭台一侧，用手将心高高举起，作为对太阳的奉献。那颗桃子状的心刚开始还蠕动着，鲜血不断地溢出，国王用手上下颠着那颗心脏，直到那颗心冷却下来，被颠成圆饼状，国王用手握紧，反手向下，挤出一些血滴，洒向太阳的方向。这个时候，国王高声朗诵：

太阳，宇宙间生生不息的伟大力量，

我们以血和人体来祭献你，

太阳，我们的全部光荣，都归功于你，

我们生长，我们死亡，我们歌唱，

太阳，赐给我们永生永世的安宁、幸福和繁衍。

国王高声朗诵完，他将那颗心抛入了天空，之后，我们随着国王，沿着台阶又走了下去，走回到了王宫。然后，他手下的士兵，屠杀了广场上所有的战俘。

在接下来的日子里，我又亲眼看见了另一场祭神的场面。在这一次的祭献中，一名年轻的被俘女子扮作女神克斯托西瓦特的提神，被杀死了——这是这一次战役后杀死战俘的仪式的压轴戏。

那一天，天气急转直下，冷风变得异常肆虐，空中不断有巨大的雷击，闪电疾速地掠过天空，瓢泼大雨倾盆而下，整个城堡都被雨和闪电笼罩了。这时，国王带着我们冒着大雨登上了那座最高的祭献台，十万名他忠诚的士兵以那座高高的祭台为圆心，向周围散开，他们高呼赞美上天和国王的口号，声音与雷电交汇融合，十分激越，在天际边无比雄壮地回荡着。很多熊熊燃烧的火把，在大雨的浇注下反而更加明亮。

我看见，那名女子被几个祭司抬到了祭台上，向下平卧着。祭司拉开她的衣服，捆住了她的身体，并用一根绳索将她的头向后拉紧，绳子拖至地面。两个祭司用一只两面多刺的箭鱼突吻，猛刺她的脖颈，借以分散她的疼痛感，另一个大祭司则利索地剖开了她的胸腔，在一阵闪电交汇映照之下，大祭司将那颗黑暗的心高高地举起，举向了天空，十万名士兵齐声欢呼，之后，大祭司把这颗心放入了一个绿石罐子中。众人们响亮地吹起了喇叭，大祭司在喇叭声中用厚重的罩布，将那个女神替身的遗体盖住了……

为什么他们要残酷地杀死那些可怜的战俘呢？带着这个疑问，我开始进行观察。一个士兵告诉我，他们杀死战俘吃掉他们，是为了能获得战俘曾经拥有的勇气。又有一次，我再次目睹了他们在城堡的另一处杀死了一个战俘，所有的人都欢呼和吹着口哨，我看见一些年老的女人冲过去吮吸鲜血，而孩子们用于手蘸血，年轻的女人则把血涂在自己的奶头上，那个战俘的身体被切碎，放在火上烧烤，众多的人随后分吃了被烤熟的人肉。

在这个帝国士兵们的观念之中，他们认为，折磨一个可怜的俘虏，就等于杀死一千个敌人。而且，我还发现，他们把折磨俘虏作为一种娱乐，让这种娱乐经久不衰——从人们开始崇拜太阳一直到现在，更何况鲜血从人体内喷出时的新鲜感，会让人激动，使所有的人感到刺激。我明白了，之所以残酷地折磨和杀死战俘，是因为这个帝国的首领们想教给自己的人民残酷无情：如果你不勇敢作战，那么，一旦落入敌手，你也会遭受同样的境遇。

这个帝国的疆域辽阔，道路从城堡向八个方向延伸。每天，太阳都明亮地照彻世界，照亮整个帝国的沃土。在这个国家里，他们把太阳的形象刻画进他们生活中的每一个角落，在所有高大的石砌建筑的墙壁上、水井边、庙宇顶、生活用品上，到处都有太阳的辉耀。这是一个太阳帝国，人们征战，是为了叫太阳永远每天穿越他们的国土，赐给他们肉食、农作物和水源。一切都是为了太阳！

在每一次出发打仗之时，我看见，这个帝国的战士们身上涂满了油彩，装饰有奇怪和有震慑力的骨头，有时候，他们还服用一种叫“咕玛理”的致幻剂，以期望自己能看到神灵显现，并请巫师念咒，施魔法于他们的兵器。太阳一旦升起，他们就浩浩荡荡地出发了，在城堡之中，尘土飞扬，使一切城堡内庄严沉重的建筑模糊不清。

在这里居住了一个月，虽然我受到几乎是奇迹般的礼遇，虽然我对每次祭礼和杀戮战俘的活动做好了心理准备，然而，我所受到的刺激和震动，依旧是异常巨大的。就在这年夏天，这个帝国对一座金字塔又进行了祭献活动。我看见无数个表情仓皇、疲惫的俘虏被排成四行，队伍弯弯曲曲长达两英里，每一行都有一列队伍掌管行刑，杀掉战俘。他们足足干了四天四夜，昼夜不停。我算了一下，如果每两分钟杀一个人，那么这次祭祀活动中就可以杀死一万四千一百人。

有一天，国王终于批准我到一座大广场去了。在这个帝国首都的大广场上，我看见了几乎令我昏厥的场景：一堆堆排列整齐的头骨，堆起来有十人高，绕大广场整整一圈，我按捺住激动的心跳数了一遍，竟有十万个之多！在广场的另一面，有一片矗立的柱子，柱子与柱子之间仅隔一臂远，自上而下插满了横木杆，而每个横杆上都穿着五个人的头骨，我花了半天的工夫，数清了柱子和横杆的数目，再乘以五，我发现，在这里的人头骨一共有三万六千个。而且，在帝国首都城堡的西南部，有两座完全用头骨和石灰黏合而成的高塔，巍然矗立，向天空辐射着死亡的诗意。

没有鲜血，太阳和万物注定要毁灭，这个帝国的人们认为，自己的神圣职责就是通过战争来向神奉献众多的牺牲者。也许，他们之所以这样大量地消灭对手，完全是出于控制人口的目的？我这样想着。那么，他们又是怎样处理尸体的呢？我看到，当牺牲者被掏出心脏，之后被人从祭台上扔向一个陡峭的台阶，尸体从上到下滚至一个场所，然后，一些老人把死尸割开，分给众人，战士们大摆宴席，欢歌载舞，大吃人肉。

这个国家有的首领们家中养着几十名俘虏，以期他们长得又白又胖，在碰到喜庆之事来临的时候，就食用他们。这个帝国的战士们最喜欢的一道菜，是把人肉和胡椒、辣椒、西红柿一起烹煮。他们还喜欢吃人脑，我想，这也就是为什么我在广场上看到那十多万头骨脑中已被掏空的原因。

我为人类这样身居残酷的环境，用残忍的方式对待同类而毫无怜悯感到难过。我试图将西班牙人的战争观描述给国王，但那个国王无法理解我。他告诉我，以太阳的名义进行战斗，并祭献战俘给太阳，让太阳喝到人的鲜血，是这个帝国能够生存下去的第一要义。

后来，我终于决定离开这个国家了。我告诉了国王，仁慈的国王派了一百人为我昼夜赶制一条木船，这年秋天，长达五十米的大船建好了。国王在祭台之上为我洗礼，举行了一个欢送仪式，这是一次不流血的活动。随后，整座城布里都响起了喇叭声，一条红布铺成的道路把我送上了大船。

在临上船的时刻，国王神色忧郁地告诉我，他得到了情报，说这块辽阔大陆的北面，印第安人部落的五十万大军正在南下，进行了半年征程，很快就要来袭击帝国了。在国王说这些的时候，我的脑海里依次闪现了帝国的神秘而又精美的石雕，那些堆满头骨的广场，那些沉积着乌黑瘀血的祭台和排血石槽，那些显示太阳神迹的日晷，那些高大的金字塔，庄严隐秘的庙宇，那些在祭司手上蹦跳的心脏和洒向太阳的鲜血。

离别的时刻我十分感伤，我敬献给那个国王一张地图，这是西班牙人对世界的新发现。而后，我登上了木船。船在海上航行了一天之后，第二天凌晨，几个配备给我的船员在船头发出了尖声的高叫，我连忙登上船头，这才看见，在离我们越来越远的帝国上空，有一道浓重的黑烟冲天而起，一些殷红的火焰腾空而起，船员们都跪在甲板上，大声地泣号，我知道，他们的帝国沦陷了，被印第安人攻占了，是印第安人放火焚烧了城堡。之后，在我们航行的两个白昼和一个夜晚，我们依旧可以从寂寞而又无比浩荡的大海上，看到那个太阳帝国领土上燃烧的白火焰和红火焰。

我们的船离岸越来越远，最后我们什么也看不见了，茫茫的海水和孤单的海鸟，在我们的视线里隐现与跃动，孤独和寂寞重新在内心里涌动。

后来，回到了西班牙，我把我的所见所闻写了出来，敬献给了西班牙国王。包括国王在内，没有人相信我的见闻，他们认为我完全是在胡扯，因为，我曾经遭遇过海难，精神完全失常了。他们说，人类不可能像野兽一样杀人，像我所描述的那样屠杀同类。最后连我也怀疑，我只不过做了一场梦，我看见的真的从来都没有存在过。

李渔与花豹

它是老年李渔养的一只花豹。李渔不仅养女人和家庭戏班子，还养了这只花豹。这说明，他喜欢女人和猛兽。在笼子里，花豹又一次睁开眼睛，看见了围住它的铁笼子的铁条，铁条之间的间距很狭窄，这使它感觉到不透气，目光变得迟滞，因为，它知道自己没有力量冲出去。后花园里的花香弥漫，这使它昏昏欲睡，使它感觉不到时间的流逝。

它刚才做了一个梦，梦见自己变成了一个人，变成了它的主人李渔。李渔原名李仙侣，字谪凡，号天徒，又号笠翁。梦见了自己变成了一个人，还是豢养它的主人，这使它很奇怪。因此，自从它梦见自己变成李渔之后，它就异乎寻常地意识到自己的特殊性，它能够看到自己身上花纹的变化如同谜语，这豹纹还如同某种流体，每天都在变化，像云彩，如河流、田埂和山峦的四季更替，在它的身上蔓延，延伸或者缩短，组合或者离散，总之，变幻无穷。因此它可以想象自己就是大地本身。

在它的梦中，它梦到了李渔，那么，即使它身在笼中，也能够看见和经历这个人一生中的各个片段。李渔人生的这些片段，如同一叠压在一起的它身上的花纹一样流动着，变化复杂。一只豹子梦到了它的主人，这使它感到非常恐惧，同时又感到温暖。过去，它是一只健忘的豹子，对刚刚吃掉的食物都想不起来滋味，但是，它现在是一只有灵性的豹子，它现在想要想起来的，就是它是如何来到这个铁笼子里的。

因此，当它从变成李渔的梦中醒来时，看见自己身上那河流、田埂和山峦般斑斓的花纹时，不禁大吃一惊，因为，它弄不明白自己到底是一头豹子，梦见了一个名叫李渔的人，还是自己是李渔，醒来后发现自己变成了一只豹子。为此，在夕阳的余晖刺痛它的眼睛时，它感到十分苦恼，它就只好再次闭上眼睛，进入那持续不断的梦境中。

这个梦的时间开始于 1644 年，这一年，李渔三十三岁，在此之前，他去杭州参加了两次乡试，都未能成功。因此，当他听说这一年里北方的满族入主中原，并将很快南下的消息后，便放弃了继续参加科举考试的念头，绝望于功名。因为，战乱年代里，读书人的命运是最糟糕的，是最不知所终的。一开始，李渔举家迁往山中避乱，后来，因为山中生活不便，加上一场突然发生的山火，他又不得不带着家眷和跟着他的一些歌女舞女，从山中逃了出来。

这只花豹为自己梦见变成了李渔而疑惑，事实上，李渔后来一直为顺治初年浙东青山中的那场大火而疑惑不已。

那场山火是突然烧起来的，起因是他的出门捡拾柴火的妻妾二人惊慌地逃进家门，说，她们看见了一只花豹，一只色彩艳丽的、浑身如同着火了一样的花豹，在山前屋后附近溜达，并对她们虎视眈眈。李渔听到这个消息，拿起宝剑，大胆走出房门，忘记了这是一把他的戏班子经常演出的时候使用的道具剑。这时候，山中正是夕阳斜下，橘黄色的阳光将深秋的山林晕染得一片辉煌，仿佛天空都在颤抖，又仿佛整座山林都在燃烧。他仗剑向屋后的树林寻去，没走多远，就看见了那只花豹。

那只豹子是一只有金黄色火焰花纹的花豹，它正蹲伏在那里，盯着李渔。李渔毫不畏惧地向它走去，他们就这样相遇了。在此之前，李渔从来也没有想到过自己会和一只花豹对视，因为它可能要危及他和他的家人的生命。在这种意义上说，这只花豹甚至比入关的清军所带来的威胁还要巨大。

在那个夕阳西下的傍晚，他和一只花豹对视着。他们都没有退却，彼此都很勇敢，除了勇猛、戒备和恐惧，他们没有从对方的眼睛中读到更多的内容。他们就这样对视着，直至山林中暮气升起，大地因太阳落山而显得阴暗，他们的影子像一滴墨溶入了更多的墨的时候。天色使得李渔看不到豹子了，正在这个时候，山林中烧起了花豹的花纹一样的大火，而那只花豹子，在与他面对面对视了很久之后，忽然一下从烟雾中消失了。

李渔清晰地记得，那场来势迅猛的大火是如何快速地吞掉了山林、山居和菜田的。而且，他的宠妾语花，也在那场花豹出现之后燃烧的山火中丧生了。这使他多年以后都心痛不已。他不得不带着妻子和女佣，向金华而去，去投奔朋友许檄彩。许檄彩接纳了他，两个人常常忘情于山水，避祸于山林里。

又过了一年，清兵继续南下，攻破金华，他感觉很焦虑。留头不留发，留发不留头。这样的现实使他不得不剃发，然后，他回到老家兰溪，种花养草，和妻妾一起玩耍，还赋诗访友，直到有一天，他从镜子中看到了另一个自己。

确切地说，那个人仍是李渔，不同的是，那个人是1679年的更为年老的李渔，那一年的李渔应该是六十八岁，离他去世只有一年时间了。

李渔是在早晨帮妻子云笺梳头时，从妻子手持的铜镜中看见了自己未来的面容。一瞬间，他明白了自己的一生应该怎样度过。不久，他就带着妻子和其他几个小妾，移家杭州，后来，又搬到了南京，开始了另一种生活。

也许，人的一生即使再顺利，细想起来，都会如同一只花豹身上的花纹一样变幻莫测。自从李渔看到了另一个更老的李渔从铜镜里显现，他便决定不仅顺应自己的命运，也要过更为有趣的生活。在杭州和金陵，他到处行走，广泛结交杭州和金陵的才子佳人，与“西泠十子”和“海内八大家”多有交情，还一口气写下了《无声戏》《十二楼》等两部短篇小说集，又写了《怜香伴》《风筝误》《意中缘》《蜃中楼》等多部传奇，写下了《论古》和《李笠翁一家言》，最后，写出了散文随笔《闲情偶寄》。这二十多年间，李渔走遍了大半个中国，带着他的家庭戏班子，每到一处，必有当地的达官贵人慕名请他唱堂会，他的家庭戏班子一般演出的，都是李渔自己编剧的戏。

我们说过，戏如人生，人生如戏。因此，当花豹又一次从李渔那在杭州和金陵度过的二十几年令人眼花缭乱的生活之梦中醒来时，花豹在想，究竟是人生如梦，还是梦如人生？它费力地撑开眼皮，又看见了铁笼子的栅栏，铁条仍是那么严密地囚禁着它的目光和梦，它感到十分烦躁，就站起来在笼子里走动，从这头走到笼子的那头，怎么走，都刚好是七步，它少走或多走一步，都是不可能的。这简单的重复要使它发疯，于是，它又蹲了下来，闭上了眼睛，为的是不去看那严密的铁栅栏和铁栅栏后面固定不变的后花园的景色。

康熙五年，李渔往西北方向行走，到达了陕西和甘肃。在陕西咸阳，他遇见了两个舞女大乔和小王，他把她们带回了金陵，这样，他的家庭戏班子进一步地扩大了。他和号称“江左三大家”的吴伟业、钱谦益、龚鼎孳，以及号称“海内八大家”的王士祺、施闰章、宋荔裳、周亮工、严灏亭、尤侗、杜睿、余怀等人，一起切磋艺理，诗文唱和，饮酒作乐，四处游历。

李渔的《无声戏》《十二楼》等话本小说，以及长篇小说《肉蒲团》在坊间四下流传，广受欢迎。在《无声戏》和《十二楼》中，人间悲剧和喜剧交替上演，各种因缘际会发生在一个人那长长短短的旅途中，并以巧合和因果报应结束。《肉蒲团》则是一部奇怪的作品，初看之下似乎是劝诫人不要沉溺于肉欲，但是读者将随着小说中的主人公未央生一起经历一次肉欲的狂欢和狂迷之后，才获得一种大彻大悟，而在这个过程里，我们看到的，是一个淫荡的狂徒的纵情声色、毫无节制的性生活，细节突出，会引起读者的淫欲冲动，所以印行不久，就被某些道学志士给举报到官府，经过调查和李渔及其朋友的斡旋，这本书以官方调查上报为“此书并不是李渔所作”而作罢。

因此，李渔将更多的时间和精力，放到了自己的戏班子的演出上。因为演出是最好的商业、社交和娱乐活动。那段时间，经常有人跨省来请他的戏班子前去演出，因而，李渔可以拿到数目可观的赏赐和报酬，因为，他和他的家眷、家庭戏班子，一共有几十个人要依靠他生活，开销很大。

总的来说，有时候李渔的日子过得很富足，有时候，他又贫穷得身无分文，还要借债度日。但他的三十多个妻妾、仆人、子女、婢女、演员，都对他不离不弃，怎么样都要跟着他。这样的情况，使李渔对他周围的人充满了责任感，他不得不广开财源，自己印刷书籍出售，包括了《闲情偶寄》《李笠翁批阅三国志》《新刻绣像批评金瓶梅》等著作。这样，他举债的机会减少了，演出费、出版印刷业、书画润笔等收入多元化之后，他就能够维持家庭的运转了，过着繁花似锦的热闹生活。

……花豹又一次睁开眼睛，它看见，有仆人用一根木杆挑着一只山鸡，扔进了笼子。这是它的食物。对于食物，自从它被关进笼子，它的食欲不振，胃口已经越来越小了，所以，它并不去理会刚刚送进来的山鸡。这一刻，它仿佛从空气中嗅闻出了一种熟悉的味道，那是一只母豹的气味，这一刻，花豹格外想念它的配偶。但母豹又在哪里呢？它又闭上了眼睛，通过想象去接近那时间中的母豹，就这样，它却又再次进入了对李渔的回忆。

李渔写过一本情色小说《肉蒲团》，说的是一个读书人未央生在与六个女人发生了肉体关系，纵欲之后，悟出了人生哲理，从肉欲中升华了。这本书因为性描写的细腻，被称为淫秽小说之首。但李渔虽然好色，却不淫。他在对女人的品赏方面，有着绝佳的品位。比如，在他的《闲情偶寄》中，他就写到，初次与处女发生性关系时，千万不要伤害女人的感觉，因为，初夜对女人的意义非常重大，一定要小心翼翼。

但李渔和女人的关系十分复杂，他喜欢女人，也拥有很多女人。因此，当豹子又梦到了李渔和他的女人在一起的场景时，不禁就想到了自己和那只母豹的第一次交配。据说，豹子并不是可以随时起性的，它们都有自己的发情期，不像人，在成年之后的几十年中，随时随地都可以性交。花豹想起自己那一次和那只母豹的性生活时，既感到了甜蜜和忧伤，同时又感到了痛苦和畏惧。那是一头年龄比他大的母豹子，它们交合在一起时，费了很大力气，母豹子甚至还咬伤了它，但它最终还是进入到了母豹子的体内。据说，公老虎的生殖器是带倒刺的，在交配中倒刺会使交配中的母老虎靠得更近，那么，公花豹同样也长着带倒刺的生殖器，它钩住了母豹子的阴道内壁和靠近子宫的肌肉皱褶。而母豹的不合作，也加剧了它们之间的痛苦，在拉扯中，它生殖器上的倒钩被扯掉了，留在了母豹的体内，而母豹则嚎叫着，消失在了丛林中。

李渔公开宣称自己好色是在南京，他与很多女演员、乐师，以及秦淮河边上的艺妓都有一手，他像一把巨大的茶壶，不停地向那些女人身上玫瑰色的小茶杯里倒水。此外，李渔对情爱是持开放态度的。对他的戏班子里的同性恋，他也很理解和欣赏，可以说，是他把她们中的一些人发展成了双性恋。他无微不至地关心和爱护着跟着他的每一个女人。在豹子的梦中，李渔像一架精力充沛的机器，一边领着他的戏班子四处游走，赚取演出费，一边写下了大量的诗文、杂著、戏剧和小说，还编订与评点了几部历史著作，印刷出版，获取了不菲的金钱。。

当然，每个人都有自己的命定，每只花豹也有身上的花纹全部消失的时候。李渔终将走向他人生的衰败期。1676 年，也就是康熙十四年，他送儿子回乡参加童子试时，再一次看见了故乡的山水，突发思念故乡之情，两年之后，他由金陵移家到了杭州，在云居山的东麓，过起了隐居生活。

当花豹的梦向结局挺进的时候，它势必将与李渔再次相遇。史书上记载，李渔在 1680 年死于贫困交加，但花豹的梦则提供了另一种可能性。

那仍是一个黄昏，李渔拄着拐杖来到云居山中散步，在夕阳余晖中，再次和一只花豹相遇，这只花豹像一块石头那样卧在灌木丛中，李渔有些老眼昏花，走到了很近的地方，才看见了它，这让他吃了一惊。他以为自己是身处梦中，一瞬间，他回到了 1644 年清军入关那一年他曾经和一只花豹相对，但他发现，这一次不是，因为豹子明显不是上次那一只，这一只要更大，身上的花纹也更像夕阳中的火焰。他和豹子就那样对峙着，谁也不后退一步，仿佛都要证明自己勇敢似的，直至黑夜像一张大网一样降临。然后，花豹温柔地、乖顺地来到李渔的身边，任凭李渔抚摸它身上火焰色的花纹。

李渔就豢养了这只豹子。他把它关进了铁笼子里，让它每天做梦。李渔也在日渐衰老，并且和花豹在梦中相遇，互为彼此。李渔梦见的，是自己和一只母豹的交配以倒刺的损害导致了身体疼痛而告终。

后来，某一天的傍晚，一场大火点燃了云居山的半个山麓，四周的人都去上山救火。他们看见了一只在火焰的包围中奔突的花豹，并抓住了它。但谁也没有找到李渔，连他的骸骨也没有，但花豹十分清楚，那场大火不过是一个梦，就像它身上的花纹一样是流动和难以捕捉的。现在，它可以安详地闭上眼睛，继续做梦了。梦见它变成了自己的主人李渔，并再次经历了他全部的生活。

鱼玄机

鱼幼薇，鱼幼薇，我非常爱你！李亿一边用手测量着她的三围，一边发自内心地说。对于这一点，鱼幼薇——鱼玄机是心领神会的，她的身体花枝乱颤，迎风摆柳，迎合着李亿的手的探索，带出了一阵阵娇羞的呻吟。

那个时候，鱼玄机还叫鱼幼薇，还不叫鱼玄机，是李亿后来将她不得不休掉后悄悄送到了咸宜观，才给她改了名字，叫作鱼玄机。

李亿是一个才子，他娶了江陵的名门望族裴家女子裴氏为妻，这次来到长安是补缺任职。裴氏在长安也有很多亲戚，她性格强悍，常与他吵架。这次来长安赶考的书生很多，不少人请李亿辅导，考试完毕，考生们在长安城内游玩散心。

每年赶考完毕，考生一般都要在长安潇洒走一回，在龟兹人开的卡拉OK厅里唱歌，在红灯区跳贴面舞，进行木盆香草美人共浴，大吃波斯美食和长安小吃。考生们一边吃着喝着，一边都会向街上匆匆走过的唐朝胖美人行注目礼。长安那时候可是一个国际化大都市呢。老外的人口约占长安总人口的百分之二十。因此，李亿骑着一头驴子也想出门散心，驴子把他带到长安城的红灯小巷时，他自己都还没有意识到呢。

“这么多红灯笼，这么多女人都在用星眼流眸瞄我，送来一阵阵电波，电得我胸口直疼！”李亿心里想。他的眼睛放出了光彩。他一扫心中的阴霾，并且用力地用左脚磕了磕驴子，驴子心领神会地带着他向香怡园而去了。

需要说明的是，那天晚上李亿并没有遇到鱼幼薇，他在香怡园碰见了来长安赶考的老友们。每个人都搂着一个妞儿，打算醉卧长安，长卧花丛。诗人花子虚笑着对李亿说：“我每次来考，不过是为了这条街上我的妹妹们，李亿，你是幸运啊，娶了名门望族裴氏，又来到长安补缺，混上了一官半职，有了俸禄，不用像我们这样要去考试来博取功名啊。我是没有脸回去见天天磨豆腐的老婆了。”

这触及到了李亿的痛处，是的，虽然如今来到京城长安居住，他还有一个凶悍的老婆裴氏。裴氏在这里有很多亲戚，因此就有了很多耳目，这使李亿心情十分恶劣，他问怀里的女子：“你叫什么？”

“我叫藕香。我家穷，父亲过去是个刀笔小吏，但新近县衙门机构改革，我爸爸离了岗，天天在邮驿站代人写信，生意不好。现在，烽火连三月，匈奴人入侵，总是觊觎我大唐江山，可仗还没开打，没有出征的战士，写信的人就少了。母亲在一家染坊帮工，染的布也卖不出去，前年还突然中了风，一下子偏瘫了，弟弟充了军，镇守边关，可总是让家里捎些银子去，奴家本来冒充男孩，都快把乡塾读完了，却被发现了，父亲接连欠了几笔债。一个月前，就把奴家卖到这里，入籍为娼了……”藕香呜呜地哭了起来。

“莫哭，莫哭！”李亿有点儿心烦意乱。每一回召妓，听到的总是这一套，也不知是真是假。但这一回，他动了恻隐之心。他想，假如我能救一个风尘女子出这水火之地，岂不是积了德？可他对藕香有点儿不满意，觉得她的姿色和技艺有点儿低。而且，头脑简单。这一点，他认为这个女子远不如他家里的凶悍老婆裴氏，起码，裴氏家族势力很大，对他今后为官很有帮助啊。

多年以后，当李亿展开一张白色丝绢，读到鱼玄机写给他的一首诗时，昔日那种美妙的爱意早已灰飞烟灭了。但这并不能说明当初他的感情就是假的。李亿后来明白了真爱就是互相伤害，像两把刀砍在一起，你中有我，我中有你，一拨开，你有残缺，我也有暗疾了。

那首诗全文如下："山路崎斜石蹬危／不愁行苦苦相思／冰消远涧怜清韵／雪远寒峰想玉姿／莫听凡歌春病酒／休招闲客夜贪棋／如松匪石盟长在／比翼连襟会肯迟……"

李亿被一些考生作为老师邀请，一起玩耍以答谢他。再过些日子，考生们就要回乡了。所以，李亿会落寞许多，他的心情格外糟糕。唐代很开放，尤其是娱乐方面，对官员也没有特殊的管制。所以，即便这几天他已连续和藕香、银莲、春梅、夏祺、灵珠过了夜，但他总觉得缺点儿什么？他一直在想。

"激情！是激情！我缺乏一种生活的激情！"他忽然喊叫了起来。

这一天他下班之后，把书童打发走，又一个人骑着驴子向红灯巷而去，还打着刚刚吃过的羊杂汤的饱嗝，有些消沉与颓废。骡子把他带到了红灯笼一条街，那些铺设来的灯笼光，又把他带入了一种飘飘欲仙的境地。他想随便挑一家妓院进去乐一下。而这时，有一群惹眼的人闯入了他的眼帘。

这一群人，有男有女，说说笑笑，推推搡搡，旁若无人，从内走出。

其间尚有两名女子，一着白衣，一着红裙，红白相衬，十分扎眼。李亿定睛一看，男男女女，有几个他也相识，其中就有诗人花子虚。在花子虚边上，迎风摆柳，那个穿红衣的女子，她长得十分漂亮：一双大眼，三层眼皮，忽闪一下，跌一跟头，瓜子脸型，线条柔和，小嘴樱桃，笑不露齿，星眼流眸，云鬓高高，鼻尖纤巧，步态轻飘，衣袂飞动，凌波微步，香汗微出，通体舒展，娇羞一笑，百媚千生。把个李亿都看呆了。李亿看到了她，之后就怔怔地站在那里，一步也挪不动了。

事后，鱼玄机回忆了那次她和李亿的初次见面："那个白面书生会是谁？他怎么看上去有一点儿颓废，有一些迷茫，把头四处望，却不知向何方？他的身材有点儿瘦，形销骨立，形单影只站在风中，独钓红灯巷，却为何，不见身边美人陪？莫非是，失去了心上人，或是考场失利，欲寻短见，走错了地方，来到了这灯红酒绿的烟花巷？"

她和他一刹那的目光对视，双方都被电击了一下。蓦然回首，那人正在灯火阑珊处，说的就是这种感觉。事后李亿对鱼玄机说："当时，我就感觉到要和你发生些什么了，你这个女人，将进入我的生命！"

花子虚叫道："李亿，你发什么呆啊？还不过来见过各位仁兄和大美女！长安诗派的朋友李霖、王昌贵、谢岳歧、董子叔、令狐宁，你都熟悉。这个女诗人不认识吧，人家可是鼎鼎大名的啊！哈哈，怎么，目光直勾勾看着人家小娘子，太不礼貌啦，对不对，鱼幼薇鱼姑娘？"

"我也算是个诗人吗？虽然小女子我的确是写了几首诗呀。"穿红衣裙的女子反问道。她对李亿粲然一笑，说这话间，目光一点儿也没有离开李亿，却用手轻推了一下花子虚，怪他言语莽撞。

多年以后，当李亿回忆起这段感情的时候，他的表情沉痛："我真的没想到女诗人这么难缠，我真的没想到和女诗人谈恋爱这么费劲儿。她搞得我精疲力竭！我甚至对感情都不太感兴趣了。全怪她，这个女诗人怎么对我有这么大的打击？”

那次李亿和鱼幼薇相见之后，真是恨自己为什么没有早一点儿见到她，白白在红灯巷的烟花女人那里费了不少工夫。鱼幼薇是一个才女，李亿后来才知道，她出生在长安一个穷苦人家里，母亲靠在妓院旁边给欢场女人洗衣服为生，让鱼幼薇也从小就知道了风月场的事情。后来，这鱼幼薇竟然有了很大诗名，原因在于，著名诗人温庭筠慕名前来拜访鱼玄机，给她出了一个诗题《江边柳》让她做，结果，年仅十二岁的鱼玄机立即吟诵道：“翠色过荒岸，烟姿入远楼，影铺春水面，花落钓人头……”

温庭筠当时是四十多岁的男人，虽然相貌奇丑，人称“温钟馗”，但是诗才很高，诗名远扬，现场听到十二岁的鱼幼薇作出这首命题作文七步有诗，简直是服气极了，拍手称快。他就给鱼幼薇当了老师，辅导她写作。

鱼幼薇的成长也很迅速，写下了很多好诗篇。有趣的是，她和温庭筠的关系一直是柏拉图式的精神恋爱，从来没有肉体亲昵，这一点，也是温庭筠把握得好，虽然情窦初开的鱼幼薇多次要献身于他，但他还是发乎情，止乎礼了，两个人并没有肉体关系，只留下了美名和两个人唱和的优美诗篇。

最近一年多以来，十六岁的鱼幼薇名声更大了，和长安诗派这一干诗人才子往来密切，她天资聪慧，写诗填词，才华卓然，加上她容貌姣好，从小就能歌善舞，因为母亲给妓院帮工洗衣服，她熟悉妓院，便立誓决不当妓女，因而练就了一副好身材，学习了一身好舞蹈，光靠给达官贵人唱歌跳舞，就能过上很好的生活。眼下，她很想找个好男人把自己嫁了。但她认识的适龄青年，要么早已三房四妾，要么家人不满意她的出身，鱼幼薇正苦苦地等待着她的梦中情郎出现呢。

“他应该有才气，家里不必有太多的钱，但能维持家用。已经有一个老婆倒也罢了，我可以做妾，可我一定要掌握主动权，在爱情中一定要占上风，因为爱情是一个跷跷板，必须有人占上风。他一定要体贴我，家里有大院子是最好的了，我可以种上些花花草草，陪他赏月、饮酒、作诗。他不要太胖，不要长胸毛，有一点腿毛是不打紧的，他的眼睛最好要大，是双眼皮，他要是还能舞剑，是再好不过的了……”鱼幼薇盘算着她未来相公的标准。

而李亿，正好符合她的这一标准!

“那天，仿佛如电光火石一般，我腰间佩着的宝剑发出了一阵鸣响。那天，在红灯巷的相遇，决定了一次伟大爱情的诞生。我和长安诗派的众位诗人打了招呼，便一起去饮酒。那天的月光很好，我乘兴舞了一套剑法，在月光下是衣袂飘飘，端的是占尽风光，我用余光看鱼幼薇，发现她的眼睛都有些湿润了。”李亿后来如此回忆道。

那天，鱼幼薇看到李亿的剑术如此漂亮，当下也舞了一会儿剑，她耍了一套“峨眉剑”，轻柔流畅，在月光下红衣飞舞，十分漂亮。当时，很多女子都会舞剑，大诗人李白就经常“三杯拔剑舞龙泉”。

盛唐时期，还有一位女子剑术家公孙氏，大诗人杜甫曾看过她的剑术表演，如此描绘道：“昔有佳人公孙氏／一舞剑器动四方／观者如山色沮丧／天地为之久低昂／耀如羿射九日落／矫如群帝骖龙翔／来如雷霆收震怒／罢如江海凝清光……”

花子虚见鱼幼薇舞剑，摇头晃脑地背起了杜甫的诗句，这边李亿已按捺不住，持剑跳入场中。两人一白衣一红衣，舞成一团。这一回，两人舞了一回“三合对剑”，一招一式，形端劲遒，纵横挥斥，流畅无滞，奔放如醉，乍徐还疾，柔和氤氲，连绵不断，当真是珠联璧合，对影成双。旁边那长安诗派的众诗人观二人舞剑后，一个个诗兴大发，当天晚上又一起吟诗作画，十分尽兴。

“我们越靠越近了，我们的心越贴越近了，我们之间有一种缘分……”李亿和鱼幼薇双双坠入爱河。两天以后，他们就上了床，进行了一番缠绵——这一番缠绵，折腾了一夜。李亿施尽了浑身解数，叙绸缪、曝鳃鱼、蚕缠绵、龙宛转、鱼比目、翡翠交、鸳鸯合、空翻蝶、背飞凫、临坛竹、风将雏、海鸥翔、野马跃、马摇蹄、白虎腾、偃盖松、吟猿抱、三春驴等十八式，每回把个鱼幼薇弄得直告饶：“亲爱的，你饶了奴吧，慢些搞，亲爱的你好猛烈啊，我我又丢了……”

两人剑也舞了，诗也互相赠了，床也上了，接下来，怎么办？李亿忽然害怕和迷惑了，“我家里那个裴氏，虽然出身名门望族，但天天倒也给我斟茶捏脚，虽不像花子虚的老婆那样给他磨豆腐，供他专心参加考试，但我老婆也不错，对我在外面如此快活，也不怎么管。但如今有了鱼幼薇鱼姑娘，我的新的激情和爱情，我该如何处理这两人的关系呢？裴氏是我的结发妻子，可这鱼幼薇，也是我的心上人，最好娶进家门。但自古水火不能相容，我是了解我夫人的脾气的，我如何把这事处理得更好呢？”

鱼幼薇一边穿衣服，看到李亿有些愁眉苦脸，就问他有什么心事？李亿不再隐瞒，从实招来。鱼幼薇笑了，“这个问题好办，我愿意做你的妾，只要你愿意娶我，我就跟你回你的家乡，和裴姐姐好好相处就是了”。

鱼幼薇的回答令李亿一扫心中的担忧。几天后，他们一起回到了李亿的家。

李亿的心里一直有一个梦想："去长安郊区，最好是去华山脚下创造一个爱情的伊甸园，一个男人一妻一妾，两个女人和谐相处，她们亲如姐妹。这个梦想马上就要实现了。我已经有了一个名门望族的原配夫人，我又娶了一个才貌双全的女人做妾，我的伊甸园，眼看着就要成了！我还要写好多好多的诗篇，把剑术再练精一些。而且，弄一个沼气池子，用沼气来发电。这样，村里再也不用煤油灯了，读书的孩子可以用沼气灯来阅读古诗了。把那些大粪都利用好！"

"过来娘子，过来夫人，我来给你们引见一下，从此以后，就是一个屋檐下，同是一家人了，咱们创办一个精神与物质的伊甸园，和和美美过日子吧。夫人，这些年来你辛苦了，这一次，我比上一次考得强多啦！"李亿回到家中，向裴夫人介绍自己新纳的妾——才貌双全的鱼幼薇。

两个女人初次相见，就像平静的水流下暗藏着凶猛暴跳的激流。她们彼此细细打量着。一个心想：这个骚狐狸，凭着她的姿色和那么点诗才，就想迷住我相公，看我怎么慢慢收拾你！要你知道温水煮蛤蟆和热带风暴的威力！另一个心想：这女人，人老珠黄，虽然出身名门望族，但自己都变成豆腐渣儿了还不知道，有雀斑又是平胸，单眼皮也不知道找高丽人整容，怪不得相公不喜欢你！

李亿在一旁见两人相见，心中窃喜，盘算着这伊甸园算成啦！我可以去华山脚下，营造田园生活，自由写诗和搞沼气发电啦！

"你要学会斟茶捏脚，你要学会舞剑和写诗。"李亿分别向鱼幼薇和他的原配夫人吩咐道，"总之，你们要好好相处！"两个女人的嘴角都挂着微笑，缓缓点头。作为两个茶杯，她们一同向一个茶壶致敬，她们都盼着这个茶壶在晚上向自己的单独的杯子里多倒些呢。事实上，她们已经暗中较上劲了。

他们三个人在华山脚下租了一个农家院过生活。有一天，李亿骑着骡子从华山上采薇回家，一进门，就发现家里乱作一团，原来，裴氏和鱼幼薇打了一架。鱼幼薇在裴氏的房间里发现了一个小布人，小布人身上缝了几个字“鱼玄机”，小布人身上已经被扎了许多根针。这可是放蛊

“她天天用妖术咒我死呢！呜呜呜，怪不得我浑身刺痛，开始我还以为是对这里的水土不服呢，我的月经也不调，每周都要来一点红，现在明白了，全是你这个恶毒的大老婆在作怪！呜呜呜，相公，你可要给我做主啊！”鱼玄机一头扑到李亿怀中，娇哭不止。

李亿安抚了半天，这事儿才算过去。但自从他娶了鱼幼薇回来，这家中便无宁日了，两个女人是五天一小架，十天一大架，把个李亿吵得诗书也读不进去，采薇也采不着了，建沼气池的事因人手不够，搜集不到足够的大粪而暂时搁浅，他更加苦恼了。

“真是雪上加霜啊，原以为娶了一个才貌双全的女人，加上我的名门妻子，两相宜，哪知道弄了个鸡飞狗跳！我的家，哪里像是个伊甸园？我的那个理想家园，在哪里？在哪里？”李亿独自对月长叹。

几个月下来，李亿发觉鱼幼薇不是一个省油的灯。她是一个很有个性的女人，她的要求也特别高，吃、穿、用的，都要好的，化妆品必须是咸阳名牌才可以。在精神生活上要求也特别高，今天要和李亿一起去挖野菜，明天要和李亿一起去踏青，后天要去放风筝，还在风筝上题诗，“把它们都放飞到蓝天中去”，害得李亿没有时间去搜集足够的大粪来进行沼气发电。三个人争吵、和解，再争吵、分手，再聚首。

鱼幼薇还喜欢赌气，已经出走三次了，每次出走几天后又回来，如此把个李亿折腾得筋疲力尽。

他们分手的导火索，是鱼幼薇的红杏出墙。裴氏看到丈夫领进家门的女人夺走了丈夫的心，不堪羞辱，一怒之下，跑回了长安娘家。

也是在这一天，有一个行吟诗人叫白不居，是个白面小生，路经此处，碰见了鱼幼薇，而鱼幼薇在情感上得不到李亿全部的爱，或者说李亿不能满足她全部的要求，她一赌气，跟着白不居一走了之，私奔了。

李亿回来，听村里人说鱼幼薇跟一个小白脸跑了，立即骑着骡子追赶，追上后拔出剑和白不居打了起来。几个回合，白不居的发髻就被李亿一剑削掉。白不居的小脸当时就更白了。他一下子跪了下来："爷爷，李爷爷，您就把我当个屁放了吧！这个女人我根本就不想勾引她，是她自己要和我走的，这不怪我啊！"说着话，他磕头如捣蒜，连鱼幼薇看着都脸红，后悔没长眼睛，竟然和他这个懦夫私奔，最后，她不得不和李亿回到家里。

一进家中，发现原配裴夫人回娘家了，他又赶到了娘家，进了门，发现裴氏在房梁上挂了绳子，正在上吊，李亿挥剑将绳子砍断，上前一探鼻息，发现老婆还活着，又是揉胸，又是口对口进行呼吸，终于把裴氏救活过来。老婆醒转，第一句话就是："相公，多谢你救我，对不起，上吊之前，我吃了不少大蒜，这一张嘴，把你熏着了！"

一句话，说得李亿泪雨涟涟。心想，还得是原配、结发妻子裴氏好啊！她忠心耿耿、任劳任怨，天天给我捏脚斟茶，让我安心读书写诗，我娶了妾之后，爱情旁落，冷落了她，伤害了她这个原配。从那以后，李亿便天天和原配圆房。

一周以后，李亿给鱼幼薇写了一封休书，这休书是给裴氏看的。他将鱼幼薇放入咸宜观，还给了道观一笔不菲的灯油钱，意思是要道观照顾好鱼幼薇，并给她起了一个道姑名：鱼玄机。鱼玄机于是伤心而去，进入了咸宜观。

“李亿，你我尘缘已断，这是昨日做梦，花仙子告诉我的，也许，你觉得我的要求太多、太高了，我们之间的感情经过了几次折腾，已经太脆弱了。这个家再待下去，对你对我都不好。我和裴姐姐相处不好，甚至到了你死我活的地步。我多盼望得到你的抚爱，像过去好多狂暴的日子，可眼泪把枕巾都打湿了，从黑夜一直等到东方显出鱼肚白，伸手向旁抓，一把空空也，你也没有回来。我摸着自己的身体，独自向隅泣。我知道，我们的缘分尽了。现在你狠心休了我，那我走了，只有这样才能让你我的心情恢复宁静。珍重！”鱼玄机也给李亿写了一封绝交信。

天明之时，李亿展开鱼玄机托人带来的白绢信笺。他悄悄读之。虽和裴氏从精神到肉体都贴近了些，但休掉鱼玄机，她的离去仍令他肝肠寸断，潸然泪下。他知道，鱼玄机的心已经死了，她这一走，自己恐怕永远也见不到她了。后来他带着裴氏远走他乡，去扬州当官去了。

是的，鱼玄机这一走，就决定再也不见李亿了。她最开始对李亿的期望很高，她是一个读过书的女性，想得多，要求的也很多。后来发现做二房的难处。一个茶壶可以倒好几个茶杯，这完全是男权主义那一套！而且，李亿虽是一个二流诗人、三流剑客，他整日忙于采薇（也不带上我），搜集大粪，用沼气发电，根本不管她内心里的女性主义是如何萌芽的，心里是怎样想的。这次失败的婚姻对她打击特别大，她真的是有些心灰意冷。所以，她被休掉以后，也像娜拉一样出走到了道观里。

可娜拉出走后又怎样呢？从古到今，有多少个娜拉出走了，结局如何？谁做了详细的统计没有？告诉我！

鱼玄机在咸宜观出家，当了一个道姑。唐代的尼姑庵和女道院是妇女的避难所，就像最近一个美国学者发现，中国的麦当劳快餐店里经常有单个的女人待着，只要一杯饮料，坐在那里发呆，他发现，原来，当代中国妇女没有过多的公共场所可以待，就只好待在快餐店里发呆了。鱼玄机与一些官人、文人雅士有过几段风流韵事，但她再也没动过心。在长安城，曾有描写她的生活的《女人的一半是男人》《菩提子》《常春藤》等在坊间颇为流行，但当有记者去采访她，她什么人也不见，什么话也不想说。渐渐地，她也变得神色消沉，情绪低落。

我一开始来道观的时候，非常消沉。我没想到婚姻是这样子的，我几乎万念俱灰了，但后来，道观中自由自在的冥想生活，让我恢复了生命力。在咸宜观中，既有虔诚信教的女子，也有走投无路的寡妇和被休掉的女人，也有一些不愿再当妓女的女子，真的是良莠不齐，什么人都有。而且，在道观中，我们还可以以盛宴和狂欢来招待一些客人，我还能出门和男人幽会。正是在一个酒会上，我认识了他，那是我来道观第三年的事儿了……（摘自《鱼玄机：实话实说》）

“苦思搜诗灯下吟，不眠长夜怕寒衾。满庭木叶愁风起，透幔纱窗惜月沈……”

“枫叶千枝复万枝，江桥掩映暮帆迟。忆君心似西江水，日夜东流无歇时。”

在咸宜观中，每当观中的桃花杏花一起盛开，鼓儿铙儿一起响的时候，鱼玄机芳心寂寞，心如枯井，就写些诗怀念自己的情人和过去的爱情生活。在她的梦中，过往生活的影子交替出现，所有的场景是重叠的。有一天，她偶然走进了道观中放香火的地穴，发现了一个时间圆环。

时间圆环不仅是时间。如果你穿过时间圆环，那就能够看到所有的时间和空间，所有的现实和幻象，没有开始，也没有结束，没有最大也没有最小。

“咸阳桥上雨如悬，万点空蒙隔钓船。还是洞庭春水色，晓云将入长阳天！”忽然，一个白衣男子，羽扇纶巾，谈笑俯仰之间，诵出一首温庭筠当年写的诗，让鱼玄机大吃一惊。她抬头一瞥，这一瞥之下，两个人目光相遇，各自心头又是一震。

多年以后，当鱼玄机面对行刑的刀斧手，又想起了那个雨雾弥漫的下午，在咸宜观和诗人陈韪相遇的情景。当时，她的心怦怦乱跳，那种久违了的爱的感觉又回来了。被李亿消耗掉、遮蔽掉、掩埋掉、忽视掉、撕裂掉的感情，又重新燃烧起来了，她和他都感到自己将再次坠入情网。

陈韪是一个风流才子，出身富裕家庭，放荡不羁，喜欢忘情于山水之间，酒肆之内，红灯巷里，石榴裙下，女人丛中。他第一眼见到鱼玄机，也是在雨雾弥漫的女墙之下，只觉得这个女子好特别好特别，别有一番味道在眉梢。陈韪有一个理论，那就是：一个女人是什么样的，从她的眉眼就可以看得出来。

“她，一定有过一次刻骨铭心的爱。她，一定有很高的情感诉求。她，一定对自己作为受压迫的女性地位有所反抗。但是她，却受到了挫折。总之，她是一个受伤的女人。因为，她长着一双柳叶眉，这种眉毛，迎风才能摆动，随波就会逐流……”陈韪暗自盘算。

两个人从相识到上床统不过三天时间。由此可见，两人都是那种有激情的人，性情中人，鱼玄机自从和李亿分手后，已经几年没有性高潮了，这一次和陈韪在一起，又燃起了她体内的欲火。她的生命中有不少男人作为过客，但和陈韪，似乎激情四射。有一次，两个人狂暴地做完爱，她高潮迭起，不断“丢了”，然后哭了。

“走四方，路迢迢，水长唱，汉宫春，照渭滨，无言语，是老臣，香不灭，丝难绝，梦不归，连天草，客恨多，一曲歌，洞庭波，非昔日，梦不成，夜云轻，潇湘去，月自明，似有情，得同行，分头处，一夜声，主人家，清露沙，入云斜，荞麦花，在天涯，山杏花……”

陈韪诗兴大发，鱼玄机意乱情迷。刚好晚唐兴起了旅游热，两个人也双宿双飞，走遍了名山大川，他们上了华山，在峭壁上锁了个连心锁，到了青岛海滨，共同捉放了一只百年海龟，山盟海誓，海枯石烂，过了一段有情有义的生活。

> 我后来懂了好多道理，那就是，一切都是过程，只要曾经拥有，哪管什么天长地久，拥抱到天明，就已经很多。所以，我和陈韪热恋一年，走遍了祖国的大好河山。可曲终人散，我收不住这个花心郎，当年是我把李亿弃，今朝是他把我摧残，这到底是哪般风月轮流转？男权社会真讨厌，我又重回咸宜观……（摘自《鱼玄机：实话实说》）

在道观里，她从不想向任何人提起，陈韪竟然和她的侍女绿翘发生了肉体关系，趁她不在的时候。她气坏了，因为现场捉奸了。陈韪慌忙逃走了，就像他本来就是她生命中的过客。鱼玄机愤怒以极，她对绿翘进行了拷打，即使绿翘不断告饶，也不停下来，内心的妒忌驱使她打死了绿翘。

这一下，打死绿翘，麻烦大了。她慌乱之下，将绿翘埋在了道观后面的花园里。过了几天之后，向官府报告了绿翘的失踪，说她跟一个男人私奔了。绿翘的亲戚找了一段时间，发现所有的可疑线索，最终都指向了鱼玄机，认为鱼玄机是绿翘失踪的知情人，甚至是犯罪嫌疑人。官府派人立即对道观进行了搜查，结果在后花园的新土堆下，发现了绿翘的尸体。她因为殴打侍女绿翘致死，三个月之后被刑部判处了死刑。

这就是鱼玄机无可抗拒的命运，一个才女的悲剧命运。往事纷至沓来，她没有向任何人讲述她看见的那个时间圆环中女人的悲惨历史，正是时间圆环让她顿悟了一切，看透了世间女人的一生。

多年以后，当年仅二十六岁的鱼玄机面对行刑的刀斧手时，她在内心背诵起她写给李亿的一首诗："……虽恨独行冬尽日，终期相见月圆时。别君何物堪持赠，泪落晴光一首诗。"这时已是冬天，这个早晨别有一种枯瑟和寒冷，她看见了咸宜观屋檐上的冰柱，流出了眼泪。

刽子手仔细地量了量刀和她头颅的距离，准确而迅疾地砍下了她的头。

安克赫森阿蒙

一

我是安克赫森阿蒙，我最开始就叫安克赫森阿蒙，后来，我夫人名字被改成了安克赫森阿吞。我有一个同父异母的弟弟，他叫图坦卡蒙，也被改成了图坦卡吞。再后来，发生了一系列变故之后，我们又再次改名了，我改回了安克赫森阿蒙，我的弟弟则改回了图坦卡蒙。我们改动名字的过程，就是我的生命中发生了很多重大事件的过程。

我们为什么被改了名字呢？这要从我们的父亲阿蒙霍特普四世说起了。我的父亲血统尊贵，是埃及的法老，是上埃及和下埃及、是尼罗河两岸以及南边和北部地区广大和肥沃土地的唯一的统治者。北部到达了一个叫叙利亚的地方，南部听说到了尼罗河第五瀑布。这片广大的土地，是天神眷顾的大地，法老则是它的主人。东部到达努比亚地区，西边则是广阔的沙漠地带利比亚，这些地方都由我父亲，伟大的法老统治。实际上，是我的祖父阿蒙霍特普三世的功绩，使得埃及如此的广袤繁荣，到处都是肥沃的土地，而对外战争的胜利，也使得南北东西方向上的那些归顺的国家和部族不断前来进贡，有骆驼、香料、长颈鹿、黄金、象牙、黑檀木，以及天青石、酒、粮食和各类的珠宝。我还记得我的父亲曾经给我们念了远方的一个归顺的国王写来的充满了奉承和顺服的信笺，里面是这么说的：

“尊敬的奉承天神统治上、下埃及土地的法老阿蒙霍特普四世陛下：在您的国家，金子就像地上的沙子一样多，您要做的，只不过是弯腰把它们捡起来罢了。”

这个远方的国王说得对，在宫廷里，到处都是金子、银子，以及各类闪光的东西。我足不出宫廷，从小就见识了各种各样的珍奇异宝。谁让我生在帝王家呢，我就有着这样天生的优势。埃及有两大名城，即孟菲斯和底比斯，以前，法老大都住在孟菲斯，那里是尼罗河入海口所形成的三角洲地带，土地肥沃，良田众多，连绵到看不见。孟菲斯是国家的政治中心，法老在那里主持政务，大臣和其他的官员们都在那里围绕法老忙碌。宫殿巍峨地耸立着，到处都是高大的石块累积起来的建筑，以及将尼罗河的泥土进行拓方、晒干、垒构而成的建筑群。后来，尼罗河的水位连年上涨，结果使得很多泥砖建筑受到了侵蚀，宫殿都受到了威胁，法老决定搬迁了。我的祖父阿蒙霍特普三世和我的祖母提伊曾经坐着皇家大船，沿着尼罗河到达了底比斯，看到了远处那些历代的法老捐金修建的连绵起伏的神庙，就想从孟菲斯搬到尼罗河的中部城市底比斯了。

我就出生在底比斯，此后在这座城市里长大。我的母亲和其他的亲人、大臣以及宫廷的仆人告诉我，底比斯过去可不像现在这么的繁华。现在的圣城底比斯，到处都是石头建筑起来的高大的神庙，其中，以供奉阿蒙神的神庙最为辉煌。历代的法老，因为感谢神祇的眷顾，都要献出金子给祭司们，请他们修建神庙。于是，底比斯的神庙就越来越多，也越来越辉煌了。

其中最大的，就是我的祖父阿蒙霍特普三世修建的一座供奉阿蒙神的卡纳克神庙。那巨大的拱门，繁多的台阶，让人头晕目眩，感受到了神恩的无限眷顾和阿蒙神的庄严神圣。

虽然在底比斯这座繁花似锦的城市里，那些多达上千座的神庙中，供奉的大都是不同的神祇，但是供奉阿蒙神则是最为重要的事情。阿蒙神是全埃及最重要的神。怎么说呢，阿蒙神是一个隐身神，也是底比斯当地的守护神。阿蒙神在底比斯被供奉为主神是在我父亲出生时的一千年前，由此可知阿蒙神的古老了。如果不供奉阿蒙神，那么，法老和他的子民就不会受到天神阿蒙的庇护，就得不到风调雨顺的年景。于是，一千年的祭祀和对神庙的修建与装扮，使得底比斯成了一个金碧辉煌的城市，一个到处都充满阿蒙神的气息的城市。正是阿蒙神，带领着其他大大小小的神祇，带给了底比斯乃至整个埃及以祝福和护佑。

我母亲涅菲尔提提告诉我，在埃及人的信仰里，阿蒙神是和过去埃及人信奉的至高无上的神合成了一体，叫作阿蒙——瑞。阿蒙神有一个形象，他是一个头戴装饰有鸵鸟羽毛并垂挂在肩膀两边的高个子男人。他的夫人叫穆特，他们结合生下了王子洪苏，由此，这三个神构成了一家三口的神圣家庭，成为守护底比斯和整个埃及的国土上全部人民的守护神。而我们这个法老家族之所以叫阿蒙霍特普，名字里的含义就有“取悦于阿蒙神”的意思。就这样，我的祖父和祖母，法老和他的皇后，阿蒙霍特普三世和提伊，最喜欢的事情就是坐上舒服豪华的皇家游船，穿行在尼罗河上，在孟菲斯和底比斯之间往还，接受沿岸的子民的顶礼膜拜，处理尼罗河两岸的事务，使上埃及和下埃及成了联结紧密的国土。

我的祖父阿蒙霍特普三世比较果敢坚决，他娶了一个平民女子提伊作为王后，他们一共生了六个孩子。长子叫图特摩西斯，很早就被确立为法老的继承人，并在孟菲斯被委任为高级祭司，在那里负责处理神庙事务。但是，就在我的祖父成功地统治着埃及，一切都是那么顺利的时候，忽然有一天，从孟菲斯传来了不好的消息：图特摩西斯得了急病去世了。而这个时候，我的祖父，法老阿蒙霍特普三世也患上了一种牙病，他的腮帮子肿得老高，非常疼，疼得经常哀号，每天需要依靠鸦片和酒来减轻痛苦。在这种情况下，自然无法处理好朝政了。于是，我的奶奶、王后提伊就建议，由他们的小儿子，名字也叫阿蒙霍特普的，来辅佐父亲，共同执政。

这个阿蒙霍特普就是我的父亲，算起来，等到他继承了法老的王位之后，就是阿蒙霍特普四世了。据说，我的父亲小时候在宫里沉默寡言，不爱抛头露面，也从来没有想到过自己有一天会当上有着至高无上的权力和荣耀的法老，可是，命运就把这顶王冠戴到了他的头上。几年的共同执政后，我的祖父就去世了，我父亲就继承了法老的王位，他就成了阿蒙霍特普四世。

我父亲，法老阿蒙霍特普四世和我的母亲涅菲尔提提生了七个儿女，其中包括了我，有六个都是女儿。此外他们还有一个儿子舍曼卡拉，也就是我的一个直系血亲的弟弟。后来，我才发现，在共同生活的过程中，他们身体也在发生着奇异的变化：我父亲和母亲，以及我的姐妹们，身体都变得拉长了一样，下巴变得尖利，眼睛成了长长的一条缝，而手指也在变长。腿就更不用说了，变得就像尼罗河湾里的芦苇那样细长。我们一家人的体型发生了这样大的变化，不知道这意味着什么？我仔细地观察，发现我们一家和周围其他的人，那些大臣，官吏、侍卫、宫娥、侍卫都不一样。我们家庭成员的五官和四肢末梢都在拉长。当然，也不是无限地变长，而是停留在了不能再长的状态，就没有再变长了。我们一家就长成了这样的人：长手长脚，细细的长眼睛和长耳朵，下巴伸展出来也很长。

可能有人会问我，你们法老一家人的身体都发生了这样奇怪的变化，是不是预示着什么不的好变故呢？是不是你们一家都遭受到了神秘的诅咒？我想，也许是这样。接下来，就发生了一件大事情：在我父亲担任法老的第五个年头，有一天，他突然宣布，他要改掉自己的名字，把阿蒙霍特普改成了埃赫那吞。这个名字的含义是“阿吞的光芒”。接着，他就把我的名字改成了安克赫森阿蒙，把我同父异母的另外一个弟弟图坦卡蒙的名字，改成了图坦卡吞。就像我在前面说的那样，我们的名字就是在这个时候被父亲改了。

为什么我父亲要把他的名字和我们姐弟的名字都改了呢？这和我父亲做出的一项重大的决定有关：他改变了自己的信仰，过去他一直信奉和供养阿蒙神，现在，他决定抛弃阿蒙神等各种大大小小的埃及众神，而信奉单一的阿吞神了！我父亲由信奉阿蒙神以及其他各类神祇，改信了太阳神阿吞神作为唯一的信仰，是整个埃及生活中特别重大的事件。阿吞神是太阳神，在我父亲的描述中，阿吞神就是一个光芒四射的圆盘，他像太阳一样，将光芒和热量带给了全世界，没有任何动物和植物不是受到阿吞神的眷顾的。父亲就这么忽然决定废弃以往埃及的所有的神祇，宣布新的神祇诞生：阿吞神，太阳圆盘神，是我们应该供奉的唯一神祇。

我父亲所做出的这项重大的决定多少显得莽撞。但是，他是法老，是全埃及的主人，他说什么就是什么，任何人即使反对，也是藏在心里。阿吞神据说是由鹰头人身的瑞——何露斯神演变而来的。而且，就在我父亲宣布他改名为埃赫那吞、宣布只信奉唯一的太阳圆盘神阿吞神的同时，他还宣布了另外一个重大决定：迁都。把现在在底比斯的皇宫，迁移到埃及中部一个不知名的地方去。

“有一天，我梦见了那个地方。在一抹山峦的山凹所形成的凹状山影上，升起了光芒之神、万世万物唯一的神，太阳神阿吞的圆盘！所以，我一定要到那里去，重新建立一座都城，我必须去那里，因为，阿吞神在召唤着我。”

我的法老父亲那狭长的眼睛里放射着狂热的光芒。他的决定先在皇宫里引发了争议和不解。但是父亲是法老，法老的意志是不可违抗的。我的妈妈，我的姐妹，我的弟弟舍曼卡拉和图坦卡吞，都必须首先要听我父亲的。父亲梦见的那个地方，就是我们一家要去的地方。那是一个叫作阿马尔那的地方。

可是，我母亲知道他的这个决定会造成什么样的影响，对整个埃及意味着什么。她对我们的法老父亲说：

“夫君，我们都跟你走。你到哪里，我和孩子们就去哪里。”

她停顿了一下，又说：“但是，你的这个决定，会在底比斯乃至全埃及造成很大的震动。首先，是那些掌管阿蒙神庙的祭司们会感到不满，他们觉得改变了信仰，会使他们的神庙遭受重大的挫折。因为他们是除了你之外，在埃及的田产和财富最多的人群。其次，你的大臣中大多数人会不理解，不知道他们愿不愿意跟随我们去。然后，是底比斯的贵族和平民们不理解您。所以，我不知道有多少人最终会跟着我们去阿马尔那，你所说的那个地方我都不知道在哪里。”

我的法老父亲说：“我不管所有人怎么想，可即使只有我一个人，我也要去那里，去阿马尔那。我必须去那里，因为那是一个圣洁之地，是阿吞神在呼唤我，去那里专门为神建立一所城市，在城市里，还要建立阿吞神的大神庙。”我的法老父亲的眼睛里那狂热的光芒是任何东西都无法熄灭的。

为了安抚底比斯的民众，我的法老父亲阿蒙霍特普四世和我母亲、王后涅菲尔提提一起在王宫的高高的天桥——君临之窗上，召见了他们的臣民。他们宣告了这个决定，号召底比斯所有人，都去和我父亲一起追随他的梦想，去那个叫作阿马尔那的地方，建立一个崭新的、信奉阿吞神的圣城！

的确就像是我母亲预料的那样，那些管理阿蒙神神庙和其他众神神庙的祭司们不愿意跟随我父亲，底比斯的一些大臣和官吏，比如底比斯的执政官拉摩斯，也都选择了留下来。但还有很多人支持我父亲的决定，如是信奉阿吞神的祭司和那些本来就没有什么财产的平民，他们都热切地盼望着改变自己的生活。

到了我们要离开底比斯的那一天，在尼罗河上，几十艘大船上都挤满了人，尤其是看到了新的机会的平民。很多祭司和贵族心态复杂地选择了留下，而一无所有的人平时只能骑毛驴，现在不用骑毛驴了，跟着我父亲一起追随他去信奉阿吞神的梦想，坐上了过去他们根本就不可能坐上的大船，还有大批的工匠——法老要依靠他们去修建巨大的宫殿和神庙——也在船上，起程沿着尼罗河进发。

我们一家人也在船上，和法老父亲一起前往阿马尔那——那个传说中的太阳圆盘神阿吞神每天都要以太阳的形象升起来的地方，大家都很高兴。每个人在船上都是兴高采烈的，大家都觉得，跟随受到神的眷顾的法老一定不会有错，新的生活在召唤着他们每个人。我们必须跟随神的召唤，前往那个应许之地阿马尔那。

我妈妈说，我们前往阿马尔那的船上旅程整整走了七天。浩浩荡荡的船队在尼罗河上航行，鳄鱼和河马纷纷躲避开我们，沿途的风景非常美丽。之后，我们到达了阿马尔那，可是，大家看到的却是一片荒原和沙漠。真的，那里什么都没有，除了偶尔刮过的旋风。但这里的确就是阿马尔那，就是我父亲要找的地方，一个什么都没有的圣洁之地，我的父亲要在这里建立起信奉他的唯一神、全埃及的唯一神阿吞神的都城，有宫殿、神庙、街道和市井的新城市。

沮丧、惊愕和失落很快为我父亲带给大家的坚定、希望和热烈的情绪所代替。大家马上都投入到了建设新都城的工作中。建立阿马尔那的速度比我们预想的快。成千上万的农人、打鱼人和工匠来了，大家一开始都住在帐篷里，然后，他们各司其职，各归其位：农人在河谷和荒地上开辟农田，种植庄稼，然后酿酒和制作面包。打鱼人从尼罗河中打捞各种鱼类，他们还捕捉飞禽。工匠们则日夜不停地运送石块和土坯，建造着新的都城。我父亲则负责规划，发出指令，实现着他的蓝图。我的法老父亲对我们说，这里是阿吞神第一次出现的地方，因此，必须在阿马尔那建立都城和阿吞神庙。他是被一种神秘的力量给带到了这个空旷的一无所有的地方的。

二

几年之后，一座崭新的、我的法老父亲阿蒙霍特普四世期许给大家的阿马尔那城建成了，真的在一无所有的荒野上建成了：一条皇家大道穿越了整座城市，城市的右边是尼罗河，左边是山峦和悬崖，城市里有皇宫、神庙、街道和市区以及居民区，功能分布齐全。而且，我母亲告诉我，真的就像是我父亲所梦见的那样，有一天早晨，她在新的皇宫里那巨大的阳台上向外面看，当时太阳正在从凹字状的山峦上升起来，那种景象就是阿吞神、太阳圆盘神的化身在上升，带给了我们大家以惊喜。而阿吞神现在是唯一的神，是全能神，信奉阿吞神的狂热，从我父亲的目光里传布开来。在宫殿、神庙和方尖碑上，到处都有阿吞的印记和象征。我的法老父亲还将阿马尔那的名字改成了埃赫塔吞，意思是“阿吞的世界”，表明这里的世界是阿吞神的。

在阿马尔那，我渐渐地有了记忆。我的法老父亲任命的新的大祭司梅里一瑞，每天要向太阳圆盘神阿吞祷告，跟随我的父亲、法老阿蒙霍特普四世，指导着埃及人的生活。我则生活在新皇宫里。新皇宫规模宏大，有父亲处理政务的厅堂，有接待使者的大殿，还有很多卧室和后宫居住的房间，以及厨房、花园和储藏室。我父亲让工匠也修建了一座天桥，横跨皇宫东西两部分，像底比斯的皇宫里的那个“君临之窗”一样。后来，我的法老父亲和我母亲涅菲尔提提一起站在那里，向虔诚的朝臣和平民颁发黄金项圈，这是对臣民最大的褒奖。

我的法老父亲身体力行，在信奉阿吞神方面不遗余力。他还建立了一个供皇宫里的人员进行祈祷和供奉太阳圆盘神阿吞神的私家小庙，并亲自设计了阿吞大神庙：在空旷无人的空地上，阿吞大神庙被设计成长方形，中间什么都没有，只有一些空的架子可以摆放祭祀品。其他的神比如阿蒙神等，都是有神像雕塑的，但是太阳圆盘神阿吞神则没有形象，因为他的化身太阳，我们每天都可以看见，因此，这个私家的小庙里就没有阿吞神的雕像，甚至都没有屋顶，对阿吞神的崇拜可以通过没有屋顶的空旷之地，直接到达天庭。

有时候，在我少女的记忆里，我还常常想念着底比斯的繁华，想念那个城市里朝晖的灿烂和傍晚浮尘遮蔽大道时候的辉煌和朦胧感。尽管作为法老的女儿，我是不能随便到大街上去，但街上的各种声音也会传进皇宫里，让我想象着外面那火热的世俗生活。小贩的叫卖，妇人之间的闲聊，孩子的打闹，驴车的轱辘声，等等，都在我的耳朵边出现，相关的场景就在我的想象里浮现出来。但是在阿马尔那，或者现在叫埃赫塔吞的这座新城市的皇宫里，我听不到那么多市声了。因为，我的法老父亲阿蒙霍特普四世决定，他永远都不离开这座城市，也很少到大街上去，他就是喜欢待在阿吞神庙里祈祷，供奉阿吞神，对别的事情都没有什么兴趣，行为变得多少有些古怪。

我妈妈告诉我，过去，我们的祖先，那一个个的伟大的法老，从几千个春夏秋冬的轮回中，带给了上埃及和下埃及繁荣。是尼罗河水的泛滥带来了适合耕种的泥土，因此埃及的农作物丰收。有了粮食，人们的繁衍就顺畅，就变得众多。人多了，就出现了更多的事物。而法老的职责之一，就是去征伐，向四面八方的敌人去征战。法老是勇敢的，那些埃及的敌人纷纷被击败，成为朝贡者，每年都给埃及送来他们国家最好的东西。到了我祖父、法老阿蒙霍特普三世时期，埃及是世界上最伟大的国家，土地上到处流动着酒和蜜，流动着黄金和白银，流动着财富。

可是，我的父亲法老阿蒙霍特普四世决定不离开这座城市，只是在这里一心一意地供奉阿吞神。我的法老父亲把他的使命只理解、缩减为他是埃及人民精神生活的引导者。后来他连外国使臣都不接待了，由手下的大臣去应付，他则专心地供奉阿吞神，亲自撰写《阿吞神颂歌》，狂热地崇拜阿吞神。如此一来，他也就不会去孟菲斯和底比斯巡视，无法对那些掌握了巨大财富的祭司阶层发挥影响，他的臣民就不会见到他的尊容，就会对法老丧失一些崇拜。还有，他如果不去指挥军队对付埃及的敌人，那么，在埃及四周的敌人，如赫梯人、米坦尼人、努比亚人、利比亚人、柏柏尔人、贝督因人，都会乘机兴风作浪。而军队里的将领因为没有仗打，也会感到憋闷，会抱怨，会认为自己地位在下降。一些年之后，等到我父亲去世，我才懂得了，埃及的权力是掌握在法老、祭司和军队将领的手里的。

不过，我的法老父亲依旧很重视他的家庭和孩子。我说过了，他和我的母亲涅菲尔提提一共生了七个儿女，还不包括那个同父异母的弟弟图坦卡吞。我们亲生姐妹一共有六个，我是第二个女儿。但是，我其他的五个姐妹，都没有超过十岁就夭折了。只有我的弟弟舍曼卡拉和我，还有图坦卡吞长大了。

生育了过多的孩子使我母亲的身体日益显得虚弱。为此，我的法老父亲非常疼爱我的母亲。每天，他们一起向阿吞神供奉祭品，带着她出席各种礼仪活动。他们手拉着手和臣民见面，显示了他们之间感情的深笃。后来，在给我母亲竖立的赞颂石碑的碑文中，我的法老父亲是这么赞美我母亲涅菲尔提提的：

> 涅菲尔提提，法老的王后，她是皇宫中伟大的女性，是法老甜蜜的爱。她有着让法老欢愉的名字，因为她的名字的意思就是“美人降临”。她有着姣好的容貌，身上装扮着双层的羽毛；她是快乐女神，深受法老的宠爱。听到她的声音，法老感到欢悦。她是法老的发妻，法老的至爱，她是埃及的国母。愿她获得永生。

我的法老父亲阿蒙霍特普四世不仅爱我的母亲，也喜爱他的孩子们。那些年，他去任何地方，只要是能够带着我们，都要我们和他一起出行。他对我们这些儿女简直称得上是溺爱了，只要是我们想要的东西，他都满足我们。我们皇室一家就在这样的环境里，其乐融融。但是，我的姐妹的接连夭折也是他无法阻挡的，他感到了痛苦，就不断地到阿吞神庙里进行祈祷。

实际上，外面的世界在一点点地变化。我们后来才知道了，由于我父亲哪里也不去，外面的世界如同一个正在被白蚁所咬噬的世界，一点点地发生着溃败和分解。我的祖父使埃及变成了一个强盛国家，我的父亲继承了庞大的丰厚的家业，但是他疏于打理，结果这个国家里，税收在流失，对外贸易在衰减，军队没有仗打，得不到军费，因此士气低落。官吏变得腐败和无能，因为法老不管他们，他们就开始鱼肉百姓。人民怨声载道，整个上埃及和下埃及都弥漫着群龙无首的气氛。后来，他们把这些都归咎为是我的法老父亲信奉了阿吞神作为唯一神的原因。

可是，当时，我们在阿马尔那或者是埃赫塔吞城里，是不大能够感觉到这一点的。一个方面是这里的人都是阿吞神的信仰者，祭司也都是阿吞神的祭司，臣民都是信奉阿吞神的子民，大家都是那么的信仰单纯。但在这个新的都城，尽管有着辉煌的皇宫和庄严的神庙，可老百姓的生活却真的是每况愈下，不如在底比斯的生活。这是一些宫廷里的仆人们议论时我听到的。百姓们没有得到更好的食物，除了阿吞神带给了他们精神的沐浴，他们没有得到期盼得到的财富和生命的健康。疫病时常发生，食物有时短缺。可这一点从皇宫的餐桌上是看不出来的。我们什么都不缺，阿吞神的光辉似乎是、至少是照耀着我们一家人。但是，对于那些臣民，他们的生活就不一样了。

就这样，我的法老父亲沉浸在对阿吞神的唯一信仰中，子民们则感到了贫困和压抑，渐渐地，有些人就离开了这里，到底比斯或者孟菲斯去了。我们也是逐渐地感到了这座城市的子民在减少。后来，我的法老父亲和王后母亲听到了一些汇报，开始在那个长长的天桥上的“君临之窗”频繁出现，每次出现都带着我们这几个孩子，然后，在鼓乐齐鸣中，给那些忠于皇室的子民颁发黄金项圈，以此来鼓舞大家，并且奖赏那些忠心耿耿的人。这多少起到了稳定人心的作用。

三

似乎一切是从我的母亲涅菲尔提提的去世开始发生变化的。在我们到达这座城市的第九个年头，我的母亲得了一种病，很快地瘦弱下去，然后，她就去世了。这时，各地陆续有不好的消息传了过来：埃及的敌人，那些觊觎埃及土地上的财富的国家，竟然纷纷开始袭扰埃及；底比斯和孟菲斯的祭司们不理会我父亲发出的必须信奉阿吞神的指令，依旧悄悄地供奉着阿蒙神以及其他各种的神祇，信奉阿吞神的，只有在阿马尔那或叫埃赫塔吞的这个地方。官吏腐败到了使用流氓去强行征税的地步，军队纪律涣散，经常袭扰老百姓，强奸民女和偷盗时有发生。

我的法老父亲听到这些消息感到非常不开心，他发现自己在逐渐失去对埃及的控制，似乎有一种强大的力量在和他作对。他狂怒了，认为发生这些事情的源头，就在于很多埃及人对阿吞神的信仰的不坚定甚至是抵触，于是他下令，向全国派出了一千个石匠，让他们到全埃及的各个神庙那里，去把神庙里凡是有阿蒙神的地方，都把阿蒙神的名字从石头建筑上铲掉。即使是阿蒙霍特普一世到三世的名字里含有的“阿蒙”也不放过，全部都铲掉！使阿吞神的光辉覆盖大地，覆盖埃及，成为埃及唯一的神灵信仰。

我的法老父亲铲除阿蒙神名字的这个决定，多少显得疯狂，可因为他是法老，尽管有人感到了不满，可是从来不会违抗。在那派出去的一千个工匠的铲除下，阿蒙神的名字从石头建筑上消失了，我父亲也感到了满意。但是不久，他的身体也开始变坏了。他常常感到精力不济，就让我的弟弟舍曼卡拉和他共同执政，来锻炼舍曼卡拉的能力，希望他能到时候继承法老的职位。可舍曼卡拉的身体一直都不好，和父亲共同执政一年多之后，就先去世了。

接着，又过了一年，某一天，我的法老父亲很突然地没有征兆地就去世了。阿蒙霍特普四世在执政十七年之后去世了，留下了一个彷徨无助的埃及、一个人心不定的埃及、一个风雨飘摇的埃及。而我们一家，会迎来什么样的变化呢?

我的法老父亲阿蒙霍特普四世去世的消息很快由信使向各个城市传递出去了。他们骑着快马，飞奔在埃及的大地上，传递着这个消息。而皇宫里也是一片惶恐。到底我们要往哪个方向走，谁也说不清楚。而现在面临的首要问题，就是由谁来继承埃及法老的王位。在我父亲和母后涅菲尔提提所生的儿女中，我是最聪慧，也是最健康的，更是最让父母喜欢和欣赏的。眼下，其他的兄弟姐妹都夭折或是死去了，只剩下了我和同父异母的弟弟图坦卡吞。

图坦卡吞的母亲是我父亲迎娶的一位贵妃，她的名字叫基雅。基雅在生下图坦卡吞当天，就在产床上因为大出血而去世了。传说她流出来的血流出了皇宫，一直流到了尼罗河里，并且引来了兀鹰在皇宫的屋顶哀鸣。我父亲很喜欢基雅，但因为我母亲，他从来不曾和基雅单独出现在众人的面前，就是为了给我母亲以不可动摇的王后才有的尊贵地位。可是我知道，我的法老父亲也是非常宠爱基雅的。基雅长着褐色的皮肤，大大的眼睛，身材丰满而匀称，我的父亲曾专门为她修建了一座私庙，供她单独地向阿吞神祷告和供奉。可她那么早就去世了，我的母亲就告诉我们姐妹，一定要好好对待我们这个同父异母的弟弟图坦卡吞。

我们都很听母亲的话，对图坦卡吞非常好。从小，我们就在一起玩耍和学习。他四岁的时候，宫廷教师就开始教授他象形文字。埃及的文字都是图画，以图画来说话。有的图画是一个发音，有的就是一句话。图坦卡吞非常聪明，这是因为他有一个很大的脑袋。有一次他剃光了头发，我发现他的脑袋尽管和我们姐妹很像，但是他的后脑要更往后，就像一个木瓜那样向后面伸展出去。如果我们姐妹的脑袋像椰子，那么他的脑袋就像横着长的木瓜。有着这么奇特的脑袋的弟弟，的确很聪明，学习那些对于我们这些女孩子来说十分复杂的东西，他是一学就会了。他有读懂那些象形文字的天赋。埃及字母表有二十五个发音，然后是这二十五个发音组合成了埃及语言。

我们一起学习时，使用的笔是芦苇管，我们用芦苇管去蘸黑色的或者红色的墨汁，把文字写在一块不大的、长方形的石板上。然后再用水洗掉。我们学习的，都是过去的法老、大祭司和古代的圣贤留下来的箴言，这些箴言就如同魔咒一样，引领着埃及人的精神生活。

当我们的学习有了一些基础之后，我们就开始使用纸莎草纸来书写。在纸莎草纸上书写对阿吞神的祈祷文和赞颂文，是我们的必修功课。朗诵、书写、猜谜语，我们的学习生活充满了乐趣。我也很乐意带领着这个可爱的弟弟一起成长。就这样，在皇宫里，我们姐弟逐渐地长大，而其他的姐妹则在夭折，一个个地离开了我们，一直到后来舍曼卡拉也离开了我们，只剩下了我和图坦卡吞。

我和弟弟图坦卡吞的感情非常深厚，就是因为我们一起成长。除去在宫廷里的学习生活，我们还和大臣的孩子一起，被引领到尼罗河边去观赏鳄鱼。在尼罗河那混浊的河水里，时常漂浮着如同浮木一样的东西。但教师告诉我们，那就是能够把人一口咬成两截的、十分凶狠的鳄鱼。我的弟弟图坦卡吞也非常喜欢野外的生活，他会自己制作弹弓和弓箭，用它们去猎取水鸟和野鸭。有时候，我就跟在他的身后，我们潜伏在芦苇荡里，我看着他瞄准猎物，然后发射弹丸和利箭，射中了猎物。然后我就欢呼，并且和他一起划船去捕捞那些猎物。啊，现在想起来，那是多么幸福的童年时期啊。

后来，当他长到了八九岁，我父亲手下的士兵就开始教他学习驾驶战车。那是埃及军队用于作战的主要工具之一，是由两匹骏马拉向前着奔驰的战车。全副武装的人站在马车上，向着敌人的阵营冲锋。只有学会了驾驶战车，图坦卡吞才会成长为一个男子汉，他才能够成为未来辅佐父亲执政的人。同时，他在士兵的协助下，学习使用了各种的武器，如青铜战斧、弓箭、长矛、盾牌、行军皮水囊、投石器、铠甲和头盔，这些战士必须携带的东西，都是他要熟悉的。

我就这么和弟弟图坦卡吞一起无忧无虑地成长着。我们对一切都那么的好奇，对文字、语言、游戏，对天神、动植物和各种技术都十分好奇。我们在学习世界上一切新奇的东西的同时，慢慢长大成人。

还有一点需要说明的是，后来，我们俩几乎同时开始怀疑阿吞神了。那个我们的法老父亲信奉的唯一神似乎并没有给埃及带来好运，相反，在宫廷外面的世界传来的都是不好的消息。我和弟弟都记得，在最近一些年，经常有信使骑着快马，从遥远的地方送来一些长方形的泥板，上面刻着和埃及文字完全不一样的楔形文字。那些楔形文字深深地刻在了泥版上，由大臣翻译给我的法老父亲听。

据说，那些楔形文字是阿卡德语，写信的人都是其他地方的国王或者部族长老，是埃及的法老过去和现在所庇护的地区的首领写来的。他们是亚述人的国王、赫梯人的国王、乌加里特人的国王、比布鲁斯的国王写来的。我和弟弟就知道了，他们这些国王所统治的地方，比上埃及和下埃及周边的国家，如努比亚、赫梯、利比亚等，还要遥远得多。这些国王写给我的法老父亲的楔形文字泥版书信里，都说了些什么事情呢？我和弟弟听到大臣讲解这些楔形文字信件，大都是外交和军事方面的情况。这些受到埃及法老庇护的国家，都需要我的法老父亲派出军队前去帮助他们处理内部的问题，比如内部的叛乱、纷争和矛盾。还有一些信件来自孟菲斯和底比斯的官吏，他们要求我父亲对一些争端做出仲裁。我记得被我父亲派到了比布鲁斯的亲王阿迪也写来过求援信，他希望我的法老父亲派出特使，去解决当地的贪污官员的问题。

我的法老父亲对上述所有的请求都不予答复。他什么也不做，除了说“知道了”。我和弟弟不知道他是怎么想的。任何信件他都不回复，任何请求他都不答应。任何事情都无所谓，都无法占领他那颗已经被阿吞神所占据的心。

四

在我们的法老父亲去世之后，我们姐弟俩就这么互相依靠着，生活在宫殿那巨大的柱子和厚厚的帷幕后面，向外面那广阔的世界彷徨地张望。

我的法老父亲阿蒙霍特普四世死去后，制作他的木乃伊需要七十天的时间。制作木乃伊，是为了有一天法老能够复活，继续在人间执政。可是，我早就知道那是一个瞎话。因为从古代到现在几千年了，那么多的法老制作成了木乃伊，可是谁复活了呢？一个都没有。但是尽管如此，还是要制作成木乃伊。制作木乃伊，有专门的药师。我只是听说了一些大概的情况，从来都不敢到制作的现场看，当然，也没有人会同意我们去看我的父亲是如何被制作成木乃伊的。我听说，制作木乃伊，除去人体的水分是最重要的事情。首先要除去内脏，这还包括了用金属丝从死者的鼻子里伸进去，然后将脑浆搅拌成液体，再翻转死者让他的脸冲下，这样脑浆就会从鼻子里流出来。接着就是除去全部内脏，再用麻布把尸体裹起来，裹很多层，裹得很紧，再涂抹上继续吸取水分矿物质，最后，再涂上灼热的树脂保护住尸体不让外面的空气进去。经过这些实际上非常烦琐和花费时间的程序，就可以把制作好的木乃伊放在棺木里，等待入葬了。

我记得，由于我的法老父亲、阿蒙霍特普四世的死是突然发生的，整个阿马尔那或者埃赫塔吞城立即陷入一种慌乱中。到底埃及要往哪里去？谁来继承法老的位子？阿吞神的信仰怎么办？这些都是未定的。首先就是新法老要尽快产生。现在，百分之百拥有我的法老父亲的血统的只有我一个，百分之五十有我父亲的血统的，是我的同父异母的弟弟图坦卡吞。而他，还是王室里目前唯一具有法老血亲的男性。也就是说，继承我法老父亲的王位的男性，就只有我的弟弟图坦卡吞了。但是，由于我的弟弟图坦卡吞只有一半的纯正血统，他必须要和我这个有着百分之百法老血统的姐姐结婚，才拥有合法的继承权。

就这样，在我父亲的木乃伊制作过程中，我们很快在王室其他远亲的成员以及大臣的簇拥下结婚了。那一年，我的弟弟十岁，我十三岁。接着，我弟弟坐到了可以并排坐四个他的法老那宽大的、无比华丽庄严的、只有法老才可以坐的王座上，我则坐在他身边的另外一个供王后坐的座位里，成了埃及最新的法老和王后。我就是这么嫁给了我弟弟图坦卡吞的，这就是我们俩不可抗拒的命运，而我们本来就相依为命，因此，我们仓促间就接受了这样的命运。

由于我们都还太小，在我弟弟继承了法老的王位之后，非常需要有人辅佐。在这个时候，父亲身边原先依仗的几个人的作用，就凸显出来了。

首先是宰相埃伊，他是父亲依靠过的得力的老臣，那时他五十出头。他的资格很老，在我的祖父阿蒙霍特普三世时期，他就是一个贴身的谋臣。他被称为“皇家书吏”“国王陛下所有战马的监管者”“神之父”，从这些称号上就知道他是多么的有权势，又是多么的深受到我法老父亲的信赖和倚重。而他的妻子提耶，说起来，和我们家更加亲密：她是我母亲涅菲尔提提的奶妈。我妈妈幼年的时候就喝过她的奶水，因此，被我父亲赐予“金身之人”这个称号。我们两家有着如此的关系，使我们在这个艰难的时刻，显得更加的亲密。于是，埃伊和提耶，宰相和他的夫人，就成了我们姐弟俩在我们的父亲去世之后最为亲密的、可以信赖和依靠的人。果然，他们夫妇不遗余力地帮助年幼的我们姐弟俩，在继承了法老和王后的位子之后，处理了很多棘手的问题。

其次重要的人物，是整个阿马尔那或者埃赫塔吞城的大祭司、阿吞大神庙的主持梅里—瑞。梅里—瑞过去是一个小祭司，就是跟随我父亲来到了阿马尔那，才获得了大祭司这个位置，并且在十多年的时间里成为地位最显赫、财富最多的人之一。现在，祭司的心态可能十分复杂，因为我的法老父亲去世，那么今后阿吞神的地位在埃及到底会怎么样，是不确定的，而阿马尔那或者埃赫塔吞城的未来命运会怎么样，也都变成了未知数。梅里—瑞号称“国王的秘书”“世袭亲王”“阿吞神的大祭司”“国王右侧的执扇者”，从这些称号上，就知道他有多么的位高权重了。我父亲驾崩，梅里—瑞是最紧张和有危机感的人。如果此后埃及再也不信仰太阳圆盘神阿吞神作为唯一神，那么，他的地位就没有那么重要了。在我的法老父亲死去之后，他就极力地鼓动我的弟弟作为新法老，继续支持阿吞神为唯一神的国教政策。我的弟弟答应了，他就放心了。

第三个重要的人物，是大祭司潘赫西。他是皇家阿吞神庙的大祭司，号称“阿吞神谷仓和牲口的监管者”“国王的心腹”“国王在北方的首席大臣”“上下埃及国王的二等祭司”。他在宗教地位上比梅里—瑞低一点，但是，掌握着重要的皇家阿吞神庙和大量的财富，成了我父亲死后能够左右我们命运的人。他的意见也是我弟弟必须要尊重的。

就这样，我弟弟继承了法老的王位之后，这三个人就成了最主要的摄政大臣。

我弟弟继承法老的王位之后，传递消息的信使就立即上路，被派往上埃及和下埃及广为宣布，同时，还带回来了各种反馈消息。那些消息反映了上埃及和下埃及的普遍的诉求，就是希望新的埃及法老能够重新回到底比斯和孟菲斯去，放弃阿马尔那或者叫埃赫塔吞城。另外，他们还呼吁新法老立即放弃将太阳圆盘神阿吞神作为埃及唯一信仰的国策，改信以阿蒙神为主的多神教，重新回到被我们的父亲曾经搞乱了、走了一段歪路的那条正路上去。这些诉求，在我们两个懵懂的少男少女心中，当时引起的波澜并不大，因为我们还不清楚这意味着什么。可是，在三个摄政大臣之间就爆发了争论。

他们三个人中间，两个阿吞神的大祭司都主张我们继续留在阿马尔那或者叫埃赫塔吞城。只有宰相埃伊希望我们返回底比斯去，并且重新奉行信奉阿蒙神等多神体系的宗教信仰。埃伊知道那两个大祭司不会同意他的观点，他们的势力很大，埃伊就暗中做了很多准备以应对不测。首先，他笼络了军队里的人，让他们支持他，把守卫皇宫的人都换成了他信赖的部队。同时，派军队监视两个大祭司的活动，并把守很多阿吞神的神庙。在那些紧张的日子里，那两个大祭司曾经策动了一些反抗，但是都被埃伊的人给扑灭了。暗中的较量持续了几个月，最终，埃伊占了上风。可是，表面上是风平浪静的。每天的御前会议的下面会蕴藏着多么剧烈的争斗和风暴，以及风暴争出的胜负，我们姐弟俩完全都看不出来。后来我才知道，埃伊的很多主意，也都是他那个足智多谋的夫人提耶出的，提耶帮助了她的丈夫战胜了两个大祭司。最后，埃伊在一次御前会议上说，来自上埃及和下埃及的全体民众们，都迫切地希望新法老回到底比斯，去进行一次正式的加冕，而埃及子民也想趁着这个机会一睹新法老的光彩。首相埃伊的这个提议非常的正当，两个祭司无法提出异议。但是他们却说，不管法老去哪里，他们都不离开阿马尔那，因为他们是阿吞神的仆人和供奉者，他们必须在这里了此一生。

五

等到将我的法老父亲阿蒙霍特普四世的木乃伊安葬在一座同样修建在沙漠中的金字塔里，几天之后，我就和我弟弟、丈夫、新法老图坦卡吞一起，乘坐皇家大船前往底比斯。我们离开了那个只为阿吞神建造的城市，而且，我们可能不回来了。宰相埃伊和他的夫人提耶与我们同行。大祭司梅里—瑞和潘赫西就像是他们所发誓的那样，留在了阿马尔那，去继续供奉阿吞神。在大街上，新法老和王后要去底比斯加冕的消息已经通告给了市民们。民众知道，自从我的父亲阿蒙霍特普四世去世之后，新的变化就即将来临。

在我们的大船后面，紧跟着其他的大船，上面挤满了打算和我们一起底比斯的民众。如此一来，阿马尔那岂不是会逐渐地变成只剩下了阿吞神庙、空荡荡的皇宫和少许子民的废弃的城市？我感到了郁闷。但我的丈夫、新法老图坦卡吞则指着外面的景色对我说：

“你看，在尼罗河的两岸到处都是想一睹我们的面容的老百姓，他们在欢迎我们！”

的确，在尼罗河的两岸，我们这个船队逆流而上，前往底比斯，沿途的老百姓都来到了尼罗河的岸边欢迎我们。新法老和我这个王后则不时地站在船舱前面的甲板上，向他们致意，并引发了一阵阵的欢呼。他们已经有很多年没有看到法老了。因为在他们看来，我父亲法老阿蒙霍特普四世非常奇怪，多年来从不离开阿马尔那，任由埃及处于逐渐地崩解过程中。现在，新法老和他的王后一起出现在大家的面前，很多东西开始变化了。

新法老和新王后，我们两个十多岁孤独的孩子，一起到达了底比斯。对于底比斯，我那幼年的印象已经丧失，出现在我们面前的，是一个非常繁华热闹的大城市，只不过，也透露着一些衰败的气息。在街上，我们的车队经过的时候，我注意到，底比斯的市民看我们的眼神，并不像尼罗河两岸的人那样欢呼雀跃，而是冷漠的和多少带有着敌意。我的丈夫图坦卡吞紧紧地拉着我的手，我们的内心里充满了恐惧，对即将到来的挑战毫无把握。我们也知道，来到底比斯，需要一切从头开始。一定会有艰难的岁月在等待着我们。新法老需要重新获得百姓的信赖，他们要看看新法老能带给他们什么。

我们住进了我的祖父阿蒙霍特普三世曾经住过的宫殿里。进入到那个辉煌华丽的宫殿里，我幼年的记忆多少有些恢复，至少，那里散发出来的气味是我熟悉的，那厚厚的帷幕、奶油香、薰香混合发出的气味我十分亲切。显然，为了迎接我们的到来，宫殿进行了紧急的装修。

我们安顿下来，在随后的日子里，心情逐渐地好了起来。

加冕的日子很快到来，加冕的地点在我的祖父、法老阿蒙霍特普三世修建的规模宏大的卡纳克神庙里。那里供奉的主神是阿蒙神。那天，整个的仪式庄重、威严、温暖，我的丈夫、弟弟、新法老图坦卡吞先沐浴净身，然后穿上法老的冠冕衣服，进入到那个神灵居住的大殿。他穿越了方尖石塔，走过了法老祖先建立的圣殿，并不时地顶礼膜拜。接着，他先后戴上了白色的冠冕和红色的冠冕，这样他就成了上埃及和下埃及的王。接着，他又戴上了蓝色的冠冕，又成了埃及军队的主帅。

然后，在祭司的引导下，他缓慢地走向法老的那个镀金的宝座。靠近宝座的时候，他从大祭司的手中接过了弯拐和连枷，这象征着法老统治全埃及臣民和保护老百姓的权力和责任。接着，大祭司开始唱颂对新法老的赞颂。他在赞颂新法老的五个名字。这些名字代表着新法老继承的都是什么样的神奇的力量。首先，法老是鹰神何露斯的化身；其次，他还是眼镜蛇女神和兀鹰女神的后代；接着，他是上下埃及的统治者；最后，是他的名字图坦卡吞。五个名字代表五个头衔，它们被赐予给了新法老，新法老图坦卡吞就正式加冕了。

加冕过程完成，在回到皇宫的路上，到处可以看到欢庆的人群。为了庆祝新法老的加冕，所有的人在这一天都能喝到免费的酒，吃到不花钱的面包。这是一个欢乐的夜晚，整个底比斯到处都是欢乐的人群，他们跳舞，举着火把，欢乐地游行。

晚上，在皇宫里，听着外面喧闹欢乐的市声流泻进来，我和我的丈夫、新法老图坦卡吞在一起，心情复杂。图坦卡吞拉着我的手说："加冕了，我现在是正式的法老，统治着上埃及和下埃及了，是不是，姐姐？"

我说："我现在不是你的姐姐，我是你的王后。你不能再把我看成姐姐了。"

他笑了："是的。我想告诉你的是，我感到了不安。昨天晚上，我梦见了父亲，他严厉地谴责我，责问我为什么要抛弃阿马尔那，为什么要抛弃信仰阿吞神。我辩解着，但是他不听。他非常生气。我想，加冕完成，我们是不是应该回到阿马尔那去？”

我叹了口气：“你决定了吗？你要是决定了，我就跟你回去。你到哪里，我就到哪里。”然后，我们拉起了手，互相地亲吻。

一个月之后，我们又回到了阿马尔那或者叫埃赫塔吞城。我们在那里待了一年的时间。我看到，我父亲的死使得整个城市在迅速衰败，阿吞神、太阳圆盘神的光辉也在黯淡。一年后，我们想，必须要选择了，当宰相埃伊派人前来迎接我们的时候，我们最后决定，永远地离开阿马尔那了。

这一次，在回底比斯的路上，我们把自己的名字改成了图坦卡蒙和安克赫森阿蒙。也就是说，等我们到达底比斯的时候，我们就成了阿蒙神的供奉者了。

我们抵达了底比斯，埃伊带领官吏和祭司的长长的队伍在皇宫门口迎候我们。接下来的时间里，新法老宣布，埃及从此恢复过去的信仰，信仰以阿蒙神为主神的多神，放弃信仰唯一的太阳圆盘神阿吞神。同时，图坦卡蒙宣布，任命霍连姆赫布将军为大统领，开始征伐那些越来越放肆地袭扰埃及的敌人。比如，努比亚人竟然扣下了别的国家运送给埃及法老的进贡品。因此，重振军队的士气，提高军队的地位是非常重要的。接着，新法老下令宰相埃伊对整个官吏系统进行清洗，对那些民众反映比较大的贪污官员，全部抓起来坐牢，进行全国范围之内的官员选拔，选贤任能。接着，任命能干的贸易官员，向几个方向的国家敞开贸易往来，增加人民的财富和国家的税收。

新法老的这一系列举措深得民心。图坦卡蒙还下令，那些多年以前被我父亲、法老阿蒙霍特普四世在各个纪念碑和石头宫殿的基座上、在高耸的方尖碑上铲掉的阿蒙神的名字，立即重新恢复。石匠们恢复了它们，只不过镌刻的痕迹更深了。

如今，官吏、军队、祭司、百姓都欢欣鼓舞。那些让大家高兴的举措，大都是在宰相埃伊的建议下进行的。其实，我的丈夫、新法老图坦卡蒙只有十多岁，还是一个青涩的少年，整个国家的担子落到了他的肩膀上，他怎么能扛下来呢？必须要依赖能干的谋臣。而埃伊就是法老真正的左膀右臂了。作为摄政大臣，埃伊干得太出色了，他虽然年事渐高，但是却精力充沛，他甚至为未来十年里埃及的发展都规划好了。新法老和王后、图坦卡蒙和我，只需要在各种的宴会、节日晚会和神庙落成典礼的时候前往出席就可以了，一切都由埃伊安排好了。我的丈夫、法老图坦卡蒙总是拉着我的手，显示着我们的感情深笃。

六

在随后的几年里，图坦卡蒙，埃及年轻的法老，他在逐渐地熟悉着自己的身份和要掌握的事务。他开始知道了自己的责任是多么的重大。每天，他都要在埃伊和其他几个大臣的帮助下，处理各种政务。从孟菲斯到底比斯，管理上下埃及的地方官员，司库，军队统领，建筑总管，户籍官们都会向他讲述自己遇到的问题，需要法老给予解决。图坦卡蒙越来越熟悉国家的事务了。他那些年做的事情都是对的：积聚财富，整顿军队，重修神庙，从财政、国家安全和精神信仰三个方面入手，重新使埃及走上了正轨。

在新法老、我的丈夫图坦卡蒙逐渐从十岁到十八岁的这个阶段里，在他的身边，又形成了三个谋臣共同辅佐他的局面：大司库，也就是财政部长和税务总局局长马雅；负责军队事务的大将军霍连姆赫布以及负责朝廷内政和外交的宰相埃伊。这三个人对法老图坦卡蒙都是忠心耿耿的，即使其中埃伊资格最老，完全可以倚老卖老，但他也依旧谦恭地处理着所有棘手的事情，而不让年轻的法老感到为难。有这三个大臣的辅佐，埃及的国势在迅速地上升，恢复到了我的祖父阿蒙霍特普三世当政时期的政治清明、国势上升和经济繁荣。

在很多人看来，我的父亲、法老阿蒙霍特普四世是一个性格古怪的异教徒。他将埃及引领到了一条邪路上去了。埃及从古代到如今，几千年过去了，信仰的神非常多，后来这些神祇已经变得你中有我、我中有你了，怎么可以去信奉唯一的一个太阳圆盘神阿吞神呢？否则势必在埃及人民中间画出一道鸿沟。再说了，在埃及的信仰体系里，信奉各个神是人的自由。而信仰不同在神的神庙和祭司周围，聚集着庞大的祭司利益集团。这些祭司利益集团在我父亲阿蒙霍特普四世决定信奉唯一的太阳圆盘神阿吞神之后，就会损失巨大的经济利益，他们怎么可能支持我的父亲呢？所以，我父亲改变信仰的事情就无法持续。这是后来我们明白的道理。

在我们重返底比斯之后的那些年，我听说了阿马尔那在日渐地衰败。越来越多的人离开了那里，那里只剩下了空寂的神庙，里面供奉太阳圆盘神阿吞神的石刻圆盘也蒙满了灰尘，祭司们也越来越少。在沙漠上无中生有地建立的阿马尔那或者埃赫塔吞城，不再有光辉了，注定要暗淡下去了。

我还听说，这些年，自从我的丈夫、新法老图坦卡蒙下令重新信奉阿蒙等众神之后，一些工匠就在埃伊的悄悄部署下，不断地前往阿马尔那，将那里空寂的阿吞神庙拆除，把那些巨大的、早就雕琢好的石块取走，运到了埃及各地，去作为建造阿蒙神神庙。渐渐地，阿马尔那就从大地上消失了。再后来，我听人说，去过那里的人发现阿马尔那已经被夷为平地了，重新变成了一片贫瘠的沙漠，不断有龙卷风刮过，只有牧羊人偶尔会光顾那里。

埃及军队重新控制了西边的地区，对南边的努比亚地区的战斗也取得了胜利。这都是霍连姆赫布将军的功绩。短短的时间里，过去被邻居和埃及的敌人蚕食的失地，都逐渐地回归了埃及。大量的黄金从战胜区源源不断地进入到埃及的国库里，就像流水一样多，像源源不断的尼罗河的泥沙一样多。

我的丈夫、法老图坦卡蒙每一次在得胜的将军回到底比斯的时候，都会检阅部队。而长长的战俘队伍也会在他的眼前通过，然后，会被送到各个地区去劳动。我的法老丈夫就赏赐霍连姆赫布将军更多的田产，还宣布他为“皇家建筑总管”和“国王土地上的代言人”称号。但是将军最喜欢的还是“皇家书吏”这个称号，他专门请人雕刻了一尊自己作为“皇家书吏”的石像。

我的丈夫、法老图坦卡蒙很快地成长起来了，他越来越多地参与到和那三个重要谋臣和大将的讨论中，并且不再像一个牵线木偶，而是有着自己的决断力的、拥有权势的法老。他决定，在底比斯的卢克苏尔神庙里修建气势恢宏的柱廊。这家神庙是我们的祖父、法老阿蒙霍特普三世建造的，没有完工，到了我们的父亲、法老阿蒙霍特普四世时期，因为他下令改信阿吞神，神庙的柱廊就荒弃在那里了。现在，继续建造这个神庙，意味着对埃及信奉多神的所有祭司的安慰，他们会明白，新法老是多么的愿意回到埃及古老的信仰和荣耀里，而所有的祭司们的利益和荣耀，也都由此得到了保证。

完成了神庙的华美柱廊及其装修，接着，我的丈夫图坦卡蒙就宣布举行奥佩特节的庆典。这个节日过去每年都要举行，是庆祝阿蒙神一家三口来到埃及的节日。到时候，法老和祭司要从卡纳克神庙里请出阿蒙神、他的妻子圣母穆特，以及他们的儿子、圣子洪苏的金身雕像，放到船上，在内河上航行到卢克苏尔神庙，然后，在刚刚修建好的柱廊里被供奉，举行一个繁复的奉献祭品的礼仪，整个庆典活动十分的庄重，等到活动结束，然后再把阿蒙神一家三口的雕像重新送回卡纳克神庙。这个举措也深受埃及民众的欢迎，他们感到新法老是多么的贴心和亲民啊。

总的来说，对于我这么一个女人，在底比斯的生活是惬意的。但对我的丈夫、法老图坦卡蒙来说，他日渐感到肩膀上的担子很重。不过，在繁忙的政务工作之外，我们还喜欢到距离皇宫不远处的尼罗河湿地去猎捕鸟类。那是一片洪水泛滥所形成的三角洲地带，水草丰美，河汊众多，沼泽连片，因此鸟儿也很多。往往到了这个时候，我们就想起来当年在阿马尔那度过的无忧无虑的童年。在芦苇荡里，我的法老丈夫喜欢用弓箭去猎捕水鸟。每当他将一枚利箭射向飞鸟的时候，在他身后的我就又准备好另外一枚，以便随时递给他。有时候，他还使用投棒去击落飞鸟。

除了在三角洲一带活动，我们有时候去皇城南边的沙漠里，驾驶战车去猎捕鸵鸟。鸵鸟很大，站起来比我们高。但是当我们站在战车上追逐鸵鸟的时候，鸵鸟就显得矮小了。可鸵鸟奔跑的速度非常快，需要有很好的驾驶战车的技术，才可以靠近它们。于是，我的法老丈夫就用弓箭去射击。

在宫廷里，处理完政务，他会和我下棋。这是我们小时候就玩过的对弈游戏。这种游戏叫作“塞尼特”，是在画有三十个方格的泥板上下棋。如果走到了“水”格里，就是掉进了沼泽。如果进入到“好极了”的方格里，就赢了。我们在一起的时光是那么的多、那么的快乐，忘记了我们的烦恼和忧愁。

而我们最大的忧愁，就是我们还没有后代。作为法老的妻子，我虽然比他大几岁，但是我必须要生出有着纯正皇室血统的后代才可以算是一个合格的王后。我们曾经青梅竹马、两小无猜，现在我们长大了，也越来越恩爱，他的眼睛里只有我，没有别的女人，即使法老可以有成群的嫔妃，但图坦卡蒙也没有打算另外再找。我很安心，很满意。为了早日怀孕，我悄悄地吃了很多强壮女人的身体的药。果然，我怀孕了，我的法老丈夫非常高兴，他请来了念咒的巫师给我驱除魔鬼，还专门挑选了最好的御医给我保胎，并且早早地就制作好了产凳。那种凳子是专门用于皇室女人生孩子时使用的，通过利用重力，使孩子从母亲的子宫里出来。

我甜蜜地等待着孩子的降生，可是，到了我怀孕八个月的时候，忽然有一天，在睡觉的时候我感觉到肚子特别疼，然后，孩子流产了。我哭了。那是一个女婴，经过了医生们的检查，发现这个流产后就没有生命迹象的早产儿是一个畸形儿，她的脊柱是弯曲的，肩膀一边高一边低，即使生下来，也是一个残疾人。于是，在皇宫里，有人传言说，法老和王后遭到了恶魔的诅咒，因此，才怀上了畸形的孩子。

为了破除这个流言，图坦卡蒙专门请来了巫师作法，在宫内驱逐那些看不见的魔鬼和诅咒。巫师还专门制作了一尊图特神的蜡烛像，点着之后，让我叉开双腿坐在那只产凳上，让升腾的青烟进入到我的阴道和子宫里，去驱除那里的魔鬼。然后，他们把我产下的那个死婴做成了木乃伊，期待她有一天能够复活。

我很焦急，因为，我必须要为法老生一个儿子，只有这样，法老才会有一个继承人，而有了继承人，就会有法老，有了法老，埃及就不会四分五裂，就会安定祥和。这是我的责任和义务，我必须要完成这个使命。

在流产之后的那段时间里，我的法老丈夫图坦卡蒙对我非常好，他安慰我，鼓励我，让我的心情逐渐地好转。我感觉到他现在成熟了，无论是作为一个男人还是作为一个统治全埃及的法老，他都成熟了。他现在十九岁，精力旺盛，年轻活泼，朝气蓬勃，正在使埃及焕发新的活力。在三个谋臣的帮助下，我的法老丈夫图坦卡蒙励精图治，使埃及回到了过去的光荣时代。疆土在扩大，敌人望风而逃，国库充实，军队强大，人民安居乐业，神灵得到的供奉比以往还要多，因此年年都在保佑着尼罗河水带来肥沃的泥土，去浇灌良田，使农作物茂盛地生长。

图坦卡蒙有着天生的治理国家的才能，现在，他能够和大司库，也就是他的税务和财政总管马雅，以及负责内政外交的宰相埃伊一起讨论大事小事，不再像过去那样都由宰相最后建议定夺，而是他来定夺了。我有几次似乎看到了埃伊的眼睛里掠过了一丝阴郁的怨恨，但是我还怀疑我看错了。因为，埃伊可以说是一个三朝的老臣，忠心为国家、为法老服务着。我的法老丈夫亲自和外国使节交谈，亲自决定对外贸易的细节，亲自挑选下属各级政府的官吏，并清点国外的贡品，然后入库。他的记忆力非常好，只要是他决定的事情，他都不会忘记，因此，周围的大臣和官吏们逐渐地感到了图坦卡蒙的精明强干，感到了他的明察秋毫，感到了他的不好糊弄。就连埃伊有时候做错了事情，我的法老丈夫也开始批评和斥责他。这在过去都是不可想象的事情。就这样，我的法老丈夫在他十九岁的时候，重新将我们的父亲阿蒙霍特普四世搞坏的事情弥补过来了，将统摄埃及的三股最大的力量——法老的王权、强大的军队、通神的祭司统摄成了一个整体，使埃及的国势继续增长。

就在这年的年底，我再次怀孕了。但是到了第五个月，尼罗河水最满的时候，我又再次流产。这次流产的又是一个女婴。这次流产对我的打击很大，比第一次还大。所有人都认为法老图坦卡蒙和他的王后遭到了诅咒，但是谁都不清楚这诅咒来自哪里。我哭了，为无法为我心爱的丈夫、法老生一个儿子而痛苦。第二个流产的孩子照例被制作成了木乃伊，等待死神俄塞里斯批准她进入到来世再和我团聚。

在暗夜里，一切喧嚣都沉寂了，在空旷的宫殿里的房间里，法老、我的丈夫图坦卡蒙劝慰我：

“没事的，我们还年轻，我想，你肯定会给我生一个继承人。”

我哭着说：“我受到了莫名的诅咒，我看你还是尽快另外去选择一个妃子吧。”

他拉着我的手，坚决地说：“不，我不要其他的女人给我生儿子。我只要你。”

尽管我的法老丈夫那么坚定地表达了爱我的心，可是我知道，我的身体是孕育不了合适的继承人了。医生告诉我，那第二个流产的婴儿也是有残疾的，脊柱骨也是扭曲的。我想，应该尽快让我的法老丈夫寻找到其他的女人。我托病要求在别的房间里静养，就这样让他一个人住在最大的房间里。我暗地告诉埃伊，尽快给我的丈夫寻找合适的、身体强壮的女人做贵妃，给他生养后代。就这样，虽然我一个人在暗夜里哭泣，我也在默默地祈祷着我的法老丈夫能够尽早有个继承人。

七

有一天清晨，皇宫里侍奉图坦卡蒙的一个宫娥，忽然急匆匆地赶到了我的房间："王后，快去看看法老吧，他忽然——"她哭了起来。发生了什么事？我赶紧穿好了衣服，来到了法老的寝宫。这个时候，我看到宰相埃伊也匆忙赶到了。跟随他来的，还有一个精通医术的祭司大夫。我扑到了我的法老丈夫的床前，发现他已经昏迷不醒了。在他的后脑和脖颈相连接的部位，出现了一块隆起。他斜躺在那里，没有多少气息，但有红白相间的血和脑液正在从他的鼻腔里缓慢地向外面流淌。我只能理解为他被袭击了！

法老在自己的卧室里被袭击，这是从来都没有听说过的事情。祭司大夫立即做了紧急的处理，他剃光了法老的头发，露出了伤口。在图坦卡蒙的后脖颈那里，起了一个很大的肿块，显然，有人趁着法老熟睡的时候，猛然袭击了他，用重物击打了他的后脑。我的泪水情不自禁地流了下来。我还没有给法老生下一个继承人，现在他却遭到了致命袭击。我说："宰相，立即采取封锁皇宫的措施，立即调查他被袭击的原因，抓住凶手！大夫，请不惜一切代价，拯救法老的生命！"

我看到埃伊也感到了震惊和慌乱。他的花白的头发飘到了前额，他说："是的王后，我要立即展开调查。快，派人封锁皇宫，进行调查。现在的关键问题，是要搞清楚法老目前的情况。大夫，你看看法老眼下的情况到底怎么样？"

那个祭司大夫从随身携带的医药箱里，取出了一根很长的青铜探针和一把闪光的骨钳，但是都没有派上用场：法老的后脑只是有一块很大的肿块，他只是昏迷不醒，那血液和脑液止不住地往外流。他继续仔细地检查了一番，然后转身对我说："王后陛下，我认为，法老的情况非常严重，因为脑组织受到了损害，我，我是无能为力了。"

听到了大夫这么说，我心急如焚。我无法控制住自己，大声地哭了起来。祭司大夫继续给昏迷的法老进行紧急处理，让他侧躺着，擦拭了他流出来的血液。然后，大夫开出了一张长长的药品单子，让人赶紧去买。

埃伊则去组织人手进行调查，我和其他一些宫娥陪伴在法老的身边。慢慢地我停止了哭泣，这个时候是非常时刻，我应该表现得更加坚强、从容才对。我是法老的王后，我现在不能乱了方寸，对所有人都是表率，我提醒自己。显然，如果说法老都遭遇了这样的不测，那么我也处于这样的危险中。我紧急地思虑着，我在这个时候，应该信任谁，又应该去依靠谁呢？我心乱如麻。

上午，天色大亮，巫师拿来了祭祀大夫开的药物，那些药物散发着各种古怪的味道。这些药物有的我认识，有罂粟、没药、红花、苦艾、刺柏果、胡荽等，有的我不认识。巫师将这些药分成两部分，有的熬成药水，有的混合了蜂蜜捣碎成药膏，先把药膏贴在法老受伤的部位，然后，在那里盖上一块亚麻布。巫师把熬好的药水递给了我，说："如果能够给法老喂下去就好了。"

我采取了一个办法：给法老翻身，让他正面躺下，脑袋悬空不让伤口接触到枕头，而是让人用手托举着，接着用一根粗细合宜的芦苇管，放进被撬开的法老的嘴里，然后给法老喂灌药水。药水缓慢地流进了法老的嘴里。图坦卡蒙处于昏迷中，没有任何下咽的动作。我暗自祈祷着那块覆盖在他后脑伤口处的亚麻布上绘制的何露斯神能够显示神迹，使我亲爱的法老丈夫苏醒过来，睁开他的眼睛，重新看到他心爱的我。

我每天都在祈祷，祈祷我的法老丈夫病情好转。接下来的几天里，他的情况有所转变，他有了一点意识，虽然昏迷，睁不开眼睛，无法开口说话，但是能够吃点东西了。我将生鸡蛋拌无花果碎末来喂他，用蛋壳粉冲葡萄酒来喂他。就这样，类似的情况持续了一个月，那个时候我每天都给他喂这些东西，尤其是葡萄酒，都是秋天里我在皇家葡萄园里精心采摘，并酿造出来的。他就用芦苇吸管缓慢地吸食。偶尔，很短暂的时间里，他睁开了眼睛，用微茫的目光看着我，发出了含混不清的声音：

“安……克赫，森森阿阿阿阿阿……蒙……”

他呼唤着我的名字，他认得我。我流下了激动的泪水。但是，到了这天晚上，在我的怀里，本来在熟睡的他忽然开始大口地喘气，脸上流露出无比痛苦的表情，然后，他就安静地歪过了脑袋，死去了。

在那一刻，皇宫的夜晚被我一声长长的哀号给刺穿了。这声哀号是那么的凄厉、悲切，穿越了皇宫里厚厚的帷幕和宫墙，飘到了城市上空，并飘落到了尼罗河的水面上，和尼罗河的波涛一起喧嚣和悲鸣。

八

在帝王谷里，耸立着很多高大的金字塔，历代的法老们都安眠在那里。虽然我的法老丈夫图坦卡蒙在就任法老之后的第二天，他的陵墓就开始筹备和实施修建，可是工程进展一直很缓慢。因为我的丈夫图坦卡蒙太年轻了，谁会想到他的死来得这么快呢？他还只有十九岁，就离开了人世，即将被制作成木乃伊，等待来世和我相会。

我还活着。我在惊恐、疑惧和愤懑中活着。一直以来，都有一个巨大的疑问在我的脑海里盘旋，这是谁干的？谁杀害了我的法老丈夫，指使人在深夜潜伏进入到法老的卧室，给他的后脑以重重的一击？我悲愤交加，无法自持。因为，种种迹象显示，我的法老丈夫被谋害，和宰相埃伊有关。

第一个信息，是在将我的法老丈夫制作成木乃伊，埃伊给图坦卡蒙修建陵墓的时候。虽然埃伊表现了悲痛，但是他对调查凶手似乎很马虎和漫不经心。他告诉我，调查凶手的进程毫无结果。“也不排除，法老他是自己磕的。”他的这句话让我觉得他在轻描淡写，他在粉饰和掩饰着什么。但这还不过是我作为女人的直觉。埃伊的那个精明强干的妻子提耶在去年去世了。埃伊的脾气在妻子去世之后就显得粗暴和无常，经常莫名其妙地发火。在图坦卡蒙、我的法老丈夫死去后，他负责督造陵墓。有一天，我去看了看那个陵墓。当我走进墓室之后，我忽然从墓室的壁画上，看到了某种可怕的结果。那幅墓壁画，画的是图坦卡蒙的木乃伊在即将入葬的时刻，由大祭司主持启口礼的情形。大祭司主持启口礼，是为了让死神控制的生命气息重新被吸到法老的口中，然后复活。

让我来仔细地描述那幅画吧。画面上，身穿有着豹子斑点的衣服的大祭司，正在用启口器物指向我的法老丈夫图坦卡蒙的嘴巴，这样的意思是重新赋予法老以呼吸和生命，期待他有一天复活。我的法老丈夫则站在有着包括了牛腿、鸵鸟羽毛等供品的桌子前面，面对着大祭司，张开了嘴巴。奇怪的是，那个大祭司却头戴着法老的王冠，说明他将作为新的法老，在为图坦卡蒙施行启口礼。这个大祭司像头顶的文字说明了他的身份：他，就是宰相埃伊。我的脑袋轰的一下子，明白了事情的真相。而且，我还发现，在墓室的壁画里，根本就没有我的画像。我必须要陪伴我的丈夫图坦卡蒙，但是完成的四面壁画里，都没有我的形象。这说明，埃伊的心思是，根本就不想让我陪伴图坦卡蒙。

那么，埃伊想做什么？很简单了，他想要娶我，让我成为他的王后，而他则继承法老的王位。我这么怀疑的时候，大概在我的法老丈夫驾崩的第十二天，他来到了宫中，直接向我求婚。他的表情十分沉重而庄严，“王后啊，现在，埃及又到了一个非常微妙和艰难的时刻了。法老走了，没有留下继承人。而没有法老的埃及，是不可想象的，是要四分五裂的。因此，其他的臣子们推举我立即继任法老。而我想的是，要迎娶你作为王后，因为只有我们两个人的结合，才可以让我拥有法老家族阿蒙霍特普世代的光荣，才会让你生下有着纯正血统的孩子。我虽然已经六十多岁了，但是我的身体非常强壮，这个没有问题，请王后尽快做出决定吧。”

他说话的语气，已经由谦恭变得强横和不由分说了。他那么迫切地要和我结婚，要继承法老的王位，我不怀疑他，我还能怀疑谁呢？事情明摆着了，他是宰相，负责法老身边的事务，他可以自由地出入皇宫，而连警卫都是他安排的。现在，我完全可以想象是他派人在那个夜晚，进入到皇宫里，用木槌重击了法老的后脑，杀伤了他，导致了他的死亡。因为法老的死，受益最大的，现在看来，就是宰相埃伊。我说：“就是你，就是你杀害了图坦卡蒙，我的法老！你是凶手！”

他很诧异，或者装作诧异地看着我：“王后，你的精神状况有问题，怎么会是我呢？你疯了！”他生气地走了。

我哭了，为我的势单力薄，为我的未来命运，因为我现在也无法左右我自己的命运。我在埃伊的控制中。他似乎已经胜券在握。

但是，我还要奋力一搏，我不能让杀害我的法老丈夫的最大嫌疑人继承法老的王位，我必须阻止他。我想到了身边的人。大司库马雅是一个精明而软弱的人，现在，他和埃伊靠得很近，不可能帮助我。大将军霍连姆赫布将军呢？他可能早就和埃伊结成了联盟。那么，过去法老身边的人，都不可靠了。我还有没有别的办法呢？有没有外援呢？

我想起小时候在父亲的身边，看到大臣手里举着的写满了楔形文字的长方形泥版的情形。现在，是到了必须要向埃及的敌人求援的时候了。有时候，敌人的敌人就是朋友。埃及的敌人是谁呢？我想到了赫梯人。赫梯人认为埃及长期占领了他们的部分国土，他们恨的就是埃及的将军和宰相了。我应该向他们的国王求援，我想，这是我唯一能够摆脱埃伊的控制的办法。我立即用芦苇管写下了一封信：

赫梯人的最尊贵的苏皮卢利乌马斯国王陛下：

我是埃及王后安赫克森阿蒙，我有一件十分紧急的事情向您求援。我的丈夫、法老图坦卡蒙驾崩，而我们还没有继承人。而现在，谁和我结婚，谁就是埃及的新法老。我听说您有好几个儿子，我恳请您派来一个王子和我结婚，然后我辅佐他担当全埃及的法老。现在我处于危险中，法老过去的一个仆从想和我结婚，但是我不会从仆人中挑选丈夫的！可现在他势力很大，我十分害怕，请国王陛下尽快派来您的儿子和我结婚。切切。

埃及王后安赫克森阿蒙

我用纸莎草纸写好了这样一封信，派了我信得过的仆人，连夜前往赫梯国去了。送走了这封信，我就在想，我是不是过于天真了呢？赫梯国王会相信我的这封信吗？如果他真的派来了一位王子，那么，埃伊会接受吗？我想他一定会暴跳如雷。

我焦急地等待着来自赫梯国的消息。一个月之后，我听说赫梯人派来了一个老臣，负责外交事务的大臣哈图萨兹提。但是，这个老臣前来埃及，主要是和宰相埃伊以及军队首领谈判过去俘虏的释放问题。那个老臣根本就没有要求和我见面。不过，也许，他就是来刺探情况的？他是不是假借谈判释放过去的赫梯人的俘虏问题，前来一探埃及的虚实？如果是这样，即使是埃伊接见他，也会把法老已经驾崩的消息告诉他，因此，他就证实了我所写的信的情况属实，那么，他就会回去向赫梯国王汇报，然后，就有可能派来王子和我结婚。新法老就会是我的新丈夫，而不会是埃伊了。

想到了这里，我的心又开始充满了希望。果然，哈图萨兹提派人给我送来一封信，信的内容是，赫梯国王收到了我的信，但是国王认为我可能会欺骗他，因为埃及人就是依靠狡猾和欺骗的本事才获取了赫梯人的大片土地的。也许王后和法老是有子嗣的。可现在，哈图萨兹提已经知道了实际情况，打算回去禀报国王，请王后等待消息。

我立即派遣我信赖的特使哈尼，和哈图萨兹提一起起程，前往赫梯人那里去说明真实的情况。哈尼的手里拿着我给赫梯国王写的第二封信，内容如下：

赫梯人的最尊贵的苏皮卢利乌马斯国王陛下：

您派来打探情况的使臣哈图萨兹提已经返回了，我想，虽然我和他没有见面，但是他知道了我上一封信的内容是真实的，也向我转告了您对我第一封信的反应。我现在派去我信赖的特使哈尼，请哈尼当面向您说明，我肯定没有欺骗您，我如果有子嗣，是不会如此低三下四地求您的。但是眼下我不会从我过去的仆从中挑选丈夫。我听说您的儿子有很多，请赐予一个给我吧！我会尊敬他为丈夫，并帮助他登上埃及法老的王位的。请答应我的恳求，尽快派您的儿子来吧！

埃及王后安赫克森阿蒙

一个月后，哈尼回来了，他向我讲述了他面见赫梯人国王苏皮卢利乌斯的情况：

“我首先向他证实了您的信的内容属实。但是，赫梯人的国王还是感到其中有什么问题。我就告诉他，向外邦人请求赐予一个丈夫来当埃及的法老，在我们埃及的过去是从来没有过的事情。简直是埃及的国耻！可是，我们哪里都没有去，而是直接到了你们赫梯人这里，到了国王您的面前，恳求您派您的儿子前往埃及迎娶我们的王后。请您尽快做出正确的决定吧！我说完了，国王没有回答，请他的大臣们表达意见。于是，几个主要的大臣七嘴八舌的，什么意见都有。最后，苏皮卢利乌斯国王沉吟了很久，让人从档案库里翻出来了一份过去埃及和赫梯人签订的和平协约，向大家念了一遍，然后说：你们刚才都听到了那份我们过去和埃及人签订的和平协定，我们过去和埃及有过很好的和平时期。现在，埃及的王后又向我们发出了这样一个请求，那么，我觉得这是我们赫梯人和埃及人缔约和平的又一次机会。现在，为了两个国家的共同利益，我们应该继续保持那个和平协议。我决定，派出一个王子，前往埃及和王后成婚。”

哈尼说完了。这些情况让我很高兴，我给了他一个黄金项圈作为奖赏。他走了。

我又等待了一个月，一直到我的丈夫、法老图坦卡蒙下葬一个月之后，也没有等来赫梯人的王子前来和我成婚。到底是哪里出了问题呢？

后来，我才知道，赫梯人真的派出了他们的王子和一个求婚的使团。但是王子和他的使团在到达埃及边境的时候，就被埋伏在那里的埃伊派去的人给杀了。

是哈尼出卖了我。哈尼是一个双面间谍，是一个势利的小人。他看到了我势单力薄，回到埃及之后，就向埃伊报告了我给赫梯人国王写信的情况。埃伊一方面继续向我逼婚，阳奉阴违，一方面派人杀掉了前来和我成婚的王子，彻底地断绝了我的希望。

现在，埃伊坚定地朝着要当埃及的新法老的目标在前进着。他已经确定了和我结婚的日子，就是在明天。而和我结婚之后，他就理所当然地成了埃及的新法老，因为，我是埃及的王后。我不想让他得逞。但是，我还有别的办法吗？他已经四下派人去通告了，还把我囚禁在屋子里。明天，明天，明天即将来临了，这个漫长的黑夜真的是太漫长了，漫长得就像埃及的历史一样，让人透不过气来。我还有别的选择吗？

在我的手边，我正在端详着埃伊送来的一枚订婚的信物，一枚很漂亮的蓝色陶土烧制的指环。在这枚有着蓝天般的蓝色的指环上，刻着两个人的名字：埃伊和安克赫森阿蒙。我端详着这枚蓝色的戒指，多么希望上面的两个人的名字是：图坦卡蒙和安克赫森阿蒙。但是，我知道，我再也没有这样的机会了。我现在被埃伊所控制，在这间不透气的房子里等待天亮。到了明天，我就会成为他的王后。婚礼的一切全都准备好了。埃伊信心十足地按照他的计划在安排着所有的事情。我就要成为他的新娘了。

但是不，我还有办法，那就是，我不愿意活着过完这个夜晚了。在我的枕头边，放着剧毒的药丸，那是我在我的丈夫、法老图坦卡蒙驾崩之后不久，就悄悄地准备好了的，目的就是为了预防不测。眼下，事情正在朝着我最不愿意看到的方向发展。好吧，那么，我就让我自己的生命结束在这个晚上。等到明天埃伊的人前来迎接我，满心以为会迎接到一个身穿新衣的新娘的时候，他们看到的，却是我冰凉的、追随我的法老丈夫图坦卡蒙而去的尸体。想到了这一幕，我感到了快意，感到了欣喜若狂，因为，这就是我的报复和我的反击，我的逃避和我的抵抗，我的自尊和我最后的选择。

我吃下了那颗药丸。我很快就感到了昏昏欲睡，感到了肝肠寸断，感到了头晕目眩，感到了黑暗无边。是的，无边的黑夜正在像墨汁一样浸透了我，让我沉沉地睡去，让我沉入水底，像一块鱼骨一样沉到安静的河底。我，安克赫森阿蒙，就这样沉入到了死亡的湖底。我的手也慢慢地松开，那枚蓝色的陶土指环，有着埃伊和我的名字的指环，就从我的手上掉到了地上，不再有任何意义了。

楼兰三叠

一 叠

先是一场沙暴来到了楼兰，一共刮了三天。那是我很少见的黑沙暴，带着遥远的北方沙漠的气息，是我的记忆里非常陌生的。沙暴带来的沙子，在三天之后覆盖了楼兰所有的存在物，房屋的外面都有厚厚的一层沙子，屋子里的每个地方都有这样的沙子留了下来，颜色是黑褐色的，如同千百万个死掉的奇怪的小虫子的尸体，带来了不祥的征兆。这是在夏天的某一天，我站在王宫里发呆，不知道沙暴之后会迎来什么灾难。

接着，楼兰又迎来了一场大洪水。那场大洪水是从遥远的雪山上融化的雪水，汇入了塔里木河，将故道冲垮之后沿着一片高地冲荡过来，一下子就使楼兰变成了一片被水泽包围的孤城。是的，楼兰本来自古就是栖居于水边的小国，从来不惧怕水，但是罗布泊的水日渐干涸，已经很久都没有见过这么大的洪水，这使我感到了万分惊异。洪水缓慢而阴险地包围了城墙外所有的低地，水的力量，就是能将一切固定的事物溶解和瓦解，比如，城墙外的那座瞭望土岗，就很快崩塌了，大水将之缓慢地变成了一堆废墟，我派出一艘木船去接那几个瞭望的哨兵，结果木船也倾覆了，淹死了船上所有的人。这些事情都是令人匪夷所思的。这场大雨一共下了七天，此前，已经有一年没有降雨了。可以说，到处传来的都是坏消息。楼兰的城内城外是一片汪洋。

我是谁？我是楼兰王比龙。现在，大水围城，外面传来的是人的哀号。我站在楼兰城最高的地方，也就是佛塔的高台上，四下望去，但见楼兰城外那郁郁葱葱的树林，都在汪洋中成了飘摇的水生植物。即使是坚韧的三百年的老胡杨，也在大洪水中被浸泡得死气沉沉。按说在这些缺水的年份里，水对于楼兰是多么的重要，对于我和我的楼兰是多么的重要，因为最近几十年，水成了最稀罕的东西，附近的河道、湖泊都在干涸，已经不适合我们生存了。所有的楼兰人都在传说我得了重病，即将废弃这座沙漠荒原中的孤城。可是，突如其来的洪水，会不会改变我和楼兰的命运？

大水围困了楼兰一个月，然后就像地底下有一个巨大的漏斗，那些水奇怪地全部渗了下去，一滴水都没有了。太奇怪了，地面上真的是一滴水都没有了。骄阳似火，仿佛天上有十个太阳，在炙烤着大地。每个人都口干舌燥，像蜥蜴那样喘着粗气，后悔没有用水窖多储存一些淡水。而楼兰的井水早就变得咸涩不堪了。

其实，除了黑沙暴和大洪水，到处传来的也都是坏消息。在北方，魏国的皇帝拓跋焘派他手下的大臣李顺来到了西部凉州，向凉州大司马沮渠蒙逊要一个人。

这个消息，是沮渠蒙逊派人密报给我的。楼兰和凉州，是唇亡齿寒的关系，当我们前些年得知魏国皇帝拓跋焘受到了道教道人的蛊惑，开始灭佛之后，我们就准备着随时要和拓跋焘的来犯部队作战。因为，在凉州、楼兰，都是尊崇佛教之地。

拓跋焘要的这个人，是从我的楼兰逃到凉州的。他是一个来自克什米尔的僧侣，名叫昙无谶。昙无谶的皮肤是棕黑色的，眼睛很大，人也很聪明。传说他在天竺修习小乘佛教，经常和他的师傅辩经，辩论的是小乘佛教和大乘佛教之间的义理优劣。有一天，昙无谶几乎要把师傅辩倒了，但到最后，昙无谶沉默了，为的是给师傅留下面子。后来，师傅觉得昙无谶实在是太聪明了，就将自己的贴身宝贝——一部写在桦树皮上的《涅槃经》给了昙无谶，然后就圆寂了。

昙无谶拿到了这部宝贵的《涅槃经》，读了之后大为吃惊，丢掉了小乘佛教义理，开始修习大乘佛教。

这个昙无谶不仅聪慧异常，还会使用各种巫术，比如，他能够念咒语让树叶瞬间枯黄，让鸡鸭的羽毛即刻脱尽，让秃子的脑袋马上长满了头发，让荡妇立即来月红无法性交，让哑巴开口说话、聋子听到声音、盲人看见道路，等等各类神迹。因此，昙无谶的巫术和咒语在克什米尔地区名声很大，有一天，克什米尔王召见了他。

昙无谶来到了王宫，克什米尔王看到他的穿着很破烂，浑身还有臭气，就很轻慢他，认为他是个骗子，很快把他赶出去了。从宫廷里出来，昙无谶就下了咒语，让天下大旱。果然，克什米尔大旱。一时间，庄稼绝收，人畜共患病。

昙无谶托人带话给克什米尔王，如果想祈求降雨，就要花重金来请他昙无谶作法。克什米尔王不得不花了重金，延请昙无谶作法。昙无谶念了半个时辰的咒语。一个时辰之后，克什米尔普降大雨。

克什米尔王看到他有这等能耐，十分恐惧，就派刺客抓他，想杀了他。而昙无谶早就算到了这个结果，带着师傅给他的那部珍贵的《涅槃经》，翻山越岭，离开了克什米尔，逃到了龟兹。

那个时候，在龟兹流行的，都是小乘佛教，对他带来的大乘佛教不感兴趣。甚至还威胁他要他滚蛋。于是，他又来到了楼兰，来到了我这里。然后，我就认识他了，也知道了他的故事和神迹。这些都是他给我讲的，我也不知道是不是真的。他还给我看了那部《涅槃经》，果然是写在桦树皮上的，每个字都闪烁着一种银光，非常神奇。

我收留了他，我也经常请他作法。我很信赖他，但是我预感我留不住他，因为，他是那种志在千里、才华横溢、气冲斗牛的人，我这个小国容不下这等聪明人。没有等到我欢送他离开，他就自己逃到了凉州的沮渠蒙逊那里了。

他逃走的原因，说起来怪丢人的。我有一个妹妹，叫曼头陁林，我这个妹妹是宫廷乐队的总管，她长得很漂亮，身材丰腴，腰肢柔软，善于歌舞。她的丈夫是我手下的大将尉迟黑亥，尉迟黑亥一直在白龙堆荒原北部的边境线驻守，因此，不知道从何时开始，昙无谶就和我的妹妹曼头陁林私通了。

我一开始还不知道，直到有一天我去探望我的妹妹，亲眼看到了昙无谶从她的卧房里出来，我才相信了传闻。他看到我很害怕，匆匆地溜掉了。但当我责备我的妹妹曼头陁林的时候，她却毫不在乎。她说，她的丈夫常年在外，让她独守空房，而她欲望强烈，需要男人陪伴。不仅如此，昙无谶还带来了一种天竺的红花药，让她焕发青春，让她欲仙欲死，让她青春永在。

我拂袖而去。不久，曼头陁林和昙无谶私通的事情被尉迟黑亥知道了，他一怒之下带兵回来，要杀了奸夫淫妇。昙无谶就匆匆逃跑了，跑到了凉州，投奔了沮渠蒙逊。尉迟黑亥杀了我的妹妹，然后自杀而死。

这一出宫廷悲剧，让我伤心了好久，也让我蒙羞。

昙无谶逃到了凉州，得到了沮渠蒙逊的厚待，他拿出了《涅槃经》奉献给沮渠蒙逊，还加入到沮渠蒙逊所组建的一个专门翻译佛经的上书房中，与其他七位译经太师一起，翻译佛经。很快，凉州就成了闻名南北的译经中心之一，和长安、洛阳、敦煌、襄阳齐名，在南来北往的僧侣口中传诵。

沮渠蒙逊让他立刻翻译《涅槃经》，昙无谶就先学习了凉州的方言，然后，他用凉州方言翻译《涅槃经》。等到他用凉州方言翻译出《涅槃经》之后，沮渠蒙逊和其他译经太师智崇、鸠摩浮陀、达真、道朗等人大吃一惊，因为，昙无谶翻译的这部佛经，一共有二十四卷，在里面巫术、咒语和鬼神占了很大篇幅。不仅有这些，还有四时天象、八方神圣、十二生肖、二十八星宿、六十天干地支、一百二十八罗汉。总之，是一部很怪的佛经。而且，最重要的是，《涅槃经》强调的，是人人都能成佛。这部经立即在凉州获得了巨大影响，很多僧侣争相研习，还远传长安、洛阳、大同等地的寺院。

在魏国帝都大同，皇帝拓跋焘的手下丞相叫崔浩，他也得到了一部《涅槃经》的副本。看过之后崔浩也很吃惊，觉得凉州出现了这样的佛经，是可怕的。崔浩是尊崇儒家和道家的魏国当朝重臣，拓跋焘很信赖他。那些年，他精心辅佐拓跋焘平定了北部各个骚乱地区，使草原、森林、大山的很多游牧部落全部归顺于拓跋焘，也使拓跋焘的魏国日渐强盛。同时，在宫廷中，他建立了注经院，招揽天下才人，让他们担任太学士，专心搜集、整理、注释《易经》《诗经》《尚书》《春秋》《礼记》等古代经典。不仅如此，他还是一个天象家，组织了天象历法院，聚集了一批星象师、历法家，研究天象、历法、四时更替。崔浩花了很多年，想制定一个新历法《五寅元历》。

崔浩的工程很大，他看到了昙无谶的这部《涅槃经》之后，就赶紧跑到了拓跋焘那里，告诉拓跋焘："陛下，不好了，妖魔横行啊。这个昙无谶，看来是妖孽，妖言惑众啊。必须剪除，必须剪除他啊，陛下。"

于是，拓跋焘就想立即给凉州司马沮渠蒙逊下一道诏书，让沮渠蒙逊将昙无谶送到大同来。

但崔浩想了想，觉得假如表现得很强硬，并不很妥当。他认为应该先礼后兵。因为沮渠蒙逊十分狡猾，而拓跋焘早晚要收服凉州，需要找到合适的理由。他建议切不可用强，可先派大臣李顺前往，以邀请的方式请昙无谶来大同，看看沮渠蒙逊怎么应对。如果他应对不当，拓跋焘就有了出兵的理由了。

拓跋焘大喜过望，觉得崔浩是老奸巨猾又忠心耿耿。他就派出了大臣李顺，前往迎接昙无谶，谎称要请昙无谶担任宫廷国师，为之驱邪作法。

李顺来到了凉州，见到了沮渠蒙逊，说明了来意。我听说，李顺是一个奸诈之人，他想得到私人的利益，就私下里告诉沮渠蒙逊："如果您不把昙无谶尽快送到大同帝京，那么皇帝会立即派兵讨伐你。"

听到了这个消息，沮渠蒙逊的心情十分复杂。他不愿意让拓跋焘得到巫术和咒语法术强大的昙无谶，也不想让昙无谶将他在凉州组织译经的情况告诉拓跋焘。因为拓跋焘正在掀起灭佛运动。想来想去，他去找了昙无谶。

据说，那天昙无谶正在吃一只烧鸡，嘴上都是油渍，衣服上也是油渍，一副落拓不羁的样子。看到了大将军沮渠蒙逊来找他，昙无谶说："将军，你什么都不用说。我知道你的处境，我也知道我的处境，我还知道，我应该怎么办。”

沮渠蒙逊很吃惊：“你知道什么？你想怎么做？”

昙无谶说：“你不想把我交给拓跋焘，也不想杀了我。因此，最好的办法，就是派我回到克什米尔，回到天竺去。您可以以让我去寻找更好的《涅槃经》的版本的名义，让我往西边走。告诉拓跋焘的使者，我回克什米尔了。这样，拓跋焘得不到我，而你又放了我，给了我一条生路。将军您也就安全了，他也不会借机派兵攻打你了。因为，他没有任何理由了。”

沮渠蒙逊觉得这昙无谶真是料事如神。他有些目瞪口呆地看着昙无谶。

昙无谶又说：“您还可以举行一个仪式，公开给我送行，这样大家都看到你对我是多么好，让我西行而去。”

沮渠蒙逊觉得昙无谶说得很有道理，就同意了。他大张旗鼓地举行了一个送别仪式，在这个有很多大臣参加的送别仪式上，沮渠蒙逊甚至流下了难过的眼泪：“我的译经事业没有你的支持，真的是难以为继啊！可是，为了寻找到更好的《涅槃经》的版本，我不得不送你回到那有大象和佛祖的地方去。我舍不得啊，可是，又有什么办法呢？只好送你西行了！”沮渠蒙逊还准备了不少的资财，赠送给昙无谶一箱子的金银财宝。

昙无谶就上路西行了。

据说，魏国的特使李顺听到了这个消息之后，赶紧来到了沮渠蒙逊的府上求见。一见面，李顺就说对沮渠蒙逊：“大将军，您大祸临头了！要是拓跋焘知道你把昙无谶放走了，一定会发兵的！他刚好准备讨伐你，现在，你是给他提供了充足的理由了。”

沮渠蒙逊发现自己陷入一个很复杂的境地，他很为难地说：“那你说，我应该办呢？我是没有办法了，我想把他交给你也不可能了。昙无谶已经走了！”

李顺说：“那您还可以派人把他追上啊，去杀掉他！将他的首级取回来，然后派人，不，就让我带着昙无谶的人头回大同，将昙无谶的人头拿给拓跋焘看，这样您就不会被讨伐了。”

沮渠蒙逊愁容满面地说：“我怎么能去杀掉昙无谶呢？你知道，我给了他很多钱，又举行了送别仪式，我再派人把他杀掉，那我可就没有信用了。”

李顺说：“哈哈，这个问题好解决。因为你已经公开给他送行了，现在，派人秘密跟上去，把他杀了，这样谁都不知道是您派的人杀了昙无谶，还以为是强盗干的。您只需要把他的首级交给我，其他什么事情都没有了。这是一举三得的事情啊。要不然，您的凉州就要成为我魏国皇帝的地盘了。”

沮渠蒙逊感觉很沮丧。他想了想，说：“好吧。那我派兵去追杀昙无谶吧。”于是，他派了几个杀手，以流星快马的速度去追赶昙无谶去了。

据说，昙无谶走到星星峡的时候，忽然听到了身后有马蹄嘚嘚的声响。七个蒙面杀手携带兵器，追赶了上来。“站住！僧人！站住！”

昙无谶停了下来，他被那七个旋风一样追上来的杀手围住了，马蹄席卷而起的灰尘，让他感到很呛。昙无谶忽然哈哈大笑：“我知道你们是来要我的性命了！出尔反尔的沮渠蒙逊啊，他必将大祸临头，身首异处！”

他说完，立即腾跃而起，跑上了附近一个土堆，“你们别过来！”他席地而坐，从怀中取出杏仁油和烈酒，浇在了身上，然后用火石点燃。火焰立即腾起，将他包裹在熊熊大火之中，他瞬间成了一个火人。

七位杀手目瞪口呆，不知如何应对。干燥的天气使他们口干舌燥，而高土堆上昙无谶坐在那里，身上的火焰的热度让他们胯下的马匹也恢恢嘶叫着，或者前仰后合，或者原地打转，不听驾驭一片混乱。

等到他们好不容易勒马停立，那昙无谶已经烧得只剩下了一团白烟袅袅了。七个杀手下马冲过去，只见高土堆上，刚才浑身着火的昙无谶，现在只剩下了一团白色的灰烬。

“太奇怪了，连一根骨头渣都没有，就是一团白灰。”一个杀手说。

“看来，是个高僧。要不然，怎么会烧得只剩下一团白灰？”另一个杀手说。

“兴许有舍利子？听说,高僧焚化了,一般都有舍利子。”第三个杀手说。

第四个杀手就用手里的马鞭拨弄那团白灰。风将马鞭搅动的白灰吹起来，白灰四下飘散，散发着一种异香，但是骨灰里什么都没有。

“什么都没有。”第五个、第六个杀手齐声说。

第七个杀手是个领头的，他说：“我们走吧。我们回去交差。可不知道我们能不能交了差。”

那沮渠蒙逊听了回来的杀手汇报说，昙无谶自焚之后变成了一堆白灰，将信将疑，但又深信不疑。他久久地沉默着，没有说话。晚上，他叫来李顺，告诉他这个情况。李顺也沉默了良久，然后说：“那我只好回去如实禀报皇帝了。”

李顺走了之后，沮渠蒙逊立即派人将这个情况密报了我。他还将在敦煌做太守的儿子沮渠牧犍召回凉州，商议对策。据说，他的儿子沮渠牧犍回到父亲身边，对父亲说："父亲大人，我判断，这拓跋焘近期肯定要进攻凉州了。就在前段时间，我还在敦煌抓住了两个魏国的探子，都是拓跋焘的丞相崔浩派来的，目的在于侦查我的兵力部署和财力情况。而且，这两个探子还热衷于打探我请的一个大学士赵𢾺编制历法的情况。"

沮渠蒙逊就问："儿子，历法是只有皇帝才能编制的啊。那你请赵𢾺编制的历法，进展怎么样啊？"

沮渠牧犍忧心忡忡地说："赵𢾺帮我成功编制了两部历法，一部是《甲寅元历》，另外一部是我奉为秘典的《玄始历》，这些都是我想献给父亲的宝贝。"

沮渠蒙逊说："儿子，很不错啊。当年在敦煌，有五个学者兴办书院，号称'敦煌五龙'，他们不仅注释经典、创制历法，还认识翻译鸟兽虫篆之文字，辨识蝌蚪文，将那些古怪的文字改成了隶书，让我们很满意。如今，你依靠赵𢾺又成功编制两部历法，这可是我们的宝贝啊，要派上大用场才行。"

沮渠牧犍说："父亲大人，眼看着这李顺回到大同，那拓跋焘就会做兴兵讨伐凉州的准备了。拓跋焘的敌人是谁？就是南朝皇帝刘义隆。我想，敌人的敌人，就是我们的朋友，我们现在不如将《甲寅元历》和我奉为秘典的《玄始历》，连同其他一些典籍，都呈送给南朝皇帝刘义隆，以期获得他的支持。一旦拓跋焘发兵，那我们请刘义隆发兵支持攻打魏国，就能够'围魏救赵'，解决我们的困境。"

沮渠蒙逊赞叹道："这是个好办法。"于是，沮渠父子俩就将《甲寅元历》《玄始历》这两部历法，连同《敦煌实录》《凉书》《亡典》《古今字》《周髀》等稀罕经典，派了密使送往南朝皇帝刘义隆那里，以寻求支持。而我听说，刘义隆得到了这些珍稀历法和书籍，十分兴奋，召集大臣商议此事，他的大臣一眼就看穿了沮渠父子的计谋，他们普遍认为，这是河西凉州将军沮渠蒙逊遭遇了困境，害怕拓跋焘发兵而采取的办法。

刘义隆说："那么，拓跋焘发兵凉州的话，我们是按照沮渠蒙逊的请求出兵帮助，还是不出兵？"

刘义隆的大臣们争吵成一团，说什么的都有。有的支持发兵直接攻打拓跋焘，有的说千万不要出兵，以免中计，因为，这拓跋焘就想着借机一统天下，平定南朝呢。大臣们的各种意见争论不休。刘义隆皱起了眉头，他就决定一旦发生了上述情况，最好是按兵不动。

我听说那个李顺回到了大同之后，向魏皇帝拓跋焘禀报了上述情况。拓跋焘说："这昙无谶真的死了？化成一堆白灰了？"

李顺说："应该不会有假。"拓跋焘就沉吟着，说："那再等等看。"正在说话间，忽然丞相崔浩急匆匆前来，见到拓跋焘，将沮渠蒙逊、沮渠牧犍父子派人给南朝皇帝刘义隆呈送了两部秘典历法，以及大量珍贵典籍的情况报告给拓跋焘。

拓跋焘一听，大怒，"沮渠牧犍，这个沮渠蒙逊的儿子，你们看他起的名字，不过是个放牧阉牛的笨蛋啊。"

崔浩笑了："陛下，这牧犍的'犍'字，除了当阉牛讲，也还是地理名词'郡'，一个郡有十万多户，'牧犍'指的是管理一个郡的十万户的意思。"

拓跋焘说："呸！这凉州的沮渠父子都是奸诈之人，我要立即讨伐他们。丞相，你觉得我们攻打凉州，那南朝的刘义隆会乘机攻打我们吗？"

崔浩说："南朝人喜欢偏安一隅。他们胆小怕事，喜欢蝇头小利，还喜欢争吵不休。我判断，他们巴不得陛下把凉州灭了。他们不会出兵的。"

于是，拓跋焘就下令立即发兵，以叛乱、妖言惑众和兴佛灭道的罪名，讨伐凉州将军沮渠蒙逊。他组织了三十万人马，浩浩荡荡地前往凉州。

沮渠蒙逊和沮渠牧犍父子仓皇率兵迎战，但被拓跋焘的军队打得落花流水，很快，拓跋焘就占领了凉州，俘虏了沮渠蒙逊和沮渠牧犍父子。然后，拓跋焘下令将凉州的二十万人口，无论男女老幼，还是被俘虏和投降的士兵，一律迁往大同京都。一时间，每天都有成千上万人，被拓跋焘的士兵押送着迁往大同，一路上队伍络绎不绝，川流不息。逃跑被处决的，病死饿死的，死尸随处可见，真的是哀鸿遍野了。

沮渠父子派人来，将他们的消息传到我这里。但我知道，即将到来的冬天，我算是安全了。楼兰也算是安全了。占领了凉州的拓跋焘需要整顿军马，等到来年的春天才可能进犯楼兰。可是，我预感楼兰的毁灭，就将在不远的将来了。因为拓跋焘是毁佛灭佛的帝王，他是无法容忍楼兰这个佛国的存在的。

在我的楼兰，精美的佛寺，数百年以来在亭台楼阁的墙壁上的壁画，以及我收藏的宝卷，那些写在羊皮上，刻在木板上、石块上的佛经，都是我的珍藏。而这些都是拓跋焘要毁灭的。我忧郁的目光扫过了本城那高高的佛塔的圆顶，梵音阵阵，如同沉香一样袅袅传来，可是，这样的景象，还能够持续多久？

后来，我的探子传来消息，拓跋焘占领凉州之后，又带着自己的大臣、将军、随从，来到了敦煌，在那里获得了沮渠牧犍延请赵翈大学士编制的历法秘典《玄始历》的副本。南朝皇帝刘义隆的手里也有这个历法，而刘义隆果然没有发兵。看着凉州和敦煌成了拓跋焘的囊中物。沮渠父子盼望请南朝刘义隆“围魏救赵”的设想，彻底失败了。

也难怪，拓跋焘的霸气让刘义隆害怕，他偏安于一隅，是不会断然兴兵的。所以，沮渠氏就此覆灭。

我感到了唇亡齿寒。我肯定了这一点是我的探子回来告诉我，在敦煌，拓跋焘让他手下大臣寇谦之花费了两个月建立了一个道坛，拓跋焘到达敦煌的时候，所有的随从、军马所穿的衣服都是黑色的，符合道教的规范，然后，旌旗招展，鼓乐喧天，拓跋焘亲自登上道坛，接受大道长的符箓，举行了盛大的祭天典礼。

拓跋焘信奉道教，信奉儒家，他恨佛教。在敦煌，他碰到了从我这里路过并前往长安和洛阳的几个天竺僧人，僧人们告诉了拓跋焘他们在楼兰见到的佛教兴盛的情况。他们给拓跋焘描述了我的楼兰是一座精美的佛城，到处都是焚香，佛塔，佛寺，梵音。僧人众多，四下游走，往来于大漠西东，从天竺到克什米尔，楼兰国是重要的歇脚处。拓跋焘知道了我楼兰的这些情况，如坐针毡。他下令自己手下的大将安周做好所有的准备，明年的四月，前来攻打楼兰。

我的儿子真达从敦煌回来，向我报告了这些情况。

你会投降吗，比龙？我问我自己。我回答：不会。你会鱼死网破吗？我问我自己。我回答：我自己可能会，但是我的子民们，我不会让他们鱼死网破的。

现在，我已经有了一个好主意，那就是，让所有的楼兰人全都迁走，避免拓跋焘带来的兵灾祸乱，避免我所有的子民被拓跋焘俘获之后，像对待凉州百姓那样，将他们俘虏到远离这里的大同帝都，去做奴隶。

那么，现在摆在我面前的，我想出来的唯一办法，就是将楼兰人迁居到更为遥远的大漠深处的一座城市。那座城市，我早就在规划和建造了，它就是且末城。且末城在楼兰南方的大漠深处，不易攻打，却易于守候。如果三天没有水源供给，外来的军队必定渴死。我的儿子真达，和真达的母亲、我的王后和瑾，将带领楼兰所有的子民前往且末。

现在，我马上要登台去宣布这个消息，我要向我的臣民宣布这个决定。他们最好在这个月全部离开楼兰。我就要登上高台了，我要向我的臣民宣布这个决定。

我是楼兰王比龙，我现在去登台，宣布这个重大的、关系楼兰命运的最后决定。真达进来对我说："父亲，所有的人都来了，都在等待您发出谕旨。"

半个多月过去了，经过了黑沙暴和大洪水的侵袭，现在，楼兰正在成为一座空城。是的，一座空城。我的臣民在陆续搬离这里，前往且末。前往且末的路途即使艰辛、即使遥远，也比远赴大同做奴隶要好，比去当拓跋焘的随葬品要好。现在，楼兰就只有为数不多的人了，我的随从、马夫、骆驼，还有我养的、从库鲁塔克山猎获的一只雪豹。我要马上放了它，就像我要放了我自己的灵魂。

实际上，我想的是与楼兰共存亡。我打算削发为僧了。我把楼兰王比龙从我的体内放走了，从我的灵魂里放走了，剩下一具无魂的躯体。这具躯体，若要重新赋予它灵性，就必须依赖佛音。我要削发为僧。我的心有些缭乱，但是却异常坚定。因为，我的儿子真达将继承我的王位，在且末统领百姓，他的母亲、我的王后和瑾将辅佐他，我没有什么可担忧的了。

我的头发是微红色的，我会让那个老僧人为我削发。我叫来了他。那是我从我的父母那里得来的头发，从我父王和母后继承的头发，很快一缕缕地被削去了，现在，就在我的手里。我成了一个僧人。我手里还有一柄牛角号，小巧的，精美的牛角号。我要吹响它，在黄昏如血的时候，宣告一个僧人的诞生，一个王的消失。

我吹响了那柄牛角号，呜呜的声音呜咽在楼兰空城里。现在，这里就只有我一个人了。我就像一个游魂一样穿行在我的楼兰城。整个楼兰城成了一座废墟。官署、寺院、民居、广场、佛塔、街道、互市、酒肆、客店，都还在，但是人没有了。城门紧闭，所有的子民都安全地远在南方大漠中的且末城。

我像一个孤魂在游荡。我要与这座城市共存亡。我走进一座寺庙里，安静地听着外面的风声。我的左手攥着一缕长长的我的红头发，我的右手握着一柄牛角号，我吹响了牛角号，呜咽的声响传到很远的地方。

我听见了整座城市都缓慢地颓败。我的内心里多少有些快慰。等到来年的春天，青草刚刚发芽，安周的大军抵达这里，他们看到的，是一座废墟城市。这就是西域最著名的一座城：楼兰。但楼兰即将不存在了。

我是比龙，我不是比龙了。我的牛角号呜咽，我听到了风声和又一场沙暴的来临。我左手握着我的一缕头发，右手握着牛角号在吹。然后，一阵飓风将庙宇的墙洞穿，一阵崩塌摧垮声中，房倒屋塌，我也被吞没了，我看不见自己了。

楼兰和我从此消失了。

二 叠

我是斯文•赫定，在我眼前的塔克拉玛干大沙漠，处处呈现出魔鬼的形状：在微风中，魔鬼在不断地游动着，沙丘浑圆，如同无数的女人体或者是蛇精在游动。可能是我看花眼了。实际上，那些沙堆不是在游动，如果仔细地观察，就会发现，那是沙堆的脊线上不断有细沙在随着风向下面滚落，于是，不远不近地看过去，就像是一条条蛇在沙漠的沙堆上翻滚一样。因此，所有的沙堆都是活体，都是魔鬼阴险而谨慎地包围着我们。

我感觉非常口渴，所以，我头晕眼花，把所有的沙堆都看成了一直在包围着我们的魔鬼。这些魔鬼会吞噬我吗？会叫我有去无回吗？我想着，眼前的蜃气在浮动，所有的东西在正午的阳光下都在变形。空气太干燥了，干燥得沙漠里的红柳都像垂死的章鱼一样，颜色发灰如同死尸的颜色，在无力地伸展着触手。好在红柳是沙漠中最顽强的植物，能够固定住沙堆，使沙堆无法随便移动。

一开始看到这种植物，它要死不活的感觉让我很奇怪，我觉得这种沙漠植物不是活着的。我就让驼队里的当地人去挖掘红柳，结果，我发现，红柳的根须深入沙漠很深，根须茂密，如果你把一棵红柳完整地挖出来，把它倒置过来，那么红柳的根系竟然能够蓬勃成另外一棵枝繁叶茂的树。只不过红柳的根系是褐红色的，与它的枝叶的灰绿色不一样。红柳的花却是粉红色的，在阳光下也很低调，甚至有些黯淡。但即使如此，在经历了长久的沙漠戈壁的跋涉，不管在哪个地方停留下来，看到了红柳那粉红色的花朵在微风中摇曳，即使闻不到它的花香，也是令人欣慰的。

这是 1900 年的春天，在新疆的罗布荒原的北部，我的沙漠探险队扎营在一片似乎是被远古的洪水冲刷过的河道里，依靠着一片风蚀洼地所形成的雅丹地貌所提供的一点阴凉，那么多人和骆驼都歇息着，等待着我发出指令。

我是从 1890 年开始进入到中国新疆自治区的这片区域的。当时，我翻山越岭，从喀喇昆仑山南侧的奥什城出发，来到了中国新疆南疆的喀什噶尔城。那座有着无数黄泥土坯房的城市，给我留下了深刻的印象。喀什噶尔就像是它的一些蒙面的维吾尔族女性一样，美丽，神秘，传统而封闭。但那一次我没有待多久就离开了。

1894 年春天，我又来到这里，我打算攀登那令我望而生畏而又极其向往的雪山。这里的雪山是世界上最高大、险峻和复杂的山峰，我有一种想征服和探究那高高在上的雪峰的欲望。但是，我却失败了。在攀登海拔 7509 米高的慕士塔格峰的时候，一开始我的进展很顺利。但在距离登顶还有海拔 1000 多米的时候，我们——我和我请的夏尔巴向导遭遇了严重的大雪天，结果我不得不临时在那里扎营。第二天，雪停了，但是当我走出了帐篷，我发现我得了严重雪盲症，这就宣告了我攀登慕士塔格峰的失败。我只好在想象中，眺望着我曾经那么近距离地观察过的慕士塔格峰、公格尔峰、公格尔九别峰所形成的三座并峙在一起如同三个大将军那样并肩站立的雪峰，它们的巍峨、威严和高傲，让我感觉到了畏惧，感觉到了兴许真的有神灵居住在雪山之上。

我的探险队撤回到了塔什库尔干那座石头城。我在慕士塔格峰的冰雪融水所形成的喀喇库勒湖边流连了好久，直到我的雪盲症好转，我决定不再攀登这里的任何一座雪峰。而当地的柯尔克孜人，则认为我是遭受了山顶上的贾奈达之城的神仙的惩罚，而最终无法登顶。作为一个西方人在这里的登山的失败，立即成了当地一个传说，很久之后都一直在塔什库尔干流传，而这个故事的主角，就是我，斯文•赫定。

好吧，我就认了吧。就让这样的传说在那些淳朴善良的柯尔克孜人的嘴里作为一个故事流传下去吧。

接着，我想到去进行一场更为艰险的挑战。1895 年，我在 1894 年的整个冬季，都在筹备一次沙漠探险。终于，到了 1895 年 3 月，我建立起了一支辎重庞大的驼队，一时间轰动了喀什噶尔。当地的英国使馆和俄国使馆的人，都对我盯得很紧，当然，他们也帮助我买到了最好的骆驼，雇到了最好的当地向导。

我的驼队从喀什噶尔出发，沿着叶尔羌河向塔克拉玛干沙漠深处进发。这一年，我只有三十岁，当然是血气方刚，踌躇满志。可就是这次探险，结果让我花费了很多金钱和精力的驼队，遭遇到了灭顶之灾，我尝到了沙漠的死亡的味道。没有多久，我们就陷身于沙漠中无法出来了。我的驼队损失大半，我自己也因为找到了一眼救命的泉眼才得以保命。而我丢掉的最宝贵的东西，是那架蔡斯牌高精度的相机，连同一批我拍摄的胶卷。

从那之后，再进行任何探险活动，我就开始用素描来替代相机了，因为在沙漠里，真正可靠的都是最为原始的东西，比如人、狗、水、食物、骆驼、纸张等，当然，还有太阳所在的方向，比罗盘还能指出方向。

到了 1895 年的冬大，在经历了夏天的惨败之后，我已经熟悉了这片土地的性格，我也适应了这里的气候和环境，懂得了如何与它打交道。我重新组织了一支探险驼队，沿着一些古老的、发源自巍巍昆仑山的一条条河道，向塔克拉玛干沙漠这死亡之海继续挺进。一路上，我发现了很多在中国古代探险家和佛教求法者所记载的地点，而那些地方，如今全都成了被沙子掩埋的废墟。有价值的东西很多，到处都是千年之前的遗留物。我开始发现我可能接触到了前所未有的历史的秘密和沙子下面掩埋的宝藏。

这时是1900年春天，我发出了指令，让几个人前往库鲁克塔格山脚下，去寻找当地人曾经指引给我的一眼荒漠甘泉。因为，现在人和驼队都很疲惫了，都迫切地需要补充水分。在这次长达数个月的穿越荒原的考察中，刚刚进展到半途，我的队伍就人困马乏。骆驼也都显示了疲倦到极点的状态，更别说我雇用的这些本来就五心不定的当地人了。

本来，我就没有十足的把握能够穿越罗布荒原。因为水，缺乏水，是最重要的原因。我发明了一种沙漠探险的储水的办法：在整个冬天，储存一些净水所冻成的冰块，在春天里冰块还没有融化的时候带着这些固体水出发。

于是，在这年年初的时候，我们从塔里木河上游出发，一路往东走，我的探险队沿着干涸的河道试探性地前进，但进展缓慢。我注意到，塔里木河的河水很快就在大片的呈现出时间使这种扭曲的树木生来病死并置在一起的胡杨林里消失了。

我打算进入到之前我一直计划的无人的罗布荒原里，因为那里肯定隐藏着一些不为人知的秘密。作为一个探险家，我最大的幸福感，就是到达那些人迹罕至的地方，发现奇丽的景色，挖掘出古代文明的遗存。

固体冰块很快就消耗完了，天气一天比一天热，因此冰块自身也在挥发和融化。走到了半途，缺乏新的饮水补给，是我面临的最大的问题，因为这么多的人、马、骆驼和狗，在前行汇总，要想穿越那容易迷路的罗布荒原，实在是需要中途有水源补给。

这个难题，在我遇到当地的罗布族一个叫阿不都•热依木的男人之后，我看到了解决它的曙光。

那天，我们的驼队经过一个罗布人的村落，我在一个以打鱼放牧为生的罗布人家里，借用一种当地的麻布，用来捆扎一些东西。这种麻布在防暑降温方面有着奇特的效果。就这样，我认识了罗布人阿不都•热依木。我们两个男人互相施礼，然后，坐下来喝他家的罗布麻茶。罗布麻茶的叶片是黑绿色的，喝起来十分苦涩，但解渴、提神、防暑。而且，阿不都•热依木还从油迹斑斑的一个布袋里取出来一个油馕与我分享。

我说："尊敬的阿不都•热依木，您是熟悉这片荒原的。现在，我的探险考察队要花很长时间才能穿越这片荒原。水是一个大问题。我带了很多冰块，但是冰块快用完了。你知道在这片荒原上，哪里有新的水源吗？沙漠里有时候有碱水泉和苦水泉，但那不行。我们要补充新鲜的淡水，可我们搜集雨水的工具太少，无法解决这个问题。"我愁眉不展地咀嚼着油馕，让油馕那干燥而清香的味道在嘴里弥漫，然后说出这些话，也没有期待阿不都•热依木能够有很好的答案。

阿不都•热依木又给我的茶缸子里添了热水，他狡黠地笑了笑，"尊敬的斯文•赫定先生，您算是问对人了。我知道在你们前进的路途中，有一眼淡水泉眼，足够你的驼队半道上补充好水了。"

我的眼睛亮了一下，"啊！那太好了，阿不都•热依木，我怎样才能找到这眼泉水的位置呢？"

"你们有那种圆盘子，能指示方向，我知道的。你们还有纸上和羊皮上的地图，我也知道。把地图给我，我指给你看。"阿不都•热依木笑着说。这时，他的弟弟从远处走过来，他弟弟在为我当马夫，我从事探险的事情，他都告诉哥哥阿不都•热依木了。

我取出了地图，然后指给阿不都•热依木看附近区域在地图上的位置显示。

阿不都•热依木一下子就看明白了："你们的地图很神奇啊，我看到了我的家乡，有这么大。但是，没有水，这个地方就是死的。"然后，阿不都•热依木就在地图上给我指了一个地方，说："我发现这眼泉水还有一个故事呢。在去年底的时候，我跟踪一匹野骆驼。它掉到了我的绳索圈套里，但它挣脱了。在逃走的时候，它受了伤。我凭借它留下的蹄印和血迹追踪它。我追踪了好几天，因为它逃跑的速度不快也不慢，和我追赶它的速度差不多，关键看谁有耐性了。然后不久，我的水也喝完了，我干渴得快要死了，眼前出现了幻觉，我恍惚看到了很多鸟围绕着我，而且那些白色的鸟，都是水鸟。可是这荒原里，哪里有水鸟啊？我知道我要完了。我怎么能在沙漠里看到水鸟呢！肯定是要死了。我的嘴唇是干的，喉咙里也是干的，我的皮肤在着火。我快要死了。"

我耐心地等待阿不都•热依木揭晓答案。

他接着说："正是在这个时候，我听到了前面的沙堆上一丛红柳的后面，响起了我追踪的骆驼的嘶叫，有白色的鸟，真的在红柳丛的上面飞，呼啦啦起来，又呼啦啦降落下去。"

阿不都•热依木讲得很神奇，我问他："白色的水鸟？骆驼嘶鸣？就在红柳丛的后面？"

阿不都•热依木又递给我一块油馕，"是的，是真的。我忽然来了力气，我爬上了那个有红柳的沙堆，于是，我看见了一眼荒漠里的泉水。"

我十分兴奋，"看来，您看到的不是幻觉，而是真实存在的一眼甘泉！"

阿不都•热依木搓着手，"是的，我站起来，然后跑过去，看到附近有胡杨树、芦苇和红柳丛，我把脑袋放到水边，我一喝，喝到嘴里的水是甜的、凉的！这是真实的荒漠淡水泉。非常不容易啊！我知道很多碱水泉、苦水泉、咸水泉的位置，我很少发现这里有淡水泉。我很高兴，就使劲地喝，喝饱了。这时，我看见在对面的芦苇丛里，我追踪的那匹受伤的野骆驼，正趴在那里看着我。我忽然明白了，要不是它发出了嘶叫，我是找不到这眼泉水的。”

我说：“嗯，也可以这么说。那么，你就放弃了抓捕它？”

阿不都•热依木说：“你说得对，我就放弃了继续抓捕它。我觉得，它把我引到了这个泉水旁，救了我的命。我不能再去要它的命了。然后，我就返回了。嗯，大概在这个位置，这一片叫作阿提米西布拉克。你们沿着这条河道往前走，一直往那边走，会找到的。”他在地图上用手指画出了方向和大致的位置。

我大喜过望，让队员们给阿不都•热依木留下了面粉和大米，还有一些牛肉干。然后我的沙漠荒原探险队继续开拔。

果然，在这一年的三月下旬，在那个叫作阿提米西布拉克的地方，我们发现了那一眼荒漠甘泉。人困骆驼蔫的队伍，冰块蒸发和使用将尽的时候，在经过了这次荒漠甘泉的水源补给后，重新焕发了生机，我们携带的所有储水桶和皮囊都装满了淡水，我看到了胡杨、芦苇丛和红柳，看到了阿不都•热依木所说的白色的水鸟，也找到了在泉水边的狐狸、沙漠狼、野骆驼、黄羊、旱獭和沙漠鼠，以及一些候鸟的踪迹。看来，这眼荒漠甘泉，是罗布荒原上不少动物的救命泉。

在这片人迹罕至的罗布荒原的北部地带，我的探险考察队做了大量的地形测量工作，五天之后，我们继续前行。又走了一天，我在一片沙堆的环抱中发现了一个废弃的遗址。这片遗址由被风撕裂的木头所围拢，隐约能看到一些土台子、屋子的地基露出了沙子表面，地面散落了一些芦苇和泥巴混合建筑的墙皮。

我叫来了向导奥尔德克，“奥尔德克，这里显然有人生活过，是不是你们罗布人几十年前废弃的村子呢？”

奥尔德克眯起了眼睛，仔细地观察地形。他用铁锹挖土堆成了一个土台子，又转了一圈，然后告诉我：“从我记事起，我们罗布人从来没有来过这么远的地方。这里肯定不是罗布人的村落，因为，这个地方的水源距离塔里木河的河道太远了。我们罗布人从来不会在这里建村子。”

奥尔德克的说法，让我陷入了沉思。如果不是当地罗布人废弃的村落，那么，这里也许是更为古老的民族留下的遗迹？会是什么人、何时废弃的这个地方？

奥尔德克笑着说，“我再挖挖看，也许会有财宝呢。”他和几个脚夫挖掘了一些房屋的根基，结果期待落空了，什么都没有挖到。

第二天，带着内心的疑问，我下令继续前进。此后，每天太阳升起来，我们的探险队就继续前进，太阳落下去，我们就安营扎寨，并且在红柳茂密的地带去挖掘泉眼。我们带的淡水够人喝了，可骆驼需要饮水，苦泉水、碱水骆驼都能喝。

但是，这天傍晚歇脚的时候，奥尔德克带人挖掘供骆驼喝的泉眼，忽然发现自己的铁锹落到了昨天发现的那个遗址了。他跑来告诉我，他要去寻找那把铁锹。

我责备他：“你太大意了，奥尔德克，算了，铁锹就不要了。你一个人往回走，非常危险，来一场沙尘暴，你就找不到我们了。”

但是奥尔德克是一个倔强的罗布男人，他一定要找到他那把心爱的铁锨。

我就告诉他，必须等到夜晚来临，气温降下来，他可以坐着我的骆驼，借助月亮的光辉返回去寻找铁锨。他同意了，就耐心等待荒原降温。

到了晚上，荒原上的月光非常皎洁，奥尔德克骑着我的那匹留着分头毛发的骆驼——我最喜欢这匹小分头骆驼了，它是一头公骆驼，长着一双清亮的眼睛。我很信赖奥尔德克，他是一个好向导，有方向感，又最能够体察到荒野中危险可能会来自哪里。

但我还是有些担心，毕竟，在罗布荒原上，失踪是很容易发生的。何况是在夜晚。即使有皎洁的月光，也很可能无济于事。

两个小时之后，我担心的事情发生了——在我们扎营的地方，忽然刮起了风暴，风沙将一切都席卷了。而这样的风暴能够短时间将一切地面的痕迹都消灭掉，能够使周围的地貌变形，使沙丘快速移动。我很担心奥尔德克，但是我也没有办法，只有耐心等待。所有的骆驼都蹲在帐篷周围，半闭着眼睛，忍受着风沙的吹打，而我们都在帐篷里龟缩着，等待风暴过去。而我也盼望奥尔德克能够在天亮之前返回。

天亮的时候，风暴停止了，奥尔德克却没有回来。我很担忧，走出帐篷，我看到的是被风沙改变的世界：所有的地貌都发生了变化，被披上了一层细沙。人和骆驼的痕迹都不存在了。那么，奥尔德克还能能够找到我们吗？

我们需要尽快离开这里。因为我的助手告诉我，更大的沙尘暴可能席卷这里。吃过了早餐，我们出发了。

天是阴沉的，气温上升很快。这个春季，沙漠中的气温比平时要高。我的情绪逐渐地低沉下去，因为没有奥尔德克的消息。我总是在骆驼上回头张望。我们走了一整天，也没有看到奥尔德克骑着我那匹小公骆驼跟上来。我多少有些绝望，我默默地祈祷，盼望罗布人奥尔德克能够借助他们那天生的方向感，在他生存的这片土地，找到生存的勇气和机会，然后跟上来。

这一天的傍晚，我们抵达了一片红柳丛附近扎营的时候，我忽然看到远方的荒原上，有一匹骆驼的影子在朝我们这边移动。我们都停下了手里要做的事情，等待那匹骆驼靠近。啊，果然是奥尔德克和我的那匹骆驼！他怎么从另外一个方向赶过来了？他终于走到了我的眼前，我看到他有些愧疚，又有些自豪和兴奋。

“昨天晚上的大风确实让我迷路了，我找到了铁锨就赶紧往回走，想跟上你们。可是，我却走到一片更大的、被遗弃的有人生活的地方去了。啊！那个地方我们从来都没有去过，也不知道是什么人在那里生活过，到处都是废弃的、被风撕裂的木头。风沙太大，我就躲在一个有三间房子连起来的墙壁中间，拿一些芦苇秆去挡风沙。天亮了，我出来看到大风停了，天更阴了，很可能沙尘暴还会来。我走出来，牵着这匹你最漂亮的骆驼，走出了废墟。我看到我眼前的废墟上有很多漂亮的木雕。我就带回来了这个。”

奥尔德克说完，从骆驼身上取下来一块毡子，里面露出来一块有着精美图案的木雕。这块木雕有半个人那么长，我接过来，看到上面的图案非常的精美，显然，是房屋门楣或者窗户上的装饰板。但精美的雕刻，以及被时光和太阳、风所侵蚀、刮擦、吹打之后形成的木头的断口露出来的纹理都告诉我，这块木头的历史，至少有一千年。

我仔细地看这块木雕，在脑海里搜索我的历史知识。我从来没有见过任何一种文明，包括伟大丰富的希腊文明、中国古代文明、两河流域文明、埃及文明有这样内容的木雕图案。它不像任何一种我见过的文明的符号。也许，这就是传说中的犍陀罗文化的遗存吗？我的心开始了狂跳。我感觉我即将靠近一种被沙漠和时间掩埋已久的古代文明。

我热泪盈眶了，这可能将是我的探险考古生涯中最大的发现。我抚摸着那块木板，我看到了莲花的图案、佛像，以及佛像头顶的光环。我知道，这是佛教文明的符号，而佛教在这块土地上兴盛的时间，最晚都在1300年之前。因为公元6世纪之后，这里的佛教逐渐被伊斯兰教所替代了。

但我必须要做出一个决断，因为，我们已经走出了罗布荒原最艰难的地方，我已经能看到东北部耸起的库鲁塔格山脉那淡淡的山影了。是回去寻找和挖掘奥尔德克发现的那个古代遗址，还是按照计划继续前行，来年再来？我苦苦地思索着。

我有些心乱如麻，漫不经心地在素描本上描画眼前的沙堆。

奥尔德克走过来，他看出来我在想什么，就说："斯文·赫定先生，我知道你很想去那个废墟看看。我也知道，我们带的水和食物都不够我们折返回去。我保证，如果您明年再来的话，我可以把您的驼队带到我发现的那个废墟。我保证。"奥尔德克的眼睛很亮，这是一个说话算话的男人，我最信赖的向导。

的确，如果现在就去寻找那个古迹，那么，我这次专门针对罗布荒原的测量和探险工作很可能就失败了。我们测量得到的大量数据，需要我带回瑞典整理、研究、分析和保存。好吧，来年再来吧，再等一年，我肯定会有更大的收获。

我看着奥尔德克：“明年冬天我会再来。你确定能找到那个古迹的位置吗，我亲爱的奥尔德克？”

奥尔德克看着我：“只要再让我丢一次铁锹就可以了。”他的玩笑话顿时让我缭乱和紧张的心情放松下来。我们哈哈大笑。

于是，我们按照原计划继续前行了。因为水的消耗量很大，我必须要结束这次探险了。我想，再等一年，我会再来的，因为有一个秘密等待着我来揭开，我当然会回来。

我在 1901 年的 3 月从遥远的欧洲瑞典回到了新疆。我如约而至。

这时还是冬天，整个罗布荒原上悬浮着一枚死寂的冬日。我们带着足够的冰块，融化后作为饮用水。骑在骆驼上颠簸着，我的眼睛半睁半闭，摇摇晃晃已经很多天了。有时候，在沙漠荒原中探险是那么的单调、贫乏、困顿，让人绝望。我对未知的领域、未知的世界是那么的好奇，但有时候我也觉得灰心丧气，感觉自己与时间和历史对话，是很容易失败的。好在还有大自然。是大自然的奇特和丰富，使我一直没有丧失那种探寻时间和历史深处遗失的东西的好奇心。

这一次，还是奥尔德克引路，他的方向感比罗盘还要准确。经过了精心准备，我的驼队走了一个多月，在 3 月 3 日这一天，他带领我们来到了他发现的那个废弃的遗址。

正午的阳光是那么的强烈，我几乎分辨不清楚前方有什么。无尽的风蚀蘑菇，像一个个怪物那样在眼前耸立。淡灰色的盐碱土，是这片古老的湖泊干涸之后的板结。

奥尔德克在前面大喊：“就在前面，我看见那个地方了。”

我却什么都看不见。我们的驼队加快了前行的速度。我们终于靠近了那片废墟。我走进了那片废墟，穿越了低洼地，来到了一个高台上。我看见了令我永生难忘的图景：一座城市！是的，是一座毁火于时间深处的城市，以它被丢弃之后的颓败和废墟的形象，展现在了我的面前。这座城市一定非常古老，在伊斯兰教席卷这片土地之前，它就存在于此了。

人群沸腾了。我的驼队的人，从来没有见过这么大的废墟。到处都是散落的木头、陶器的碎片、残垣断壁和建筑基座，我还看到远处耸立的一座佛塔。那应该是一座佛塔，不可能是别的，它那么高大，目测有十多米高，在这一片风蚀地区，在无数被当地人称之为“雅丹”的地貌中，鹤立鸡群，显然是人工建筑。此外，还有房间墙壁的大量遗存，是夯土建造的。一辆马车的木头车轮的辐辏很大，可见这马车也很高大。但是没有一个人。除了我的驼队，所有的人都在历史和时间里消失了。

我内心狂喜，但表面上非常冷静。搭好了帐篷，我在这里进行了测量、拍照、素描和挖掘。那些精美的木雕，似乎随处可见。我重点测量了那座佛塔，因为它是这座废墟最高的人工建筑。3 月 3 日这一天，我详细地写下了测量它的记录，它高达 8.8 米，分为五个阶梯状的台阶，傲立于风雨之中，却在不断地、缓慢地倾颓着。

我的雇员们中间有人知道，但凡是有佛塔，那佛塔的内部一定藏有宝贝，这是一个古老的说法。他们开始挖掘佛塔，渴望发现宝贝。尘土飞扬起来，被我发现后制止了。

我告诉他们，这里不会有宝贝的，他们发现的最大可能就是一些陶器。不要破坏了这个地标，以后我们还会再来的。

奥尔德克又挖掘出一些精美的木雕，还有一些有文字的木片。到了晚上，我和汉族助手仔细地分析那些木片上的文字是什么，那都是一些汉字，表明了当时，至少在毁灭之前，这里是汉朝或者更早的中国朝代控制的一座城市。然后，一个助手念出了一个词："楼兰。"

"楼兰？"我疑惑而又震惊地发问道。

"是的，是'楼兰'。这些木头书简上多次出现了这个地名。"我的助手回答我。

"楼兰，楼兰，楼兰。"我念了几遍这个词汇，感觉到发音中的抑扬顿挫。

而后来，我查阅中国的史书，也支持了我的发现——在这个位置出现和消失的城市，可能是，或者说只能是——"楼兰"。

奥尔德克还挖出来一柄牛角号，他欣喜地递给了我。我擦拭掉牛角号上面的灰尘，试着吹了一下。一阵低声的呜咽从时间的深处响起来。好像这牛角是有生命的一样，它从历史里出来向我问候。

我后来把牛角号埋在了那的一处沙堆里，让它重新回到时间沙尘的深处了。

几天之后，我离开了那座废墟。我再也没有回到那里，即使有那座佛塔在召唤着我，仿佛是历史和时间在召唤我。可是，我已经没有时间去解开它所有的谜团了。

我带着大量的测量数据回到了欧洲，证实了我的判断：罗布泊是一座"游移的湖"，我们现在在它的北湖，而北湖是最后才干涸的。还有一个南湖，随着塔里木河的来水量的不同，在千百年之间，这座逐渐蒸发的盐碱湖在南湖和北湖之间来回游移，一直到它的死亡——塔里木河的来水量逐渐衰减，导致了下游的胡杨林缓慢地死亡，这一切都是不可改变的。

大自然以自己的方式在生生死死，循环往复。

我将“楼兰”“雅丹”和“罗布淖尔”这几个地名带到了欧洲，使这些词汇成了描述特定地形、地理位置和城邦废墟的名词。但我真的再也没有回到那个地方了。

后来，这里就成了更多探险家瞩目的地方。俄国人普热瓦尔斯基、美国人亨廷顿、英国人斯坦因、日本人橘瑞超、中国人黄文弼，都来到了楼兰废墟，他们发现了墓葬地、停船码头、官署遗址、木简文书等，并且在逐渐地复原着那里的历史。

1934 年，我已经六十九岁了，在这一年，经中国政府同意，我带领着中瑞联合考察探险队，穿越了整个北方的中国，再次来到了罗布泊。这一次，我主要在罗布荒原的最北部活动。我们发现并命名了一个“小河遗址”，那里有一片多达一千多个墓葬的墓地。我们发掘出了最美丽的沙漠木乃伊——干尸“楼兰美女”。“楼兰美女”躺在罗布麻布中，安详地睡着，仿佛我们的打搅也不会惊醒她。

这一年，塔里木河的水源很充沛，我得以泛舟于古老的罗布泊北湖，在中国古代的典籍里，它叫作蒲昌海。我画了大量的速写，因为我肯定不会再回来了。

这一年，我还计划从敦煌出发，重新抵达楼兰古城，去看看那座佛塔。但中国的国民政府对我们提出了很多的限制。当时，所有来到中国西部进行探险、考察和发掘的西方探险家，已经被视为是不怀好意的盗贼了——当然，有些人的确也是。那一年，我最终在距离罗布泊的北湖岸边一百七十公里的营地停下了脚步。一天深夜，满天星斗，我眺望南方，想象着静谧的夜空下，楼兰废墟的模样。那里一定是安谧的，没有什么声音，即使有，也不过是风沙在缓慢地、持续地将它重新埋葬。

三 叠

我很早就想找机会去一趟楼兰古城，但我知道，进入楼兰古城所在的罗布泊荒原，是非常困难的，必须要有充分的准备和当地人的引领才能实现。

我是在新疆天山脚下出生的。小时候，好几个冬天，我的父亲曾经开着“东方红”推土机，在天山的冰大阪上推积雪，常常推出来被积雪掩埋的羊群的尸体，甚至还有个把牧人的尸体。我父亲告诉我，在冰大阪上推雪开路，有时候，咳嗽一声就会造成危险，因为回音会导致一场雪崩。这个场景一直在我的想象里闪耀。

翻越了东天山，一路向南，就是罗布泊荒原了。那里是人迹罕至的地方，比塔克拉玛干沙漠还要令人恐惧。现在，穿越“死亡之海”的沙漠公路都建了三条，一天的工夫就可以穿越那沙漠。而罗布泊荒原，则仍旧是神秘莫测。不仅仅因为里面有马兰核试验基地，还因为在罗布泊的中心偏南，有楼兰古城。

2013年的9月，有一个机会，我终于见到了楼兰的真面目。

那是新疆库尔勒市搞的一个胡杨节活动，他们邀请了不少艺术家前往采风。先前那一拨人，主要是画家和摄影家，他们对胡杨树的树叶在秋季的金黄是十分迷醉的，能够画出好画，拍出好照片。我们这拨作家诗人是最后一批艺术家。我们的目标，就是前往楼兰古城一探究竟。

我们几个人从北京出发， 上午就飞到了乌鲁木齐，经过转机很快飞到了库尔勒，在库尔勒住了一晚。库尔勒是南疆最大的城市，人口如今比喀什还要多，因为塔里木盆地的石油，主要在这个地区出产。在库尔勒的街头漫步，我可以闻到一种工业废气的味道，不知道是炼油厂还是其他工厂排放的，总之空气质量不很好。

第二天清晨七点，我们从库尔勒市出发，沿着一条并不宽阔的国道，前往若羌县。汽车开了大半天，一路上穿越了美丽的沙漠胡杨林地带，看到了大片金黄色的胡杨林，在秋天的空气里抖动着树叶，合奏着一种表达成熟满溢心情的交响曲。我们还穿越了一片广袤的戈壁滩，那里是塔里木盆地沙漠的边缘，不怀好意的沙丘正匍匐在路边，企图伺机吞没公路。但被一种独特的草编防护带给阻挡了。

在阿拉干，我们穿越了塔里木河上游奔涌来的河水所形成的湖泊区，使得公路悬浮在一片汪洋之上。这天下午两点，我们终于来到了若羌县。若羌县是一座古老的县，它的面积有二十多万平方公里，比中国东部地区两个省，如浙江和江苏的面积加起来还要大，号称“华夏第一县”，但人口只有五万多人，可见，若羌县大部分县域范围都是不适合人类生存的不毛之地。其中最大的一片，就是罗布泊荒原。

当天下午，我们小憩了一下，下午起来之后，看看天色尚早。到了新疆，因为和内地有两个小时的时差，晚饭时间自然推迟两个小时，八点才吃晚饭。于是，由若羌县委宣传部长小简陪同，我们先参观了若羌县博物馆。这座博物馆很有特点，建筑形式是当地那种土黄色的样式，带有民族风格。博物馆的内部图片丰富，还有在楼兰出土的一些干尸的展览。就是在这家博物馆里，我看到了著名的“楼兰美女”干尸，她是那么安祥地躺在一具木头的棺材里安睡。此外，还有成年人和婴儿的多具干尸，在提示我们，楼兰的古代文明距离我们是多么近。这是我们明天前往楼兰古城的一次预热。

接着，看看天色尚早，我们在县城郊区的几个农户家里走访了一下。这里最近一些年因为引进改良了一种红枣，是当地力推的富农惠农项目。若羌的红枣这几年异军突起，比和田大枣还要好吃，不大，但是特别甜，还好储存。据说是前后几任地方官员花费巨大心力抓出来的农产品致富品种，是从河南引进的，在若羌培育出比原种还要好的品种来。一开始，若羌农民不愿意种，因为种红枣见到效益慢，要好几年之后，还不知道有没有人买。后来，先种植的人发家了，每年都能收入几十万元，结果，现在种的人多了，整个县的农业经济依靠红枣种植迅猛地发展起来了。据说，有的枣农连续几年，每年的收入都在七八十万元。

我们事先也没有通知人家，看到一户农民的院门开着，就推门进去了。一看，这家的红枣堆在院子里，有个十几吨的样子。这户人家有一个老太太，一对年轻夫妇，他们正在院子里分拣红枣，大的小的，一级、二级、三级的分开。按照每斤二十元的收购价，这堆红枣能卖到四十万元，这就是他们家一年的收成了，应该是不错的。

聊天当中，我知道这家人的老家在安徽，他们来新疆也有很多年了。我们又走了几户人家，可以看到家家户户的院子里都在晾晒、分拣和处理红枣。我们又到郊区的红枣林转了转，在红枣林里和正在采摘的枣农以及外地收购商聊天，切实地感受到当地农民收获的那种喜悦。

回到宾馆，吃了晚饭，我们就都早早地睡了，因为，第二天早晨 6 点，我们就要出发去探寻楼兰古城了。

第二天一大早，凌晨六点，相当于内地的四点钟，我们就起来了。我还睡眼惺忪呢，一到院子里，就发现县里派的三辆越野车都准备好了，大灯闪亮，发动机或轰鸣或低喘，蓄势待发。小简部长是此行的指挥长，三台越野车都配备了步话机、汽油、干粮、水、手电筒等各类储备和应急物品，简单分组之后，我们十多人坐上车，立即出发了。

越野车在茫茫黑夜里疾驰。没有路灯指路，我们的汽车先是上了一条国道，在柏油路上走了一个小时，这条国道是翻越前方的阿尔金山直奔青海的。这条大路上，即使是凌晨时分，大卡车也是川流不息，大灯闪烁，喇叭轰鸣。我们三辆越野车的车况不一样，彼此很快就拉开距离，互相看不见了。凌晨的风很凉。即使穿着秋衣秋裤，还是感觉到寒凉。

我们的车从柏油路上下来，又走了几十公里尘土飞扬、沙石乱飞的沙石路，来到一个路口，我们这辆指挥车停下来，等待后面那两辆车跟上来。在我们的车上，简小东部长、王刚、祝勇和我，加上司机一共五个人。车是号称“牛头”的丰田陆地巡洋舰，非常适合沙漠戈壁的路况。我们等了二十分钟后，三辆车集合，此时距离出发已经走了两个小时，天色微明，我们继续出发，又走了一段沙石路，开始进入到罗布泊荒原里了。

这时，沙石路结束了，接下来的这一段路很奇特，是用推土机推出盐碱地，然后洒水碾压后形成的那种盐碱平滑路面。这样的路面很结实，比较好走。这一段路又走了几十公里，可以看到很多大型货车点着亮闪闪的大灯，和我们擦身而过。“那都是前方的罗布泊大型钾盐矿的车子。附近还在修一条通往哈密的铁路。”小简部长告诉我们。

天色微明之下，我可以看到，罗布泊荒原无比广大，在这条平滑盐碱路的某个地点，竖立了一个牌子，上面写了几个大字：“军事禁区，不准擅闯。”牌子的左边，有一条也是直接在罗布泊的盐碱地上碾压出来的盐碱路，我们几辆车向左一拐，就进入到里面了。

我一看表，这时候车子已经开了三个小时。按照方位来看，我们出发时一开始向东，然后向北走，现在开始向西走了。这一段路就很难走了，完全是汽车在罗布泊荒原上碾压出来的波浪起伏路。这是我们走的第四段路了。这段路要走几十公里，汽车的时速明显地慢了下来，车速在每小时四五十公里。车轮在盐碱地路面上碾压，飞奔，车轮不断跑偏，我紧紧地抓着把手，身子在车子里不断地弹跳。

天色很快变成了鱼肚白色，可以看见远方耸起的阿尔金山那庞大的身躯。接着，是凌晨的那种天青色，慢慢地在天边氤氲，我们的车子像疯狂的老鼠那样在广袤的罗布泊荒原上奔驰，还路过了曾打算徒步穿越罗布泊、结果死在里面的余纯顺的墓地。我想去看看，但是被制止了，因为，我们的目的地还在前方。

余纯顺已经去世很多年了。这个徒步探险家当年打算徒步穿越一段无人的荒原，结果就牺牲在这里了。此外，科学家彭加木在罗布泊的失踪，至今仍旧是一桩悬案。但我最近在我微信的朋友圈中，看到了一个链接的文章，那篇文章以侦探小说的方式，讲述了另外一种惊心动魄的可能：

彭加木作为科考队长，因为脾气、个性与科考队员不和，多次发生冲突，最终，当面临困境难以决断，而他们对彭加木的决策产生了异议，之后，是几个科考队员杀害了彭加木，伪造了他所写“我去东边找水”的纸条，然后埋葬了他的尸体。

作为小说家，我觉得，那个文章链接，完全是一篇侦探小说的情节。当年的科考队员应该大都活着，其实，要是发起新的调查，也是可以的。

但是证据链是断的，再也无法去拼接。这，也是罗布泊的一个永远的谜语。

我们一路开到了罗布泊“湖心”标志点的中心位置，车子才停了下来。

我们几个人都下了车。我感觉现在的温度在零下十多度，天气很凉。此时天色大亮，太阳猛地从天边跳跃起来，我望过去，发现太阳不是橘黄色，而是亮得耀眼的一个白球，升腾了起来，温度也开始迅速上升。万物都开始变得温暖了。此时，一股股的小风在罗布泊荒原上那令人绝望的一览无余中吹拂，也吹拂在我的脸上。

在这片盐碱地上，我看到地面上到处都是锋刃的盐碱岬角起伏，脚踩上去嘎吱嘎吱响。这就是罗布泊的湖心了，可是，连一滴水都没有，有的是令人绝望的蛮荒，是死寂，是叫天天不应、叫地地不灵的那种孤独感。

我忽然感到很兴奋，我又翻跟头又蹦了起来，在晨光中的盐碱地上练习了几个武术中的侧踹动作，由祝勇拍摄了下来。一看，拍摄效果很好，我飞得很高。

然后我们向罗布泊中心点的标志物——一块石碑走过去。在罗布泊湖心标志点，竖立有一块灰色的长方形石碑，上面镌刻了“罗布泊湖心中心点”的字样。有意思的是，附近到处都是被砸碎的各类青色、黑色石碑的碎片，连石碑的基座都掀翻了，大概有那么几十座。

我捡了几块残碑，发现那都是过去一些个人或者团队进入到这罗布泊荒原里探险所留下的。他们到达这个湖心点之后，出于纪念的目的立下的石碑。碑文的意思，都是表达到达这人迹罕至之处的豪迈之情的。但为什么被全部砸碎了？是谁干的？

我问小简部长。他就告诉我们，因为这里是军事禁区，距离马兰核试验基地不很远，原则上现在是不许人随便进入的。因此，是军方将这些石碑全部砸掉了，只留下了一块湖心标志碑。

看着满地的石碑碎片，我觉得砸得很好。在这广袤的、无人的荒野上，在湖心地区，忽然有那么几十块石碑，黑的、灰的、青的一大片，很丧气。墓碑一样矗立着，也不好看，还破坏了这里的宁静。而且，人的自大和狂妄在这些石碑的背后显露出来了。人定胜天？人有时候胜不了天。几十年之后，我认识的很多人会死了，但罗布泊荒原还永远都在这里呢。到底是谁胜利了？还是大自然。大自然的沧海桑田，几百万年都是一瞬间，这些不自量力的人所立的石碑，就应该被砸碎，还罗布泊一片真正的安静，因为，人对荒原的打扰，已经够多的了，有核试验，有钾盐矿开采，有各类探险者和徒步旅行者，有盗贼和匪徒藏匿。现在，我们这些作家诗人又来了！

小简部长告诉我，每年被当地政府正式批准能进来的人，只有一百个左右，大都是科学家、考古学家、地理地质学家，还有我们这样的文化人。可现在汽车技术发达了，偷偷来罗布荒原“探险”的不在少数。有的被制止了，有的没被发现，就进来了，结果有人陷入危险境地出不去之后，又请求救援。

我们休息了十分钟，继续前行。车子在波浪一样的、只有两道车辙印的盐碱路上飞驰而去。又走了几十公里，来到了向南拐弯的一个路口。我们停下来，等待大路前方三十公里处的罗布泊工作站人员的接应。

在这罗布荒原里，原来也建有一个工作站！值班人员几个月才一轮换，条件十分艰苦。他们熟悉路况，熟悉这里的环境，负责管理一般事务，制止一般人员闯入。有时候，未经允许独自闯入罗布荒原的探险者会迷路，他们还负责援救。据说，每年都有不知名的徒步旅行者，最终死在罗布泊里。

不一会儿，远远地，我看见两辆越野车带着沙尘奔驰过来，还有一辆有着四个大轱辘的特制沙漠探险车，驾驶室是外露的，上面坐了两个穿着绿色、橘黄色为主色的全副武装的沙漠探险者，这探险车是来测试性能的，有些像变形金刚。

我们全部下车，一时间，六辆车上的二十多个人全部聚集起来，工作站的工作人员向简小东汇报了最近的情况，交接了一些食物和饮水，然后，我们三辆车加上工作站的一辆引路车，开始向南侧丁字路的那条更为狭窄的、通向楼兰古城的小路进发了。

而那有四个大轱辘的沙漠探险车，早就在一片尘土飞扬中，消失在我们的视线里了。

这一段路与刚才那段波浪般起伏的盐碱路又不一样，开始是小坑小洼的，但是起伏的路面使我们的车子颠簸得很厉害。车子一会儿被路面抛起来，一会儿又跌下去，像是在海洋的大浪中行走的船。

走了十几公里，我们的车队进入到最艰难的路段了。这一段路，我后来命名为“魔鬼大坑路”，全部都是在雅丹地貌里行进。放眼望去，附近的地形经过了风蚀，都是蘑菇状地貌，在蘑菇状地貌中间，汽车开出来一条盐碱路。经过车子的碾压，全部变成了大坑路面。坑一般深达一米多，一般的车子很难通行，只有越野车才能够缓慢通行。

我记得，已经走过的前面的几段路，分别是柏油路、沙石路、盐碱平滑快速路、盐碱松软波浪路、盐碱起伏路，现在，轮到魔鬼大坑路了。我们的四辆性能卓越的越野车，在这段路上开起来是起起伏伏，像四只悲哀的、无奈的甲虫，忽上忽下，忽隐忽现，在魔鬼大坑路上吭哧吭哧前进，时速是每小时五公里。

这个时候，我才真的看到了本地司机的绝佳本领，只见他脚踩离合，挂挡沉稳，车子向左边猛地跃上一道梁子，紧接着，车身的右侧又猛地落入一个大坑，然后再冲上一个陡坡，接着一个侧翻，又掉到一个大坑里。忽然，一给油门，我们又冲了出来，上了车道。这太惊险了！我快崩溃了，这路完全是魔鬼造就的，这魔鬼路就是几十年来不断进入的各类车子碾压出来的。我牢牢地抓住把手，因为随时都可能翻车，车毁人亡。可司机就像是经历过惊涛骇浪的经验丰富的水手，十分镇静。

一个小时之后，我们的车子才行进了四公里。四辆越野车有步话机联络，互相呼应，其间不断有车子抛锚，或者是跃上一道梁子后，整个车子就被架上去不能动了，需要互相配合，用缆绳来拉。

这段到达楼兰古城的路大概有十多公里，但是，我们一共走了三个小时。这段路程是我记忆里最艰险的路途。我们是跌跌撞撞、左摇右晃、上下颠簸、不断弹跳，车窗外的景观开始发生了很大的变化，很多匍匐在那里的沙堆出现了，每个沙堆上都爬着尚且苟延残喘的红柳，红柳是沙漠耐寒灌木，它的根系扎得很深，露出来的部分很像章鱼的触角，黑色的四下伸展。

远远地，还能看见一些死去的胡杨树，只剩下了一些树干和枝杈，在蜃气中很像是一些偷窥我们的黄羊或者野驴。雅丹地貌之间，到处都是雨水迅猛冲刷过的痕迹，一道道水沟边上就是耸起的沙包。这是一个死寂的、沉默的、被时间和风沙的暴力摧残的世界。最后，终于，下午一点钟，我们到达楼兰古城的附近了。

此前，距离楼兰还有二三公里的时候，眼力好的简小东指给我们看："看，前方一点钟方向，有佛塔出现了。"

可是我怎么搜寻，看到的都是一些像《西游记》里的各种妖怪死了之后定型在那里的雅丹地貌,没有看见楼兰古城的最高标志物——佛塔遗址。等到我看见了那歪着脑袋，像一朵蘑菇云的佛塔的时候，我们已经到了楼兰古城的跟前了。四辆被灰尘弄得灰头土脸的越野车顽强地突进到楼兰古城的面前，在一块平地上停下来。

我们下了车，太阳高高地停悬在我们的头顶。温度上来了，我脱掉了棉袄和毛衣，只穿了衬衣就可以了，戴上墨镜下了车。在由铁栅栏简单围起来的楼兰古城的大门附近，我们都非常兴奋。我终于来到了楼兰的跟前，我就要进入那神秘的废墟了。

他们打开了一个简易小折叠桌，拿出来红枣酒、馕、豆腐干、矿泉水和一些袋装熟食，算是吃了简单的午餐。经过了七个小时的长途跋涉的艰难路途，我们终于来到了楼兰的面前。我们举起了装着红枣酒的纸杯子，共同庆贺了一下。

然后，我们就走进了楼兰古城废墟。

在我面前展现的，的确是一片废墟。我站在一片高台上，四下瞭望。风暴已经多次洗劫了这里，几乎看不到城市的模样了，只有这里一片、那里几块的残垣断壁。后来，经过当地朋友的指点，依稀能看出来整个方形城市的外墙，哪里是流经城市的河道，哪里是官署的建筑基台，哪里是居民区。现在，楼兰废墟残存的最明显的建筑，一个是佛塔，还有就是没有屋顶的“三间房”的土墙壁了。

在地上，到处都是被风蚀过的木头，那种干燥和风吹导致的裂纹很细很透。有的木头裸露出木纤维的丝缕，像是人的神经放大的根系。废墟中到处都是残垣断壁，这残垣断壁在我面前被我拼接，就渐渐地拼接出来了一个城市的轮廓。我的脑子里看过的十多本关于楼兰的书籍的内容，逐渐地鲜亮起来了。

我站在“三间房”的土墙之间，想起来就在这里，斯文•赫定当年发掘出一百多件汉代的珍贵文书，带走了。1901年，瑞典探险家斯文•赫定第一次来到了这里，发现了楼兰遗址。后来，经过了中外考古学家的多次探查，根据碳14的测定，这里出土的一些人类用具可上溯到公元前3800年。

关于楼兰，最早的文献记载见于《史记》，里面记载当时匈奴大单于给汉武帝写信，说：西域的楼兰等国，都已被我大匈奴打败，并且臣服于我了。汉朝人你们是不是应该也向我称臣？匈奴单于的傲慢和自大，激怒了汉武帝。于是，汉武帝开始经略西北，并派出了张骞出使西域，打算联络大月氏，共同夹击匈奴。后面的故事大家都知道了：汉武帝打败了匈奴，于公元前100年、距今2114年之前，在敦煌设立管理机构，管理包括楼兰在内的广大地区。此后，在东汉、魏晋时期，都可以在汉文典籍中搜寻到楼兰的一些若隐若现的踪迹。但在公元440年之后的某一年，突然间，楼兰就消失了。从大地上，从典籍里，从人们的记忆里彻底消失了。楼兰是怎么消失的？它的最后一个统治者有什么样的故事？可能，只有我这个作家能够想象一点端倪出来。

我们一行人虔敬地围绕着楼兰那个佛塔遗存的黄土堆转了一圈，感觉到这几千年前的建筑还伫立在荒野中，真是不容易。这座佛塔，有多少不为人知的故事呢？仰望佛塔，倾颓的塔身很像是歪着头颅打坐的一个和尚，我深深地感到了时间的沧桑感。千百年前，生活在这里的古代的人们仰望过它，斯文•赫定在一百多年以前，也仰望过它，现在，2013年，我也站在这里，仰望着它。

有一个诗人向佛寺遗址磕了几个头。接着，我们来到了可能是居民区的地块。在一片风蚀洼地的高台上，散落了很多黑色、褐红色粗陶和木头的残片，可以看出来这些木头是房屋的柱子，有大梁、椽子和顶棚用材，彼此之间还有榫卯结构连接，依稀可以看出一些人类生活的痕迹。那些竖立着的大梁，木头完全被风蚀削尖了，成了干枯的、仿佛一片衣衫褴褛的、伸向天空祈求的手臂，令人绝望。

我跑到了高台的下面，在我认为的一片“生活层”挖了一阵子，挖出来很多贝壳，牛羊骨头等，可见，这里的人过去是食用很多水产品以及牛羊肉的。在几千年前，这里水域面积很大，是塔里木河上游的水汇集到这里，罗布泊成了一个巨大的湖泊。但是，经过常年的蒸发和大自然的变迁，淡水湖逐渐变成了盐水湖，不适宜人居住和生活了，盐泽又缓慢地干涸，而楼兰也就这样淹没在干涸之后的罗布泊那无尽的荒野风沙之下了。

而且，不光是楼兰，还有米兰、海头等多座罗布泊地带的古城，也都消失在岁月的烟云里了。后来被考古学家在罗布泊地区发掘的太阳墓地、小河墓地等墓葬区的谜底，也仍然没有解开。

这是时间的力量，是大自然的鬼斧，才可以将人类的造物——楼兰古国完全湮灭于这漫漫荒原，只剩下了废墟和一些文献中影影绰绰的记载，以及考古学家后来的发现和基于这些发现之上的推断和想象。我立马在现场吟诵了一首诗：

《楼兰》

楼兰

无楼，无兰

我无眠

是的，在我的眼前，只有废墟，只有空荡荡的风蚀雅丹地貌，只有风在这里吹，把一切都逐渐抹平。对比过去斯文•赫定和我现在拍摄的佛塔的照片，可以看出，一百年后的今天，那座佛塔的体积又坍塌、减少了三分之一，几乎看不出是佛塔的造型了。至于那三间房的墙壁，也是残垣断壁到逐渐低矮了。

楼兰国是丝绸之路上的一个交通枢纽，西汉时期，这里生活着几万人，商旅云集，市场繁荣，街道宽阔，河道纵横，佛寺庄严，宝塔高耸。东晋之后，中原割据势力群起，混战成一团，楼兰也逐渐消沉了。到了唐代，强大起来的吐蕃曾经占领了楼兰地区，这时的楼兰就不叫楼兰了，这片地区可能就叫作高昌或者鄯善了。吐蕃人与唐朝的军队在这里打仗，李白的《塞下曲》中写道："五月天山雪，无花只有寒。笛中闻折柳，春色未曾看。晓战随金鼓，宵眠抱玉鞍。愿将腰下剑，直为斩楼兰。"

从李白的诗篇里可以看到，在唐代，楼兰还是诗人想象力的依托，因为在汉代，楼兰是一个兵家必争之地，一个边陲重镇，因此，魏晋时期楼兰突然地、神秘地衰落和消失，实在是令人不解。

我在一片废墟附近，发现了不少最近几十年楼兰的探访者留下来的空罐头盒、牙膏皮、酒瓶子和塑料袋。还有小的氧气瓶、煤气罐等用品。可见，虽然这些探险者很豪迈地来到了这里，但是却十分不恰当地留下了很多垃圾。我收拾了一些，打算扔到门口的垃圾存放地去。

我用脚踢了一下沙土，忽然，从沙土里露出来一个东西。我捡起来，看到那是一柄赫青色的牛角，小巧，古朴，我就把它装进了口袋里。

听说，楼兰墓地距离这里不远，我很想去探访楼兰墓地，因为，那里现在还有很多干尸。有的就裸露在地面。但是，简小东语焉不详，似乎不愿意让我们打扰楼兰太多。此时我想起来在若羌博物馆里看到的那十多具干尸，其中的两具楼兰姑娘的干尸，虽然经历几千年的岁月，呈现在我们面前依旧是栩栩如生的样子，真的是楼兰美女。好吧，那我就不再想去打扰那些沉睡的死者了。

这天下午，我们在楼兰废墟里逡巡、徘徊、徜徉、凭吊了三个小时，分开了散兵的阵型，拍照，奔跑，喊叫，或者沉默。我们寻找城市原初的规划，想象当初这里的繁华，心情十分复杂。眼看着太阳迅速地向西边坠落，阳光和温度由炎热变得温暖，又开始变得冰凉，我们要离开这里了，因为，罗布泊的昼夜温差有 40 摄氏度以上，我们必须在四点钟离开这里，才可以在晚上回到若羌县城。

我们依依不舍地向大门处走去。出了铁栅栏门，我们上了 4 辆越野车，沿着回去的路返回了。在返回途中，我们看到有几个不同的探险小分队，在一些路段停下来休整。他们还在向楼兰古城遗址进发，估计是一些未经批准的探险者。简小东立即用步话机通知罗布泊的管理员，要求他们查证这些人的身份。看上去，他们有的车抛锚了，注定要在这里过夜了。

我默默地希望他们不要留下太多的垃圾，希望他们也能安全地离开这里。

我们耐心地走过了魔鬼大坑路，七点钟，上了盐碱起伏路，到达丁字路口之后，又上到了盐碱松软波浪路，经过了罗布泊湖心地带，又上了盐碱平滑路，已经是晚上九点钟了。我可以看到，这条通向哈密和钾盐矿区的路上，拉着钾盐的大卡车川流不息，大灯闪烁。接着，我们向南上了那条砂石路，最后，终于上了国道的柏油路。

我们回到了若羌县城，也是整整走了七个小时。我们到达宾馆是晚上十一点，天完全黑了。我们的楼兰之行结束了。

晚上，浑身酸疼的我躺在床上，很久没有睡着，不知道是兴奋，是失落，是满足，还是遗憾。楼兰的神秘面纱被我轻轻地掀开，又落下了。作为一个谜，它还藏在罗布泊荒原的深处，而且，被风沙埋得越来越深了，如同一片影子，闪烁在荒原上那中午的蜃气中。

我摊开手掌，黑暗中，一柄穿越时间而来的牛角号在闪闪发光，并且似乎要发出呜咽的声响。

瘸子帖木儿死前看到的中国

瘸子帖木儿在撒马尔罕以南的渴石城，接见了一位据说能够看到过去、现在和未来的侏儒。那个侏儒还带了一颗像婴儿的脑袋那么大的水晶球。

当时，瘸子帖木儿虽然拥有突厥人的血统，却已经成了蒙古人成吉思汗的子孙所建立的察合台汗国的统治者，占有了中亚莽莽群山和大片的草原、荒漠和水土丰美的平原地带，成了雄才大略的国王。

但是，他现在考虑的，是向西还是向东的问题。向北，他不考虑了，北方是金帐汗国，那里是寒冷的地带，而南方的印度，他早就派兵打败了很多当地的土王，土王都俯首称臣了。那么，向东还是向西？这是摆在瘸子帖木儿面前的一个问题。

“把那个自称为先知的侏儒带上来。”瘸子帖木儿吩咐下属。护卫立即将在大殿之外等候多时的侏儒带了上来。侏儒个子矮小，刚刚到常人的腰部，甚至只有瘸子帖木儿身高的一半高，可他还穿着一件华丽的、肥大的袍子，那袍子将他包裹成了一个半圆球。侏儒手里拿着一个晶莹剔透的水晶球，水晶球似乎在不停地旋转，其重量就像是随时都能把这个侏儒给压垮似的。

但是侏儒的眼神却在滴溜溜乱转，他在观察着大殿里的情况，审时度势。他单腿跪下，“伟大的帖木儿、伟大的河中地区的君主啊，我，穆斯塔法，前来拜见您——大汗、君主、皇帝和苏丹合为一体的，伟大的瘸子帖木儿！”

帖木儿对他叫自己瘸子，感到不满，虽然他的确是一个瘸子。但是，他想了想，就不和这个侏儒计较了。毕竟，侏儒是一个比瘸子还要残疾的人。帖木儿自信而坦然地、一瘸一拐地围着侏儒穆斯塔法转了一圈，“很好，你和你的这个水晶球，真的能看到一个人的过去、现在和未来？”

侏儒穆斯塔法眨巴着眼睛说：“当然，大王，不，大汗、苏丹、君主殿下，当然能够看到。”

瘸子帖木儿赐座于侏儒穆斯塔法，然后，自己也坐了下来。“好吧，你先说说我的过去。”

侏儒穆斯塔法转动手中那枚巨大的水晶球，瞬间，水晶球里就出现了各种各样的人间的景象。有山地，有草原，有村镇，有河流，有花朵，有牲畜，有人群，有飞鸟，有白云，有战争，有声音，有动作，有一切的一切。

瘸子帖木儿惊呆了，他面带好奇地站起来，走过去，走到了侏儒穆斯塔法的身边。他从水晶球里，真的发现了自己的身影。那里面那个人的确是他，身影很小，但却是他的过去。他过去的人，以及过去的他所经历的那些年月都浓缩了，或者说，在水晶球里，他的人生是连续的、快进的，但又循环回放的、细节放大的，又是不断停顿和凸显的。总之，水晶球里面的时间，是循环的、突进的，或者迟滞的、非线性的，无逻辑但是却与人的乱麻一样的思绪纷飞的感觉是一样的。

“我果然看到了我自己。”帖木儿喃喃地说。

侏儒穆斯塔法说：“殿下，您想到什么，水晶球就能够让你看到什么。至于您的过去，水晶球里面全部都有呈现。殿下，您看您出生于这座渴石城的一个巴鲁剌斯部的突厥人贵族家庭，从小，您养尊处优，就在一座庄园里长大。你的家族中能人辈出，你的叔叔后来成了河中地区的统治者，一个地区首领，但是，他能力有限，性格游移不定，被伊犁地区的察合台汗国的领主秃忽鲁帖木儿给打败了，最后逃到了呼罗珊。这个时候，才二十五岁的你因为勇敢、坚定、智慧，给蒙古人秃忽鲁帖木儿出了很多好主意，你就受到了秃忽鲁帖木儿的信赖，在经过一番与此地各部族的首领的角逐之后，你被秃忽鲁帖木儿任命为他儿子也里牙思火者的辅佐大臣，在秃忽鲁帖木儿走了之后，是他的这个儿子统治这片河中地区。后来，你和另外一个辅佐大臣进行了一番内斗，结果你失败了，你就跑到了你的内兄迷里忽辛那里，和他一起前往波斯，在那里，你们俩作为雇佣军的将领，开始为波斯的王宫打仗。在波斯是一段艰辛而难得的岁月，你忘记生死、顽强战斗，赢得了很多将士的喜爱和信任，也积累了很多的作战经验，直到你组织起了一支忠诚于你的可靠的队伍，才寻找到一个时机，返回来与察合台汗国的部队决一死战。因为，这里是你的祖地，是你出生的地方，你必然将在这里崛起。然后，你胜利了，将这片广大的河中地区，从蒙古人多年的统治中解放了出来，但你因为是突厥人的后裔，没有执政的合法性。于是，你和你的内兄迷里忽辛一起，扶植了一个蒙古人傀儡作为察合台汗国在这一地区的名义君主，把他送上王位，给他献上玉石杯子和权杖，让其他领主前来祝贺与磕头，而你和迷里忽辛则站在这个傀儡的旁边看着他。就这样，你和迷里忽辛一起成了河中地区的实际统治者。”

瘸子帖木儿一边仔细地听侏儒穆斯塔法讲着，一边看着水晶球里面这些场景的重现。他泪水涟涟，是啊，那是瘸子帖木儿的青年岁月，是他奋战、挫折、迷失和崛起，并且最终获得了权柄并且踌躇满志的年代。瘸子帖木儿开始信任这个侏儒了，也许他真的能够指点他向哪个方向进击。他点了点头。“那么，我的后来呢？”

侏儒穆斯塔法接着说：“虽然，你与迷里忽辛的妹妹结婚了，他是你的内兄，大舅子。但是你们两个人统治河中地区的双头政治格局，早晚要打破。你个性坚强，领袖的魅力无穷，但是迷里忽辛实力雄厚，占有的土地面积大，获得部族的支持要多于你。你的妻子在，你们就是亲戚，就不会有什么问题。后来，迷里忽辛的妹妹、你的妻子得病去世了，你和迷里忽辛之间的矛盾就爆发了，就不可调和了。结果，你们各自带领部属，开始了对决，你们之间爆发了战争。你用云梯攻打他所管辖的城市，占领了卡尔施城，但迷里忽辛那来自昆都士的援军忽然出现，将你的部队包围，打败了你，你损兵折将，你再次逃到了呼罗珊。”

瘸子帖木儿看到了水晶球里面那一场场血腥的战斗场面重现，而且是全景的、立体的、多角度的，他痛苦地抓住了自己的头发。

侏儒穆斯塔法继续转动手中的水晶球：“这是你最惨痛的记忆。后来，你想到了蒙古人，他们其实可以用来作为你的靠山。你就暗中联络处于伊犁的察合台汗国的蒙古人，让他们攻打被你密告为‘叛乱’的迷里忽辛，而你又假装不知道这一切，你赶紧联络迷里忽辛，告诉他，关键的时候你们还是亲戚，还是一家人。迷里忽辛相信了你，他和你联手，去抗击察合台蒙古人。但是，他的部队在一线，你把你自己的部队放在了二线，巧妙地保存了实力。等到你们胜利了之后，你的实力大大地壮大了，而迷里忽辛的部队则只剩下了一半。你变得比他强大两倍。于是，你策划了对迷里忽辛的出其不意的攻击。你先后攻击了昆都士他的守卫部队，接着，你对迷里忽辛的老巢巴里黑城进行了持续很多天的围攻，那一场战斗异常惨烈，最终，以迷里忽辛向你的投降而告终。你的下属按照你的旨意，悄悄地处死了你的内兄迷里忽辛，你最大的敌人和对手就这样死去了。你以你的冷静、审时度势、韧性、狡猾、两面手法、背叛、勇猛和残酷，成了这里的新的伟大的统治者。你的盛名远扬，你在巴里黑城登上了王位，这个时候，你才三十四岁！你是那么的年轻，勇敢，你头戴王冠，身穿帝王服装，那些大大小小的部族首领和王公贵族们，全都在这个大殿上，俯首称臣，一个个接连跪在你的前面，被你所征服。然后，你宣布，你是成吉思汗家族后裔所建立的察合台汗国的当然继承人。直到十八年之后，你才使用了苏丹的称号。你的手总是放在你的剑旁边，你的弓弦也总是能够拉到你的耳边。于是，你从河中地区，开始向四面八方扩展你的帝国，建立了伟大的、幅员辽阔的帖木儿帝国。”

瘸子帖木儿从水晶球里看到了自己在这一阶段的身影，啊，那无数次的征战，无数个阴谋，多次的惨败，以及互相猜忌、背叛和最后的成功。他为自己的丰功伟绩和伟大功业而流下了眼泪：“确实是这样，这就是我，我的人生……”

侏儒穆斯塔法接着说：“殿下！伟大的君主、苏丹、国王，伟大的瘸子帖木儿，人间的新的统治者。你开始了拓展疆土的战斗。你对俄罗斯、对高加索、对大马士革和恒河，都发起了远征和攻击。你的部队四处出击。你发起的征战看似杂乱无序，实际上，都有着你自己的安排和节奏。你到了随心所欲的程度，你的帝国在迅速扩展。在你的身后，那些被你征服的城市里不愿屈服的人的人头，堆积成了山一样高的金字塔。你还攻打了花剌子模国的两个城市柯提和希瓦，取得了胜利。1379 年，你率领大军攻打由玉素甫·苏菲统治的玉龙杰赤城，你骑马走在队伍的最前面，任箭雨坠落于你的马前而毫不退缩。你的勇气鼓舞了所有的战士，玉龙杰赤城在三个月之后被攻占，你屠杀了这座城市里所有不投降的男人，将花剌子模国收入囊中。接着，你对察合台汗国的老巢伊犁地区进行了进击。这个时候，统治伊犁河流域的是蒙古人哈马尔丁。你在第一次战斗中，就打败了他，他逃走了，逃到了阿尔泰山的东北一侧。你俘获了他的女儿，将这个大脸盘的姑娘纳为你的妾，很快就让她怀孕了。但是等你经过费尔干盆地，回师撒马尔罕之后，哈马尔丁忽然又返回来，偷袭了属于你的费尔干纳省，将安集延城洗劫一空。你愤怒了，你立马回师东进，将哈马尔丁赶到了北部的大河流域。就这样，你先后进行了五次针对哈马尔丁的远征，你的骑兵部队终于打败了伊犁河流域的霸主哈马尔丁，你的大军的先头部队还进入到了阿尔泰山的南部，在额尔齐斯河流域停留，并在那里缴获了无数战马。接着，这支部队又南下穿越了天山，来到了博斯腾湖盆地，从那里东进，一直打到了吐鲁番火洲，因为天气炎热，不得不班师回朝。但是，奇怪的是，多次的战斗，你都没有能够打死或者俘获你的老对手哈马尔丁，他每次都能够逃脱。最后一次，1390 年，他消失在了阿尔泰山的森林里。你的士兵在阿尔泰山的很多棵松树和白桦树树身上，刻下了哈马尔丁的名字，显示了你的胜利，并对他进行了诅咒。自此，哈马尔丁消失在了黑貂和旱獭出没的阿尔泰山林里，再也没有出现。”

瘸子帖木儿看着水晶球里的自己，左冲右突，将大地当作功业的画布在上面以战马为笔在画画。他热泪盈眶，“是的，我的戎马生涯，我的南征北战，是多么的辛苦和勇武，多么的惊心动魄和战绩辉煌啊。”

侏儒穆斯塔法飞快地转动着那枚巨大的水晶球，里面继续出现了滚滚的历史画面，在历史事件停滞、倒退、快进、闪回、慢放中不断呈现。这个神奇的水晶球，仿佛来自瘸子帖木儿自己那隐秘的记忆，来自他的潜意识深层，来自他看见的和看不见的那些东西。侏儒穆斯塔法继续说："你打败了哈马尔丁，成了察合台汗国的后裔黑的儿火者的女婿，拥有了成吉思汗子孙的合法继承权。1400 年，你的部队南下打到了喀什噶尔，占领了叶尔羌河流域。你攻打设防严密的阿克苏城，你的部队沿着大沙漠的边缘，进军到了拜城和库车，并且你本人亲自率军进入到于阗，受到了那里的人的欢迎。这是向东的战争。你此前还向西打了几仗。1381 年春天，你进军赫拉特取得了胜利，接着，你挥师向呼罗珊东部进军。但你进攻东伊朗地区的时候，遭到了顽强的抵抗，因此，你战胜之后的报复行为，也是非常残酷的。比如，你在波斯的反叛城市撒卜兹瓦尔被拿下来之后，将俘获的两千个士兵一个叠着一个地摞起来，然后用泥土砌成了一座高塔。你在锡斯坦看到你的战士的尸体堆积如山，勃然大怒，你就让你手下的士兵将锡斯坦的首府扎兰季的男女老少全部处死，将他们的人头堆成了一座高达几十米的金字塔。你还破坏了当地的灌溉系统，让当地成了一片不毛之地，鬼魂夜哭之地。那里后来连草都不长了。"

瘸子帖木儿有些惶惑和委屈地说："你的意思，是说我很残忍？可战争……"

侏儒大惊，"不不，您自己看，您自己看水晶球，里面是烽火连天，城垣破败，饥民哀号，赤地千里。"

瘸子帖木儿看到，那个水晶球里的确显示了这样的景象。他说："是的，我在向西打的时候绝不手软。这是我从成吉思汗那里学来的。传说，他对拒不投降的城市的居民，采取全部斩杀的手段。只留下少许的工匠和一部分作为战利品、可以分给战士的女人。因为，女人能够生育更多的男人，还能改良人种。1386 年到 1388 年，我对西伊朗地区进行了长达两年的征伐，我还进攻了亚美尼亚的西部地区。如果遇到了反抗，我会叫战士将敌人俘虏之后，把他们推下悬崖活活摔死。1393 年，我进攻并占领了色拉子城，到了 5 月，我进攻喀喇伊舍弗德城堡，守卫城堡的曼苏尔提出来和我单独决斗，以测试我的勇气，他可能看不起我这个瘸子。但是我答应了。瘸子也能杀死他这个笨蛋！当他向我冲过来的时候，我的卫兵没有阻挡他。结果，他的剑砍在了我的头盔上。我的十七岁的儿子沙哈鲁冲过来杀死了他，将他的脑袋砍下来，扔到了我的脚下。”

侏儒穆斯塔法说：“是的，你在色拉子这座漂亮的城堡里住了一个月。到处都是胜利者的欢悦。你下令说，这座城市所有的珍宝都是你的，但是可以和你的部下分享。在大殿里，你和你的将军们日夜欢宴，色拉子城的美女们献上了盛满了红葡萄酒的酒杯，管风琴和竖琴的演奏从未停歇。这座城市的能工巧匠被你送到了撒马尔罕，为你修建城市。你处死了所有穆扎法尔王朝的王子、亲王和公主，将他们斩草除根了。这一年的 6 月，你率领部队前往伊斯法罕，开始攻打巴格达和伊拉克阿拉比。最终，你的部队攻占了两河流域这些古老的城市，你在那里享受了三个月的轻松时光。秋天，你挥军北上，开始攻打库尔德斯坦的广大地区，攻陷了提克里特要塞。在攻打库尔底希堡的时候，你失去了你的次子奥马尔·沙黑。他是中箭死亡的。你悲痛万分，但是你表面上却不动声色，也没有对俘虏进行杀戮报复。1395 年，你从高加索向北，与俄罗斯的钦察汗交手，互有胜负，最终，经过了几年的征战，你摧毁了钦察汗国统治的大片草原和市镇。”

这时，瘸子帖木儿看到那个水晶球里面的场景在快速显示，他有些眼花缭乱，感到了一点不耐烦。这是他从中年到老年时期最疲惫的一段征战生涯，从中亚的河中地区，他一直打到了两河流域，曾经占领了巴格达和伊拉克阿拉比的大片土地，但是，他离开了那里。他又北征高加索、亚美尼亚和钦察汗国，以及印度北部。这些征伐让他成了一个彪炳史册的人间霸主。

他说："好了，现在说说我对印度的征伐吧。"

侏儒穆斯塔法继续旋转手中的水晶球，水晶球里出现了有大象作为战象的长长的队伍。"1398 年初，62 岁的你决定攻打印度。您，派出了您的孙子皮儿•马黑麻作为先锋部队，渡过了印度河，到了年底，你的部队所向披靡，占领了德里北部的大片地区。印度土王的部队里有很多巨大的战象，很多年之前，他们用这些战象来对付亚历山大大帝率领的马其顿人，失败了，被亚历山大打败了。如今，他们继续用战象来对付你的彪悍的骑兵，最开始，的确让你的骑兵胯下的骏马受惊，战马纷纷逃避。但很快，骏马和骑兵开始熟悉了大象的体型和声音，于是，残酷的战斗继续展开，你的骑兵用长刀削砍对方，一时间，人头、大象的巨大脚掌、长鼻子以及人的胳膊腿等肢体，四下纷飞，混合一起掉落在战场上。你胜利地进入了德里，这个印度的首都。你在德里待了半个月，登上了印度苏丹的宝座，并且，让十个你随军带着的诗人，朗诵你写的诗篇。"

瘸子帖木儿热泪盈眶："我从来都没有忘记写作，我一直就是一个诗人！"

侏儒穆斯塔法说："是的，你在青年时代战败并逃到呼罗珊的时候，就喜欢上了波斯诗歌，那个年代，波斯诗人是人间最伟大的诗人群。他们敢于描绘世间万物。你随身携带的，是波斯诗人写在羊皮卷和草莎纸上的诗集。这是你征战过程中最愉快的精神安慰。你每到一个城市，总是宽待那些文人，尽量不杀掉他们，让他们来到你的面前，与你讨论诗歌。他们消除了恐惧，发现你头上的恶名是不存在的，你虽然是个瘸子，但是你满腹经纶，诗才喷涌。他们就争相写下歌颂你的丰功伟绩的诗篇。你很年轻的时候就懂得文人的重要性。因为，只有文人的笔和他们写下来的诗歌，在时间里才经得起淘洗，经得起传说的嘴唇而不会被歪曲。历史从来都是被写在石头上和文字中的，你懂得这一点。”

瘸子帖木儿很欣慰地笑了，“是的，我是双重的诗人，我在大地上用战争写诗，我懂得各种语言，用各个部族的语言写诗。”

侏儒穆斯塔法说：“您还把更伟大的诗篇写在了人们的记忆里。因此，你是三重的诗人。在印度，当你坐上只有历代印度苏丹才敢坐的、被钻石镶嵌的华丽宝座上的时候，你的声誉达到了顶点。那一天，还有一百二十头大象在四周跪下，很多印度乐师奏乐，喇叭齐鸣，表达印度的臣服和他们的效忠。你下令把这些装饰华美的大象，运送到你的帖木儿帝国的各个城市，来宣示你在印度取得的战绩。那些城市是：渴石城、撒马尔罕、赫拉特、色拉子、桃里斯。之后，你取道阿富汗斯坦，回到了撒马尔罕。因为，每次征战结束，你都要回到这个你最熟悉的城市。随后，你开始攻打在西边的两个伊斯兰政权马木路克王朝和奥斯曼帝国。这两个穆斯林政权都是你的劲敌。你先攻打马木路克的部队，迅速攻占了阿勒颇、哈马、霍姆斯、巴勒贝克等城市，最后骑在马上，身披战袍，赫然出现在了叙利亚地区的大马士革城下，引起了当地的一片恐慌。1400 年 12 月 25 日这一天，你进行了一场艰苦卓绝的苦战，艰难地打败了马木路克的部队，进入到大马士革城，毁灭了这座古老的城市的大部分市容街区，一时间，烈火熊熊，燃烧了整整十天。1401 年 3 月 19 日，你在大马士革宣布，你要离开这座城市，但这座城市必须成为空城，一个人都不能留下。于是，你的队伍带着俘虏的这座城市的无数铁匠、木匠、织染工、玻璃工、制陶工，以及当地的一些诗人和学者，再次回到了撒马尔罕。”

瘸子帖木儿这个时候露出了满意的微笑:“那个时候,我已经六十开外,可是,我依旧是战绩辉煌啊。不知道历史上还有谁,能有我的勇猛。”

侏儒穆斯塔法说:“可以说,即使是伟大的成吉思汗,也会赞许你的。这个时候,你南征北战,东讨西伐,已经打败了察合台汗国、钦察汗国的后裔、金账汗国的残余,以及埃及、叙利亚、两河流域的苏丹们,还征服了印度苏丹和很多土王。现在,你面临的最大的强权,就是奥斯曼帝国了。这个时候统治奥斯曼帝国的是人称‘雷电’的巴耶塞特苏丹。他的奥斯曼帝国的面积无比广大,在欧洲,有君士坦丁堡之外的色雷斯、马其顿、保加利亚、塞尔维亚,在安纳托利亚高原,他的领土一直扩展到亚美尼亚和黑海山脉,即使是用马蹄来丈量,马匹也要累死。现在,你的对手和你一样强大,一样凶猛。你的名字帖木儿是‘钢铁’的意思,巴耶塞特苏丹,他的名字则是‘闪电’。到底是钢铁坚硬,还是闪电快捷?只有你们两强相遇,狭路相逢,针尖对麦芒的时候,才能见出最终的结果。”

瘸子帖木儿说:“穆斯塔法,你有诗人的禀赋啊,你应该好好学习写诗。我觉得,你不当诗人亏了,你应该当一个赞颂我的御用诗人。”

侏儒穆斯塔法说:“殿下,谢谢您的鼓励,我今后一定努力做一个好诗人。1401 年,您厉兵秣马,缓慢前进,谨慎地对奥斯曼帝国的领地发起了攻击。你进军小亚细亚,先围困了锡瓦斯城,在卡拉巴赫过了一个冬天,1402 年春天,你的大军向安卡拉进军。1402 年 7 月 20 日,这一天,注定是所有的史诗作者和历史学家们都应该记取的日子,你的部队和奥斯曼帝国的苏丹巴耶塞特的部队,在安卡拉北部的丘布克平原上,展开了一场场面浩大的决战,有一百万人参加了战斗。你的士兵大都是骑兵,还有三千头你从印度带来的战象参战。你看,现在水晶球里有对这场战役的全面显现。只见你的骑兵手持红旗,来回奔跑,发出号令。因为队伍太庞大了,战场太混乱了。你的骑兵和步兵都全副武装，有护胸甲，有盾牌，有箭筒和长矛。战斗从凌晨的六点一直打到了夜幕降临，从月亮消隐打到了月亮重新出现，死去的士兵的鲜血将所有坚硬的土地都软化了，浸透了。结果，最终，奥斯曼帝国的苏丹巴耶塞特的部队大部分被消灭，剩下的崩溃了，瓦解了，投降了。你还俘虏了巴耶塞特和他的一个儿子，并把他们关在了一个铁笼子里，到处展示。就这样，这场气势恢宏的安卡拉之战，以你'钢铁'战胜'雷电'而告终。遭到了如此羞辱的巴耶塞特苏丹，在几个月之后羞愤而死。这一年剩下的时间里，你就像是在自己的庭院里那样，将奥斯曼帝国的一些城市一一都拿下，并且，你还攻打了几个信仰基督教的城市。一直到今天，你仍旧是一个伟大的胜利者，几乎没有失手。你的对手听到你的名字就会发抖，你成了大地上、人间里的最伟大的君主之一。"

瘸子帖木儿听到侏儒穆斯塔法这么说，看着水晶球再次展现了这一幕，老泪纵横了。"我在大地上做了这么多伟大的事情，我自己都没有想到啊。好了，我的过去，你给我重新看了一回，那么，知道所有我的过去、现在和未来的先知、巫师、术士，侏儒穆斯塔法，你是从哪里来的？我还没有来得及问你呢。"

侏儒穆斯塔法慢条斯理地说："我是从东方来，我也是一个突厥人。但是，我懂得三十种语言，我见过很多世面，我知道你很需要我，我就来了。"

瘸子帖木儿说："好吧，我的过去被你说完了，那么我的现在呢？你说说看。你说说我现在在想什么。"

侏儒穆斯塔法转动着手里的水晶球："现在，是 1404 年 9 月 9 日。就在昨天，你刚刚接见了来自欧洲的卡斯提国王亨利三世派来的使者克拉维约。他走了很远的路，从君士坦丁堡、特拉布松、桃里寺、剌夷、讹答拉、不花剌一路过来，才到达了这里。他为了等待您的接见都等了一个星期，你才在昨天接见了他。不过，你不再想向西走了，现在，你想的，只有一个目标，那就是，向东！是的，向东去征伐一个更为神秘的国家，那个国家推翻了你的成吉思汗的子孙所建立的伟大朝代，他们现在叫作大明王朝。”

这时，瘸子帖木儿往水晶球里面看，他看到的，是一头焦躁的老虎正在水晶球里来回走动。“怎么我只看到了一头老虎在走动？”

侏儒穆斯塔法说：“陛下啊，这老虎就是您啊，就是您现在的内心影像的化身。这说明，陛下是焦躁不安的。因为，三十多年以前的 1368 年，明朝的开国皇帝朱元璋将成吉思汗的后裔从北京赶走，他曾经派使者前往天山的北部亦失巴力和南部的哈密、火洲，向统治这里的察合台汗国的后裔宣示他的权力。察合台汗国那些王公和领主们都纷纷表示了对朱元璋的效忠，承认他的宗主权，接受他派来的官员的象征性统治。但是，当他的使者傅安和刘伟到达河中地区的撒马尔罕城的时候，被你手下以间谍罪的名义逮捕了。你亲自面见了这两个朱元璋的汉族大臣，详细询问了他们此行的目的，以及大明王朝的情况。你察言观色，想象着推翻了并且继承了蒙古人建立的元朝的朱姓皇帝的相貌和性格，以及他是否能成为你的对手。最终，你放了他们，还派遣了使者，在 1387 年、1392 年和 1394 年，分别前往明朝的首都南京，部分是为了示好，部分是为了刺探情报，了解大明王朝是个什么样的国家。1395 年，朱元璋再次派遣傅安前来撒马尔罕，给您带来了感谢信和很多瓷器、丝绸作为礼物，使陛下您对那个遥远的大明王朝充满了无限的遐想。现在，你一直拿不定主意，想了很多年，终于在去年底，你向你的心腹大臣宣布，你要远征大明王朝，让这个既非基督教也非伊斯兰教的王朝臣服于你，并且你说，你将要把大明王朝统治的国土和他的子民，变成一个信仰伊斯兰教的国度和子民，变成你的伟大的伊斯兰帖木儿帝国的一部分。于是，你开始在讹答拉聚集和训练用于远征的部队。现在，你还在做着远征的准备，因此，你的内心实际上有一头焦躁的老虎，你实在不知道你策划的这场更为雄伟的未来东征的结果会是什么。但那个大明王朝，现在正在神秘地吸引着你，使你垂涎三尺，欲罢不能。陛下，这，就是你的现在。”

瘸子帖木儿的脸部抽搐了几下，“那么，穆斯塔法啊，我的东征如果进行的话，未来的结局是什么？大明王朝的实力到底如何，我没有十足的把握。那是一个我完全陌生的、比埃及还让我不能理解的国度和文明。”

侏儒穆斯塔法转动着手中的水晶球，“陛下，你看，在水晶球里，有现在大明王朝的图景。就在去年，朱元璋的儿子朱棣，击败了他的侄子建文皇帝，在北方的一座城市北京宣布即位，成了大明王朝的第三个皇帝。朱棣这个人精力过人，文韬武略都胜人一筹，国号永乐，也就是希望自己和国民永远快乐。陛下，我必须指出，这个朱棣，是您未来的最强劲的对手。现在，您看看这水晶球里显现的大明王朝的面貌吧。”

瘸子帖木儿的脸部又抽搐了几下。他看到，在水晶球里面，出现了和中亚的群山、草原、河流、村镇完全不一样的景观。那是大明王朝的景象：有一座巨大的城市正在浮现，比他的撒马尔罕要大十倍。无数工匠在那里建造着，在这座城市的中心，还有一座被护城河所包围的皇宫。皇宫无比庄严、巍峨，所有的建筑的屋顶都是黄色的，围墙包围着护城河内的皇宫，宫墙高大，是深红色的。再仔细地看，可以看到很多穿着长袍、峨冠博带的人在匆匆行走。大明王朝欣欣向荣，国富民安，到处都是鲜花在盛开。有一条运河沟通了江南和北方，南来北往的商船川流不息。北方有着大片的玉米、小麦、高粱、小米、红薯、南瓜等作物在生长。大明王朝的城市不只是首都，从南到北，从东到西，一个接着一个，星罗显现在大地上。

城市之间都有驿道连接，双轮马车和四轮马车疾速行走在大道上。每座城市都有灰色城砖建造的城墙，城墙高大，城墙上旌旗招展，哨兵也精神抖擞，目不转睛地警惕着北方草原上的进犯之敌。在北方，那些高大的山脉山峰上，连绵起伏着一种奇怪的建筑，形成了一道很长的墙。那墙都由巨石砌成，这石头的城墙蜿蜒几千里，将北方的游牧民族瓦剌和鞑靼人阻挡在高山和沙漠的北部。很多蒙古骑兵就是在这长城的脚下停下来，再也无法继续南下，被城墙所阻挡。

侏儒穆斯塔法说："殿下，这长长的城墙是从他们的秦朝开始就修建了，那个时候，是为了阻挡北方的骑马民族匈奴人的进犯。到了汉朝，这面城墙继续修建着，也是为了防备北方的敌人匈奴人。这个国家延续到了唐代的时候，统治者是从北部高原的南部缓冲地带大同一代崛起的李姓家族，因此，李姓皇帝停止了修建巨大的城墙。到了元朝，忽必烈建立的朝代里，不可能修建阻挡自己军马的城墙。现在您看到的，就是如今的大明王朝，他们又开始修补、连缀起巨大的城墙了，而它想阻挡的，我想，现在，只能是陛下您的队伍了。"

瘸子帖木儿轻蔑地说："这么一点小障碍，怎么可以阻挡住我的马蹄和刀剑？我将冲破这面僵硬、可笑、玩具一样的石头摆设，然后，杀进他们的皇宫里去。我将俘虏这个姓朱的皇帝，重新让他变成平民。"

侏儒穆斯塔法说："陛下啊，您一定能够成功。你看，这个大明王朝还有一个富庶的南方，在水晶球里，您能够看到这些您过去从来没有见过的场面。"

瘸子帖木儿凑到了水晶球的跟前往里面看，他看到了一片烟雨迷蒙中，到处都是小桥流水，潺潺流响，那些有着飞檐斗拱的奇特建筑，以连片的亭台楼阁组成了精致而恢宏的建筑，青砖灰瓦的房子，小巷人家的炊烟。

桃花杏花，茂盛开放，燕子呢喃，渔舟归家。在青山深处，寺庙的屋顶在云雾中隐现，钟声悠扬，梵音阵阵，暮鼓晨钟，暮时课诵。出家人在密林里修行。而那些繁华的城市里，到处都是店铺、酒肆，走动的人，买卖东西的人，密集得如同蚂蚁。而且，在大明王朝广袤的国土上，从北到南，哪个地方的风景都不一样，很多地方的人的形象，也都有差别。这是一个奇妙的国度，这是一种奇妙的文明，这是一群和别的地方不一样的黄种人，他们历史悠久，人数众多，他们按照他们已有的生活方式在安静地生活，听从于从皇帝到各级官吏的管理，从上到下，一以贯之，法律严明，有规矩有方圆，有秩序有顺序。

瘸子帖木儿在水晶球里，看到了整个大明王朝，整个当时的中国的图景。他沉默良久，然后咆哮着说："我要彻底征服这个王朝，这个还没有信奉真主的王朝。我要让他变成伊斯兰的土地，让大明变成我瘸子帖木儿帝国的一部分！侏儒穆斯塔法！我宣布，我要攻打他们直到征服他们！我看到的一切，关于中国的一切，都将是我的，我的！现在，穆斯塔法，你告诉我，我攻打他们的最终结果，也就是我的未来，会是什么？"

侏儒穆斯塔法说："现在谈到了您的未来，殿下。现在请您闭上眼睛，您就会看到你将遇到的未来。"

这时，瘸子帖木儿闭上了眼睛。他看到了他所训练的部队，那些威武的所向披靡的骑兵，穿着巨大铠甲的印度战象，整齐排列的铁甲兵，训练有素的工兵和敏捷如猴的云梯兵，以及挖洞铺路架桥都非常迅捷的后勤兵，所有的士兵，都一排排排列整齐，在讹答拉这个城市里，接受他的检阅。而他检阅完毕之后，他们就将出发远征，去进击大明王朝，去摧毁那个不信奉伊斯兰教的异教国家，让他们彻底改变。

瘸子帖木儿看到，他的部队整装待发，士气高昂。他看到，他的部队前进到昆仑山里，长长的队伍蜿蜒如蛇形，越过了昆仑山，进入到喀什噶尔的谷地，然后，再继续进军，队伍的前面是一片大流沙，挡住了去路。忽然，一阵黑风刮过来，将他所有的士兵都席卷而去，什么都看不见了。

瘸子帖木儿睁开了眼睛:“我看到了一场黑风暴！它到底意味着什么？”

这时，奇怪的事情发生了，侏儒穆斯塔法手中的水晶球忽然裂开了，掉到了地上，成了碎片。侏儒穆斯塔法赶紧跪下了，说：“陛下，您最好不要出击大明王朝，我看到了前景不妙！您会失败，首先，遭遇大沙漠上的黑风暴，损兵折将一大半，其次，进入到河西走廊得了疫病，又损失一半的人马，然后剩下的就全部被大明王朝消灭在宝鸡了！这是我看到的结果。”侏儒穆斯塔法惊恐地说了实情。

“胡说！”瘸子帖木儿怒不可遏，“不可能！我不可能失败，我一定要毁灭大明王朝，毁灭那些异教徒。我要马上回到讹答拉，去训练部队，等到明年的春天，我就要进攻大明王朝了。来人！”

瘸子帖木儿让来人把穆斯塔法抓起来，不仅不给他赏赐穆斯塔法所期待的金银财宝，还下令将这个让他看到了一场毁灭性进军的侏儒处死了。因为，他可能是来自东方、刺探情报的间谍。瘸子帖木儿回到了讹答拉，在那里加紧训练军队，准备来年春天进攻大明。

转眼到了 1405 年 1 月，有一天，他忽然看到早就被他处死的侏儒穆斯塔法出现在他眼前，在对他笑，手里还拿着那个水晶球。他挥剑砍去，侏儒又消失了。此后，侏儒穆斯塔法总是出现在他的幻觉里，让他愤怒、焦躁和无奈。最后他感觉头晕眼花，跌倒在地，躺在床上半个月不能说话，眼前浮现的,都是他在水晶球里看到的大明王朝的中国景象,那是如此美丽、璀璨、繁华、富裕、世俗和精致的国度。在这个月的 19 日，瘸子帖木儿在讹答拉死去了，终年七十一岁，最终他没能再向东前进一步。

玄奘给唐太宗讲的四个故事

玄奘去天竺取经，历时十八年，他终于回来了。在他到达长安之前，肃州的太守早就派遣快马将消息传递到了都城长安。唐太宗很高兴，让百姓欢迎他归来。玄奘进入长安那天，有几万人围观他入城，官员们峨冠博带，百姓们兴高采烈，场面十分盛大热闹。玄奘热泪盈眶，他觉得自己那么多年的辛苦总算是没有白费。

玄奘休息了几天之后，唐太宗就召见玄奘，想听听玄奘讲一讲他西去取经一路上的见闻。

玄奘说："陛下，我一去十八年，路途中经过了上百个大大小小的国家和城邦，所见以及耳闻，都太多太丰富，陛下这么一问，我反倒有些愣住了，不知道从哪里说起。"

唐太宗沉吟了片刻，说："那，既然你经过了那么多的国家和城市，听到了那么多的故事，那你就给我讲几个你听到的当地国王的故事吧。"

玄奘想了想，说："好。陛下仁慈，那我先给您讲一个龟兹国国王的故事吧。”

唐太宗龙颜大悦，“嗯嗯，龟兹国的乐师和舞者，都是我的最爱。但是我没有听说过他们国王的故事。法师，你讲。”

玄奘说：“这个龟兹国在肃州往西两千多里，是一个佛国，面积很大，东西长达一千多里，南北长六百多里。它的国都方圆一百里，十分繁盛。我曾经在龟兹国都的西门外，见到有很多高达十丈的巨大佛像，就立在道路的两边，隔不远就有两座，相互对立，显示了佛法的兴盛和尊严。这样的道路平坦、蜿蜒，一直通向一座寺院。那座寺院的名字很有意思，叫作‘奇特寺院’。”

唐太宗饶有兴味地问：“噢？‘奇特寺院’？名字很奇特，那一定有奇特之处。”

玄奘说：“陛下英明。这所寺院的来历，就与龟兹的一个国王有关。我到那里的时候，看到这座寺院窗明几净，佛像精美绝伦。听寺院的方丈告诉我，过去，有一个龟兹的国王崇拜佛家三宝，就是佛宝、法宝和僧宝。为了追寻这三宝，他要去云游天下寺院，拜见得道高僧，瞻仰佛教圣迹，于是就要出门远游。在出门之前，他就将国家所有的政务都交给了自己的亲弟弟，让弟弟代行国王的职责，等他回来之后再将权力移交。”

唐太宗说：“喔，这个国王还挺放心他弟弟的。”

玄奘说：“国王出发之前，弟弟前来送行。国王看到自己的弟弟面色苍白，表情痛楚。国王就觉得很诧异，问他，弟弟，你的脸色这么难看，是不是担心我啊？这个你不用担心。你代行我的国王的权力治国理政，是不是有很大的压力？他的弟弟叩首，说，陛下，虽有所担心，但是想到兄长您能得访天下佛法圣迹，我也很欣慰，专心等待您归来重新执掌国事。不过，我有一个银匣子，请求您能随身携带，等到您归来的时候，再打开它。”

唐太宗听到这，感到兴趣盎然：“噢？一个匣子？怪哉。还要回来的时候再打开，怪哉。也不知道里面装的是什么。”

玄奘说：“是啊，国王也觉得好奇，但是他弟弟说了，让他归来的时候再打开，他就没有再问什么，而是将匣子带上，就出门远游了。三年之后，国王遍访名山大川和佛教圣迹，终于回到了龟兹国，发现国家被弟弟治理得很好，百姓安居乐业，边疆安定稳固。只是包括了权倾一时的宰相和一些贪腐的大臣，被弟弟以贪污、渎职罪免职，闲居家中。国王重新执掌大权，召见了这些被免职的宰相和大臣。宰相和大臣趁机叫屈鸣冤，说国王的弟弟在掌握大权期间，不仅迫害他们这些朝内老臣，还与国王留下的那些后宫佳丽淫乱，除了王后，国王的弟弟将国王的所有嫔妃都给奸淫了。一些女人甚至都生下了孩子。孩子被偷偷送出宫处理了。国王听说之后大怒，立即命人将弟弟五花大绑，带上了朝廷，讯问他有没有这等事。”

唐太宗眉头紧皱：“噢？弟弟竟然敢淫乱后宫？这个弟弟啊，真是找死呢。”

玄奘说：“这个时候，虽然被五花大绑，但是弟弟却气定神闲，说，国王陛下啊，哥哥啊，我当初给您的那个银匣子，您现在可以打开了。打开之后就能够证明我的清白了。国王将信将疑，立即命人将银匣子带上大殿，打开来之后，发现了一块用黄缎子包裹的东西。再徐徐展开那黄缎子，赫然出现了一个琉璃瓶子，瓶子里密封了一件东西。国王仔细查看，发现那竟然是一枚男人的男根。弟弟大喊，陛下，那就是我身上长的男根啊，我在你出发的时候，就割了下来，因此，我怎么能去淫乱后宫呢！”

唐太宗耸容动情："噢？竟然，竟然这……"

玄奘说："是的，银匣子里装的，竟然是国王弟弟的男根。那么，宰相和那些贪渎的大臣说的，都是对国王弟弟的诽谤了。国王感到很羞愧。他感慨万千，发现自己的弟弟是一个有远见、能牺牲的义人，也为弟弟的举动而自责。他下令将包括丞相在内的贪渎大臣重新收监，严加看管。从此国王更加信任弟弟了，他依旧任命弟弟为国务助理，继续参与国政，而且他弟弟可以随时出入国王的后宫。"

唐太宗感叹道："这个龟兹国王的弟弟的确是个义人。起码，比我的哥哥和弟弟好多了，但凡我的兄弟元吉、建成，有一点你说的这个龟兹国王弟弟的恩义，也就不会有玄武门之变了，也就不会有我们兄弟之间的杀伐了！"

玄奘忽然觉得自己讲的这个龟兹国王的故事，引发了唐太宗对自身经历的联想，吓了一跳，赶忙跪下来磕头："陛下啊，这个国王的故事，我还没有讲完。"

唐太宗捻须沉吟道："你接着讲。"

玄奘说："好的陛下。有一天，国王的弟弟出门为国王办理事务，在一条山道边，遇到了一个牧牛人赶着五百头公牛，在急匆匆地赶路。牛是通人性的，那些公牛看到了国王的弟弟，忽然驻足不动，然后此起彼伏地发出了哀哞。"

唐太宗从对自身遭遇的联想中回过神来，问："所有的公牛，也就是说，那五百头公牛都发出了哀哞？"

玄奘说："是的，陛下。那些公牛都在用可怜的、水汪汪的大眼睛，看着骑在马上路过的国王的弟弟。牛有预感能力，牛在被宰杀之前，都会流眼泪，这个陛下是知道的。当时，看到那么多牛在哀哞呼叫，国王的弟弟感到很纳闷，就下马问几个放牛人，他们要去哪里。为首的那个牧牛人说，这些牛都是公牛，我们要赶着它们去集市，找人把它们全部阉割了，因为阉割过的公牛不仅老实，干活还更有力气。国王的弟弟立即想到自己就是一个阉人，忽然变得非常伤感，他觉得，这些即将被阉割的公牛是在向他求救。于是，他就花钱将这些公牛全部买下来了。然后，那五百头公牛带回了国都，作为种牛来饲养。挽救了五百头公牛的雄性男根。”

唐太宗说：“做得对。这个国王的弟弟做得对。你接着讲。”

玄奘说：“很快，奇迹发生了，由于国王的弟弟救了那些牛，没有几天，他忽然发现，自己两腿之间那曾经割掉的男根的根部，又开始重新生长了，渐渐地，竟然又长出来了一个男根，两个月的时间，就长成了原来的模样，而且，功能也都恢复了。国王的弟弟又喜又忧，立即找到了国王，告诉国王说，他不能再出入宫廷和后宫了，因为，自从救了那五百头公牛不被阉割，结果现在他的男根又长出来了。这可能是佛给他的福报。他告诉了哥哥，决意自己一定要出家为僧。国王十分感慨和惊异这件事情，想了想，就同意了弟弟的请求，专门为他的这个弟弟建造了一座寺院，然后，弟弟就剃度出家了。他出家的那所寺院的名字，吐火罗语叫作‘阿奢里贰伽蓝’，翻译成我们的语言，就是‘奇特寺院。’”

唐太宗捻着自己的胡须，若有所思，“嗯嗯，很好。这是一个很好的关于国王的故事。法师，我很爱听，觉得没有听够。那你再讲一个？来人，给法师送上石榴汁，清清嗓子，润润肺。”

玄奘喝了御赐的石榴汁，精神饱满，嗓子甜润。他接着讲：“陛下，我再给您讲一个关于天竺的萨塔尼湿伐罗国国王的故事吧。我经过这个国家的时候，看到这个国家已经变成了累累白骨的灭亡之国。”

唐太宗很吃惊，说：“已经是白骨之国了？那这个国家灭亡的原因，是什么呀？”

玄奘说：“陛下，这个萨塔尼湿伐罗国方圆七千里，很大，很辽阔，有山地有平原，有农田有果树，土地肥沃，但却最终灭国失家。为什么？且听洒家给陛下徐徐道来。相传，过去，萨塔尼湿伐罗国本是一个国家，老国王死了，他的两个儿子互不服气，就分裂成了两个国家。这两个国家彼此相邻，人民都很富足，但就像他们各自的国王一样，虚荣、浮夸，喜欢攀比，为人很刻薄，还喜欢争斗。老百姓的性格就影响了这两个国家的国王。这两个国王于是就经常派兵在边境一带打仗，不是你打到了我的境内，就是我杀到了你的国家。后来，两个国王决定在边境决一死战，打一场大仗，争出一个胜负。其中一个国王占据了邻国的边境线区域，然后就不走了。另一个国家就因此吃亏了，想发动总攻，但连年的征战，已经使得两国百姓疲惫不堪，他们都放下武器，再也不愿意打仗了。”

唐太宗说：“穷兵黩武，不是治国之良策啊。”

玄奘说：“这失去了边境地区土地的国王则气愤、郁闷。他想夺回土地，无奈人民不愿意打仗了。他苦苦思索，后来心生一计。他命丞相写了一份假托天意的法书，就写在绸缎上，然后派人秘密放在了一座大山的幽深的山洞里。过了两年，有一天，这个国王召集大臣开会，感叹地说道，我们和邻国已经有两年没有打仗了。他们还占领着我们的国土呢。我没有什么本事，可能是个无能之辈，但是，祖先留下来的土地被邻居这伙强盗所占据，我是在咽不下这口气。幸亏上天眷顾我，昨天天神托梦给我，说是在大山上的山洞里给我留下了一卷帛书，上面有他的指示。依凭他的指示，我们就能取得胜利。你们赶紧去找那帛书出来。”

唐太宗很好奇：“也不知道这个国王的葫芦里卖的什么药？他到底想要怎样？想发动不想打仗的百姓继续打仗？那帛书上又写了啥？怪哉怪哉。朕很好奇。”

玄奘笑了，说：“陛下，您听我说。那个国王让丞相按照他梦中所指示的方向和线索去寻找。找了半个月，终于在那个秘密山洞中，发现了帛书。于是，发现天神托梦，要求与邻居国家决一死战的帛书的消息，迅速在这个国家里流传，最后，帛书的内容由国王召集大臣和都城的臣民，在大庭广众之下宣读：‘方圆二百里，皆是我福地。先王代代传，守住莫忘记。如今被邻欺，占去要塞地。世代福禄喜，全都无痕迹。生灵不醒悟，坠入苦海里。要想离苦海，重新托生人，面对邻家敌，必须生死抵。多取敌首级，方得上天赐，还有孝子孙，把你恩德记。要不下地狱，要不变恶鬼，要不成畜生，蚊虫都能欺。赶紧去杀敌，生灵要努力！’”

唐太宗说：“这顺口溜写得不错，虽然不如虞世南的写得好，但通俗，朕听懂了。”

玄奘说：“那个国王念完了这段帛书，百姓沸腾了，认为与邻国决一死战是天意，是天神命令的，于是，他们众志成城，厉兵秣马，准备战斗。邻国听到了消息，也积极准备迎敌。几个月之后，两个国家决一死战，每个战士都视死如归。最终，所有的士兵都战死了，尸体堆成了山。这个萨塔尼湿伐罗国后来剩下了一些妇女和孩子，也迁徙走了。等到我路过那里的时候，看到这萨塔尼湿伐罗国完全是白骨之国。不过，我看到，正在建立的一所很大的寺院，是这个国家唯一的还有生机的地方。”

唐太宗连连点头：“休养生息很重要。国王不能依靠打仗来建立功业，使生灵涂炭，白骨成堆。这也是兄弟国王的故事，对朕很有启发和警示作用。”

玄奘叩首说：“陛下，您英明！”

唐太宗忽然又说：“虽然不能穷兵黩武，但对付那些连连进犯我大唐的突厥人和吐蕃人，朕还是不能客气。对付那些野蛮的家伙，朕还是要打仗。不是你死就是我活。哼哼。”

玄奘说：“陛下，您还愿意再听一个国王的故事吗？”

唐太宗从对突厥人和吐蕃人的愤恨中回过神，说：“法师，朕听得很入迷、很高兴、很投入。请接着讲。请给法师端上石榴汁！”

玄奘又喝了几口甘甜微酸的石榴汁，清了清嗓子，说：“陛下，这第三个故事，讲的是僧伽罗国国王的故事。僧伽罗国国名的意思，是‘刺杀狮子国’。我要讲的，就是这个国名的由来。”

唐太宗饶有兴味：“刺杀狮子国？国名很有趣。可他们是怎么和刺杀狮子扯上关系的？怪哉。”

玄奘说：“陛下，这个僧伽罗国是天竺南部的一个岛国。有一天，僧伽罗国——那个时候它还不叫僧伽罗国——的国王要嫁女儿。公主大婚，是十分隆重的事情。但公主这次出嫁要出远门。国王让法师选择了一个良辰吉日，派人护送出嫁的公主前往邻国。但是，在路途中，送亲的队伍遇到了一头前所未见的凶猛的狮子的袭击。那真是一场人狮大战啊，狮子跟人的战斗非常惨烈，结果，很多护卫都被咬死了。公主坐在木轮大车内等待送命。但是，那头狮子来到了公主的近前，没有伤害她，而是让她骑到身上，然后，狮子带着公主纵身进入大山密林里了。”

唐太宗若有所思，“看来这狮子通人性。不知道后面会有什么事情发生。”

玄奘说：“陛下，那狮子将这公主驮到密林里，然后就让她住在狮穴中。那狮穴是一个很大的山洞。这头狮子每天都去捕获动物、采集一些野果子带回来给公主吃。一年之后，这个公主生下了一个儿子，又过了一年，又生下一个女儿，都长得很像公主，但是这两个孩子平时的举动，却和狮子一样，比如，他们会发出狮子般的吼叫，森林里的百兽都害怕他们。他们能吃生肉，能够快速奔跑，能够追击大型动物。”

唐太宗笑了：“这狮子能让公主怀孕？呵呵，朕还有点落伍了呢。他们之间，那生殖器官不匹配吧？”

玄奘也笑了：“陛下，且听我慢慢说。又过了十八年，男孩子长到了二十岁，开始具有了人的思考能力，尤其具有了他母亲的智慧。他对自己的生活状态很好奇，觉得那头狮子常常与他的母亲在一起，是一种很奇怪的感觉。有一天，狮子去很远的地方捕猎，他就问自己的母亲，他是怎么来的，谁是他的父亲？他的母亲就告诉了他的来历——他是她和那头狮子生下来的。男孩子感到如同受到了晴天霹雳打击一样，大声哭着说，我的母亲是人，我的父亲却是一头野兽！我的母亲和父亲不是同类，却生下了我！他大声嘶叫，然后痛苦地消失在密林里了。她的母亲很着急，但是也没有办法。三天之后，儿子回来了，说，母亲啊，我们应该带着妹妹，一起逃走，回到人类的国度去，重新过人的生活。”

唐太宗说：“是的，应该这么选择。”

玄奘说：“母亲告诉他，自己在多年之前想过要逃走，但是自从生下了他和他的妹妹，就再也没有想逃走了。关键是，孩子你怎么对待你的父亲，用什么样的态度来看待那头狮子。他不仅是一头狮子，他还是你们的父亲！”

唐太宗也觉得很纠结："是啊，作为女人和狮子生出来的儿子，怎么看待他的狮子父亲呢？这可是一个难题。朕纠结了。"

玄奘说："的确是一个难题。但是，明白了自己出身真相的儿子，恨的是抢夺了他母亲的那头狮子，他认为他是人，而那头狮子，虽然是他的父亲，但还是一头野兽。他最终是这么认为的。于是，那个男孩子就去跟踪追击那头狮子了，摸清了狮子的活动规律。他瞅准了狮子远走森林深处去捕猎的一个机会，就背着母亲和妹妹，从密林里逃了出来。他们来到了有人烟的市镇。那头公狮子发现了这个情况，跟踪而至，但是到了有人烟的地方，闻到了人味儿之后，就不再前进了。"

唐太宗说："狮子虽然是百兽之王，但还是怕人的。我不明白它当初怎么就能咬死所有的公主的护卫……"

玄奘说"这时,有人发现了他们母子三个,就将他们接到当地的官吏处。这时，母亲告诫儿子和女儿，要他们对自己的来历严守秘密。三个人被带到了当地官府，公主告诉当地官吏，她是二十多年前失踪的海岛国的公主，现在，她要去见自己的父王。那个官吏赶紧将他们三个送往海岛国那边，让她去寻找她的国王父亲。但是，二十年过去了，那里早就改朝换代了，她打听到最新的情况，是她的父王早已经被政敌杀害了。而且，政敌要是知道他们母子三人回来了，会立即杀了他们。情况如此凶险，他们只好退避到乡野之地，在农人的帮助下，种地过活。"

唐太宗听得很入迷："星移斗转，世事难料。那头狮子呢？"

玄奘说："陛下，那头狮子后来发了狂，它迁怒于人类，开始频频地袭击人，接连杀死并且吃掉了九十九个人，成了当地一大祸害。于是，社会动荡，谣言四起，新的国王很着急，就下令招募全国的勇士前去猎捕狮子。

但他招募到的三十三个勇士根本不敌狮子的威猛，又接连死在狮子的爪下。每死一个勇士，国王就提高一次赏金，到后来，赏金高到了匪夷所思的地步了。到后来，再也没有勇士前来应征了。所有勇敢的人，都被狮子杀死了。”

唐太宗诡秘地笑了笑：“于是，那个狮子的儿子，他前来应征了，对吧？”

玄奘连忙叩首：“陛下！您果然智慧超群啊。是的，儿子对公主母亲说，母亲啊，咱们如今隐名埋姓，过着贫困的生活，几乎活不下去了，这个结果，都是那头狮子惹的祸。现在，赏金这么高，而我又痛恨我的狮子父亲，它就是野兽！它毁灭了我们的生活！尤其是，毁了你的一生！我要去杀了它！得到那笔赏金，这样的话，母亲大人和妹妹的后半生，都不愁了！他母亲说，不行，虽然它是一头狮子，但它还是你的父亲啊，你不能去杀了它。这是大逆不道的。儿子说，没有什么大逆不道，它是野兽，而我，现在已经是人了。我不会和它讲仁义的。但他的母亲不同意，严加看管他，不许他出门应征。”

唐太宗捻须道：“这个母亲做得也对。”

玄奘说：“但是儿子最终还是找到了一个机会逃出去，前去应征了。他暗藏了一把可以弯曲的鱼肠细剑去面见国王。新国王看到又有勇士应征，十分高兴，就派遣三千士兵跟在他的后面，前往大森林猎捕狮子。男孩子到了森林里，那头狮子闻到了自己儿子的味道，果然出来了，而且，它竟然很亲热地与他在一起打滚，玩耍，依偎，因为它认出来这是它的儿子。结果，就是在这个时候，儿子取出来那把鱼肠细剑，杀死了狮子。”

唐太宗很痛苦地说：“啊啊，弑父！弑父了！”

玄奘说：“而狮子在儿子刺杀它的时候，竟然一点都不感到痛苦，而是面带平静和慈祥地看着儿子用剑深深地刺入它体内，直到它血流如注，肠肚俱出，直到它奄奄一息，缓慢地死去，眼神仍然是慈爱的。”

唐太宗悲愤地说：“这个这个，唉。大逆不道啊，怎么说，狮子都是他的父亲。大逆不道啊。”唐太宗这时联想到了自己的父亲李渊。经过玄武门之变，虽然李渊偏袒自己的兄弟建成和元吉，但唐太宗也没有杀死自己的父亲，而是将父亲李渊囚禁了起来，让他养老而终。

玄奘说：“儿子的母亲在这个时候闻讯而至，她对那个新国王说了真相。新国王目瞪口呆，感叹地说，太离奇了，也太不好抉择了。儿子弑父是大逆不道，因为即使父亲是一头狮子，也不能将它杀害。但是，这个事情非常复杂，这儿子杀的，又是危害人间的一头野兽。他又是在为民除害。因此，我判定：一、由本国王来出资赡养你这个母亲。二、给杀了狮子的儿子兑现高额赏金，然后，将儿子和女儿两个人都放在木船上，流放到大洋里，让海流来决定他们的命运。”

唐太宗点头：“嗯嗯，这个国王处理得不错，虽然这个事情很纠结，但是情理也很清楚。换朕，也是这么处理。”

玄奘说：“陛下仁慈！后来，那个儿子和他妹妹被放在了一条装满了粮食、水和用具的大船上，然后扬帆出海，随波逐流。儿子漂流到了一个大岛上，杀死了当地的土著头人，占有了岛上的女人，生了很多狮面人身的男孩子和女孩子，建立了一个国家，自己做了国王。信奉天竺佛教，这个岛国，就叫作僧伽罗国，也就是‘刺杀狮子国’。他的妹妹继续在大船上漂流，在更远的大海上，找到了一个小岛，建立了‘西大女国’。西大女国我没有去过。”

唐太宗听到这里，长叹一声：“这是三个十分精彩的关于国王的故事！

朕听入迷了。”他停顿了一会儿，有些意犹未尽，“法师，有没有关于动物的故事，你讲给朕听听，因为，这几个关于国王的故事都很沉重，而关于小动物的故事，是不是比较轻松一点呢？你只讲一个，就可以了。”

玄奘说：“陛下要是不嫌累，我就再讲一个。这个故事里有三只动物。它们分别是狐狸、猴子和兔子。这三种动物当时在一片森林里友好相处，并且正在修菩萨的行为，希望转世为人。这时，天神化身为一个老人降落在森林里。他拄着拐杖行经森林，装出一副又渴又饿、衰朽不堪的样子，找到了三只动物，对它们说：我听说你们正在修菩萨行，而我年老体衰，饥饿困顿，行将就木。不知道你们三个，能怎么让我起死回生啊？狐狸、猴子和兔子就说，老人家，您先在这里歇息，我们分头去给您找食物。于是，三只动物就分头去寻找食物了。狐狸最聪明，它沿着一条小河走，叼到了一条鲜鱼，带回来给老人。猴子最敏捷，它爬到了森林里最高的树上，采到了野果和野蜂蜜带回来给老人，只有兔子四下寻找，什么都没有找到，空着手很难过地回来了。”

唐太宗说：“小白兔历来就是又可爱又笨拙的。”

玄奘说：“老人就对兔子说，我听说你们三个一直在修菩萨行，同心协力。但是，我发现，现在是狐狸和猴子能够互相配合，而你兔子却是形单影只，没有完成使命。这时，兔子说，请狐狸和猴子去帮助收集一些柴火吧，我有事情要办。狐狸和猴子就很快捡拾回来很多的柴火，堆放在空地上。兔子说，请点着柴火。狐狸就点着了柴火。熊熊烈焰当空兴起，兔子对老人说：仁慈的老人啊，兔子我能力有限，身份卑微，没有给您找到食物，现在，我以我的身体，作为您的食物，来达到您的要求。说完，兔子就纵身跳入火海，不一会儿就烧死了。”

唐太宗大惊：“义兔啊，义兔！”

玄奘说：“这个时候，老人才现出了天神的原形。他对目瞪口呆的狐狸和猴子说：我真没有想到兔子会这么做，其实，你们三个都很好。你们两个会转世为人，行善积德。兔子呢，更是义兔，它德行高远，我要把它放到月亮上，让后世的人，都来瞻仰怀念它。说罢，只见那只烧焦的兔子忽然起死回生，恢复原状，然后，徐徐升起，飞向太空，飞向了月亮。从此，月亮上有了一只玉兔。地上也建立了三兽塔来纪念它们。我亲眼见过那三兽塔。陛下，这就是月亮上小白玉兔的来历的故事。我讲完了。”

唐太宗一听，十分高兴，龙颜大悦。他说：“玄奘法师啊，辛苦你了。自朕的贞观元年起，你就西行取经，历经千难万险，到贞观十九年，也就是今年你取经归来，果然取得了真经。朕十分感念。这三个有关国王的故事，和一个有关小白兔的故事，都非常打动朕，也很有教益。朕特盼望你早日写成西行记闻，呈献于朕，朕再仔细地观瞧浏览。”

玄奘领命，退出皇宫，进入寺院，专门写作《大唐西域记》。第二年成功完稿，并呈送唐太宗李世民。

色诺芬的动员演说

人，有时候必须是需要依靠勇气活着。当小居鲁士为了夺取波斯的王位而对他的哥哥阿尔塔泽西斯二世发动战争的时候，我参加了他的军队。但是，我是中途才参加他的远征军的。说起来，这事还和我的好朋友普罗克西努斯有关。是他拉我参加了这次远征。好男儿志在远游，志在建功立业。

那么，小居鲁士与自己的哥哥阿尔塔泽西斯二世争夺王位，与我有什么关系呢？这个事情还要慢慢来说。在此前三十多年的时间里，雅典和斯巴达之间爆发了一场伯罗奔尼撒战争，最终是斯巴达胜利了，占了上风。在这场战争结束的时候，斯巴达和波斯王大流士二世派遣的、管辖和统领爱奥尼亚、吕底亚和小亚细亚西部的总督蒂萨弗尼斯之间，达成了一项秘密的协议，由蒂萨弗尼斯向斯巴达提供资金支援，用于斯巴达在海上的舰队建设，而斯巴达则协助蒂萨弗尼斯去夺取原属于波斯，而现在则属于雅典帝国的亚细亚海岸边上的那些城市。但是，蒂萨弗尼斯很快发觉，只有保持雅典和斯巴达之间的紧张关系甚至是战争状态，让雅典和斯巴达都处于彼此疲于应付的局面，对波斯才是最为有利的。因此，蒂萨弗尼斯就逐渐中止了对斯巴达的资金支持。

于是，斯巴达城邦十分气愤，派人到波斯王大流士二世那里，去告蒂萨弗尼斯的状，结果，大流士听信了来使，委派了他年仅十七岁的儿子小居鲁士，去担任蒂萨弗尼斯的总督职务，并解除了蒂萨弗尼斯的军权。小居鲁士因此得以全力支持和帮助在伯罗奔尼撒战争中处于优势的斯巴达人，获得了斯巴达人的信赖。不久，战争结束，而此时，大流士二世病亡，立长子阿尔塔泽西斯为王，这使小居鲁士很郁闷。因为早前有先例，作为王后所亲生的儿子，小居鲁士是有优势也有可能继承父亲的王位的。

不久，因为被解除了权力而回到了波斯的蒂萨弗尼斯向阿尔塔泽西斯进了谗言，告了小居鲁士的状，说波斯新王的弟弟小居鲁士企图谋反。阿尔塔泽西斯很生气，就下令拘捕了小居鲁士。母后发现兄弟相残，就说情让哥哥放了弟弟，让他重新回到爱奥尼亚、吕底亚和小亚细亚去担任总督。小居鲁士回到了驻地，就开始秘密征召希腊士兵，打算远征波斯。关于秘密应招雇佣军，他使用了很多计谋瞒过了自己的波斯国王哥哥。因此，一直未被发觉。

应招来的这些希腊士兵因为从刚结束的伯罗奔尼撒战争中退出来，无所事事，能够担当雇佣兵，是一件很高兴的事情，起码有军饷可领。这支部队很快就建立起来了。这就是我们这支希腊人远征军远征波斯王阿尔塔泽西斯二世的由来。

我在前面说了，我参加这次远征军，首先是我的好朋友，也是小居鲁士信任的朋友普罗克西努斯的邀请，他给我写来了一封信，竭力劝说我参加远征。他认为，小居鲁士一定会接纳我为朋友的。接到了这封邀请信，我拿不定主意，就立即去找我的老师、哲学家苏格拉底商议。

苏格拉底是我的老师，我在很年轻的时候就是他的门徒，从他那里学习智慧与知识，与他一起探讨人所面临的各种问题。苏格拉底听我说了情况，就说："你是希腊人，你与波斯人小居鲁士交好，帮助他打仗，而雅典人则是居鲁士的敌人，雅典的政府一定会认为你帮助他们的敌人。这样你就是敌人或者坏人，他们会起诉你的。"

我说："老师啊，我的血液在沸腾，我的心已经跟随着远征军出发了。恐怕这次我不能听您的话了。"

苏格拉底撩动自己的袍子，走过来抓住我的胳膊，"色诺芬，你的内心会指引你行动。我建议你去德尔菲的神庙里，你去问问阿波罗神吧，看看阿波罗的谕示吧。"

我就去了德尔菲神庙，在内心里默默祈祷，询问阿波罗神："我如何能够参加远征军，顺利成行，最终安全返乡？"

阿波罗神给我开示说，我应该祭祀另外一尊神，他谕示说，祭祀之后，我就可以出发了。我跑去找我的导师苏格拉底，告诉他阿波罗神指示我祭祀了另外的一尊神，之后我就可以出发。但苏格拉底很生气，"你应该向阿波罗神问的第一个问题，是你应该不应该去，而不是问他能否按照你的心愿去参加远征军，是否安全地回来。你都自己决定要去了，你还怎么要阿波罗神来谕示呢。"

导师生气让我很尴尬，但他又说："罢了，既然你这么问，阿波罗神也回答你了，你就这么做吧。色诺芬啊，我觉得，你还有更重要的事情要做。那就是，你既是见证人，你也是书写者，要把你经历的、看到的、听说的、想象的，都写下来。现在，你去吧。"

苏格拉底老师让我出发。阿波罗神给我谕示。我就准备好了东西，加速赶路，我在萨尔迪斯赶上了普罗克西努斯，他带领了一千五百名重甲兵和五百名轻甲兵，正在星夜兼程，与小居鲁士会合，见到我来到，十分高兴。

我最终被引荐给了小居鲁士是在七天之后，在很多应召的希腊军人汇聚的地方。直到这个时候，包括我在内的大部分人，才知道他招了一万名经验丰富的希腊士兵，组成远征军，目的是去讨伐他的哥哥、波斯新王阿尔塔泽西斯二世。雇佣军的特点是谁出钱，就给谁打仗，领取军饷，而并不会理会去跟谁打仗。所以，绝大部分希腊士兵，都迅速地按照他们战时的习惯，组成了各个编队，形成了战斗力和战斗队形。

最让小居鲁士他放心的，就是希腊士兵的素质，无论是战斗素质还是身体素质，都非常好，这是他最为满意的。他对一万名雇佣军的军力感到满意，军队成形之后，立即发兵了。

我们从萨尔迪斯起兵，一路向波斯攻打，所向披靡，这一路上的战事，我就不详细地说了。我只说一说小居鲁士战死时的情形吧。

可能任何事情都有不仰赖人的努力和意愿的一种结局和宿命。小居鲁士对他的哥哥、波斯国王阿尔塔泽西斯二世的讨伐，并没有成功，而小居鲁士在战争中先阵亡，则是这次远征的一次转折。

本来，我们的希腊雇佣远征军节节胜利，一直打到了波斯的纵深地带，这里距离我们的希腊故乡，已经很遥远了。我们看到的所有的风景，我们吃的食物、目睹的禽兽和飞鸟，与希腊都是不一样的，听到的语言，除了我们希腊士兵彼此说的以外，其他的都听不懂。云彩是黑色的，树叶是枯黄的，大地是褐黄和墨绿色的，交替着展现在我们的面前。一次次的跨越河流，穿越山谷，走过平原，遭遇敌人或者主动发起进攻，波斯人的部队节节败退，溃不成军。眼看着，小居鲁士就要打败他的哥哥波斯国王了。

这是一次小居鲁士和阿尔塔泽西斯二世决战的场面，我碰巧在现场，目睹了整个过程。战斗场面一般都是非常混乱和嘈杂的，假如你事先没有策划好的话。这是两军对垒的一次大决战，一开始，训练有素、有勇有谋的希腊士兵以方阵和菱形队形，将圆形、弧形和线形排列的波斯军队，杀得溃败成一片，希腊士兵往哪个方向冲击，哪个方向的波斯士兵就兵败如山倒。我在普罗克西努斯的轻甲兵阵营里，看到了这次战斗的盛况。

而小居鲁士带着他的六百名轻骑兵，在一处高坡上，观察着战事。他最关心的，就是要与自己的哥哥面对面地战斗。果然，他发现了他的哥哥，波斯新国王阿尔塔泽西斯二世被数千名波斯士兵所簇拥，在一片树林的边缘处站立。他就带领着自己的六百名轻甲兵，忽然就从高坡上冲向了阿尔塔泽西斯二世的阵营。

这是决战的时刻，当战场上的人发现了这一幕的时候，其他战斗的地方瞬间都安静了下来，大家有些惊呆了，不能相信小居鲁士这么直接向自己的哥哥、宿敌发起挑战性冲锋，而小居鲁士一马当先，冲在最前面。他胯下的一匹灰色带斑点的战马非常矫健。而六百名轻骑兵则像一股水流那样，在他的身后快速地流动。

我远远地看见，小居鲁士勇敢地与护卫着阿尔塔泽西斯二世的数千名士兵短兵相接，然后冲撞在了一起。勇猛的小居鲁士的士兵迅速撕开了一个缺口，小居鲁士还杀死了一个穿红色披风的波斯大将，后来，我才知道那个大将的名字，他叫阿尔塔格赛斯。然后，小居鲁士迅速地冲到了自己的哥哥、波斯国王阿尔塔泽西斯二世的面前，大喊了一声："你在这里！"将手中的剑刺向了他。阿尔塔泽西斯二世从马上跌落下来，身上的黑色长袍翻动，远看如一只受伤的大鹰。

忽然，不远处破空而来一杆重型投枪，扎中了小居鲁士的面部，他大叫一声，仰身掉落于马下。两个对手都跌落马下，一时间场面十分混乱，小居鲁士的护卫弃马落地，围在小居鲁士身边，与包围他们的波斯士兵搏斗，逐渐地在小居鲁士的身体上堆积起了一个尸体的山包。

这时，我明白了，小居鲁士阵亡了。而阿尔塔泽西斯二世似乎是受伤了，被他的波斯士兵抬走了。波斯士兵受到了鼓舞，开始反攻，很快就将我们希腊雇佣军击退。小居鲁士的头和右手被砍掉，这场战役以他的死亡而告终。

希腊雇佣军的士兵遭遇了重大打击，我们退守到三十司塔迪之外，重整部队。当时，各个分队的指挥官都还在，阿里柔斯、泽尼亚斯、普罗克西努斯、索菲涅图斯、帕西昂、阿基亚斯是各支队伍的指挥官。但接下来的一段时间里，这些将军要么战死了，要么被分化了，最后，还有三个人在与阿尔塔泽西斯二世的讲和谈判中，被处死了。阿尔塔泽西斯二世继续开出讲和的条件，要我们投降。

这就是小居鲁士死后不久发生的一连串情况。

我，色诺芬，在接下来的群龙无首的一个关键时刻，扮演了关键的角色。因为我的好朋友普罗克西努斯也死了。现在的希腊士兵是群龙无首，无所适从了。在我们的四周，到处都是波斯人的军队、部族和村镇，都是敌意的。我们远距希腊一万司塔迪，而且，回乡的路途上到处都是陌生和敌意的河流、山峦和丘陵。

这天晚上，近万名士兵内心充满了悲伤，他们想念故土和妻儿，但是却无法预测自己的命运。到底何去何从？这些人栖栖惶惶，不知如何是好。

在这些人中间彻夜难眠的一个人，就是我，色诺芬。我很久都无法入睡，等到我终于睡着了，我做了一个梦。在梦中，我梦见了一场雷暴击中了我父亲的房子，那房子立即着火了。我惊醒了，我召集普罗克西努斯的手下小队长，先与他们商议了对策。普罗克西努斯战死之后，他们现在都信任我，很快就推举我为他们的统领。然后，我让他们分头去找到了其余的几支部队的队长，我与他们商议了对策，那就是，我们要重整队伍，然后踏上返回希腊之路。其间有一个叫阿波罗尼德斯的队长，对我提出了质疑，认为阿尔塔泽西斯二世提出休战，是真诚的、有道理的，我们应该和他讲和。

但是我以阿里柔斯的背叛，以阿基亚斯前去讲和被逮捕处死，来说明了这条路是行不通的。

最后，所有的将军和队长们，同意了我的想法，先去在各支队伍中重新选出了新的指挥官，他们是：达达尼亚人提马宋、阿加亚人赞提克里斯、阿卡狄人克里安诺、阿加亚人斐利修斯。我，雅典人色诺芬则接替了普罗克西努斯，成了这一部分希腊人的统领。

然后，我让这几位各队伍的队长们，将他们所属的士兵都归拢好，集结在一处山谷中。士兵们点燃起了一堆巨大的篝火，篝火将半明半暗的天色装点得带有了人的血液的那种碧色，悲壮而激烈。冲天的篝火熊熊燃烧了，象征着勇气、好运和毅力。然后，我站起来，身着铠甲，容光焕发，手持盾牌和短剑。我面对残存的希腊将士们，发表了一次决定了大家命运的动员演说：

“将士们！我们现在身处困境。我们的雇主，小居鲁士总督已经战死，他的哥哥、阿尔塔泽西斯二世砍掉了他的头和右手。对于自己的弟弟他都会这样，对我们，他会更加残酷。我们远离故土一万司塔迪，而我们群龙无首。现在，阿尔塔泽西斯二世的部队正在积极地准备好对我们发起攻击，我们则在这里如同困兽。我们必须要依靠自己的勇气、智慧和身体，从波斯打回到希腊，回到斯巴达、雅典，回到我们的希腊故土。

我们是和阿尔塔泽西斯二世短暂地休战了，但是我们的休战，不能保证我们最终的安全。

将士们！你们远离故土，而阿尔塔泽西斯二世正打算彻底地打垮我们，把我们的头割掉，悬挂在高处去吓唬波斯人和反对他的人。我们不能落入他的手。所以，投降是不可能的。他设计了圈套，已经将我们的几个将军杀死了，我们不再相信他了。讲和是不可能的，只有一条路，但那条路，大家说，是什么？"

将士们在篝火的映照中，面庞凝重，深情严肃。他们沉默着，没有人回答我。

"将士们！如果我们就地解散，我们会分崩离析，我们在回乡的路上会被他们各个击破，被波斯人一个个地抓住，然后开肠破肚。可我们是勇敢的希腊人，我们自信、热情而勇猛无敌。虽然身处波斯异地，但是，路总是在脚下的。大家要立即提振精神！没有队长的，立即填补空缺，没有将帅的，要推选出将帅。我们不是乌合之众，我们要重整队形，我们是希腊人，勇敢的希腊人！"

篝火映照下，将士们的脸开始变得活泼和放松了，开始变得有信心了，人群中发出了嘈杂的声音，"我们要回家！我们不打仗了！"

我说，"将士们！我们必须要尽快重整部队，严守纪律，如果我们不能成为战斗的队列，那么我们是垂头丧气的部队，是没有希望的，无法返乡的希腊人。我们必须做勇士，只有勇士才可以走出困境。现在，你们达达尼亚人选出了提马宋、阿加亚人选出了赞提克里斯、阿卡狄人选出了克里安诺、阿加亚人选出了斐利修斯。我，雅典人色诺芬则接替了普罗克西努斯，我们有了指挥官，我们就能重整队伍，大家说，我们，要回到我们的家乡去！”

将士们欢呼了起来。他们所有的人都想回到自己的家乡了。雇佣兵们现在想的，就是他们的故土希腊。

“我们要准备随时战死，即使在回乡之路上。相距故土已经有一万司塔迪，我们的远征走得太远了。而狡诈的波斯人是背信弃义和胆怯诡诈的。我们要和他们讲和，那么我们的遭遇就是那被处死的你们的几个队长的命运。我们必须要依靠我们的战斗力，与波斯人进行不可调和的战斗。我们便有了天神的眷顾，我们就有了解救的希望。”

我说到这里时，有一个士兵打了一个喷嚏。所有的将士们听到了这一声喷嚏，都躬身向宙斯神致意。因为喷嚏是我们希腊人认为的一种吉兆，是宙斯神的启示，而刚好在我谈到“解救”的时候。

我大声说：“将士们！这是宙斯神显示的吉兆，我愿意在此起誓，一旦到达故土，我们将为宙斯神献上贡品以表达感恩，凡是同意的，请举手！”

所有的人几乎都举手了。篝火现在稍微小了一些，但是热度上来了，将士们的情绪、体力和勇气都被我感觉到了，他们也在互相传递着热量。

“将士们！我们有了解救的希望，那希望，就在我们自己的身上，我从你们的脸上和眼睛里看到了这些。敌人违背了誓言，破坏了休战，但是诸神是站在我们这边的。我要提醒大家，不要忘记我们的祖先是多么的勇敢，在九十年前，当波斯人大举进犯，要消灭雅典的时候，雅典人勇敢地打败了波斯人，取得了胜利。后来，波斯人泽尔士带领他的二百六十四万一千六百一十人的庞大军队，前来企图再次征服希腊的时候，我们的祖先在海上和陆地上，分别击败了他们。”

人群欢呼了起来：“宙斯神万岁！希腊万岁！”

“所以，我们这些人，你们每一个人的身体中，都有着祖先的勇气、光荣和血性，也带着祖先的荣光的印记。我们不会屈从于任何异族，而只敬仰我们希腊的众神。我们这支远征军，为了小居鲁士争取王位而发动的战争，现在结束了。我们此前表现得很勇敢，但目的已经消失了，小居鲁士已经死了。阿里柔斯的背弃，也让我们灰心。现在，我们这一万名步兵，重甲兵、轻甲兵，要面对波斯无数的骑兵。但是，我们的步兵牢固地站在大地上，波斯士兵他们悬在马上，我们更容易击败他们。我还知道，你们担心回去的路上怎么渡过那几条大河。我知道的是，在那些大河的上游，有的地方只有没过膝盖的水深，我们完全可以渡过去，只要是你们这些希腊人长了双腿！”

大家欢呼着，信心在每个将士的内心里增长着，我感觉到了这一点。

“现在，我们要如何打仗？怎么打仗才能安全地回到故乡？我想，我们的辎重太多了，我们应该烧掉那些车辆辎重，提高行军的速度。我们应该烧掉所有多余的东西，不留后路，也不给敌人留下来。我们只留下最重要的东西，就是干粮和武器。而且，最为重要的，就是我们的纪律。波斯人最惧怕的，就是希腊人的军容和军纪。只要我们有带队的将军和队长，有指挥官，我们的兵就能以一当十，这是波斯人最清楚的。所以，各队的指挥官、队长们，你们要格外地警惕起来。我们要在附近的村庄尽快补充补给，把所有的给养都准备好，然后准备行动。”

所有的将士都鼓掌表示同意。

“将士们！我们将进行另外一次长征，那就是，回家的长征。我们将齐心协力，穿越一万司塔迪距离的陌生的土地、山峦与河流，一路上一定有波斯人围追堵截和侧面夹击，但是我们不怕。我提议，由经验丰富而勇敢的克里安诺作为先锋，斐利修斯、赞提克里斯两位老将负责两翼。我，色诺芬和提马宋的队伍殿后，因为我们最年轻，而波斯追兵最狡诈和胆怯。将士们！要记住，你们每一个人，都是勇敢的希腊人，你们的勇敢和智慧，就是希腊人的智慧和勇敢，你们的身上，也有着所有祖先的勇气和荣光。而胜利者就是杀死失败者的人，我们每一个人，都要做胜利者。胜利者，就是成功返回家乡的人。”

我讲完了。篝火逐渐地熄灭，将士们散会之后迅速去焚烧车辆、辎重和营帐。天色亮了起来，吃过了早餐，然后开始行动。

依靠我的那次演讲，我将这近万名的希腊人带回了故土，最终，经过了很多次战斗，跨越了无数天堑，渡过底格里斯河，翻越了高山穿越了峡谷，我们这些远征的希腊人，终于安全回到了故土。

算起来，从出发到回来，我们一共走过了二百一十五站，一千一百五十帕拉桑，三万四千二百五十五司塔迪的距离，后来，回到希腊之后，我们又重组队伍，出击小亚细亚西部，全部时间一共历时一年三个月。

至于我后来的命运，则比较坎坷。我回到了斯巴达，这一年，我的老师苏格拉底被判处了死刑。雅典政府对我发出了放逐令，因为我帮助了波斯人小居鲁士打仗。后来，斯巴达王在小亚细亚又和波斯人作战，我参加了他的部队。结束战事之后，斯巴达王体恤我，在奥林匹亚给了我一处房产和一些地产，我就住在奥林匹亚安定地生活着。

我没有忘记我的老师苏格拉底的话：“你既是见证人，你也是书写者，要把你经历的、看到的、听说的、想象的，都写下来。”现在，我写下了如下的著作：《希腊史》《师门回忆录》《苏格拉底的辩护》《拉西第梦的政制》《居鲁士的教育》《经济论》《雅典的收入》等。

自然，还有记述我参加对波斯新王阿尔塔泽西斯二世征战的《长征记》。

三幅关于韩熙载的画

一

南唐后主李煜召集了画院的专业画家——待诏们雅聚，这些人是顾闳中、周文矩、高太冲、朱澄、曹仲玄、王齐翰、董源、卫贤、顾德谦、徐崇嗣、梅行思等，都是当时名震大江南北的画家。后主与大家一起赏花品茶。

茶，是花草茶、绿茶、红茶、白茶，还有宫廷秘制茶。花，是春花。

李煜说："待诏们啊，是朕的父皇仿制西蜀的办法，在皇宫里创办了一个书画院，于是才有了这么一个画院待诏制度。在座的，都是这个制度的得益者。"

高太冲首先叩首道："是啊，我皇万岁万万岁。当初，您的父皇璟与亲王景遂、景达等，也搞过一次雅聚，至今我历历在目。因那年是保大五年的元旦，忽然，天降大雪，您的父皇璟登楼赏雪，但见万里雪飘，琼楼玉宇，瑶台遍布，十分兴奋，不禁与两位太弟，还有大臣李建勋、徐铉一起吟诗宴饮，如此还不过瘾，又将我们这些老朽不才请来，一起创作了一幅《登楼赏雪图》，真的是蔚为壮观、让人刻骨铭心的温暖回忆啊。”

顾闳中说：“嗯嗯，我记得，那幅《登楼赏雪图》是由太冲兄主画中主像，周文矩主画太弟、侍臣，还有使乐供养人像，朱澄画的是楼阁宫殿，董源添画了雪竹寒林，最后是徐崇嗣添画了池沼禽鱼，的确是气象万千，让人难忘。”

朱澄说：“陛下，先皇的确是法眼精湛。他看到我画的楼宇，飞檐上少了风铃，还加了几笔给我添上了，另外又添了几只飞鸟，给那幅《登楼赏雪图》增色不少。”

画院待诏们赞美李煜的父亲李璟，但却不去说李璟的昏聩之事。南唐中主李璟的性格比较懦弱，但是却最喜欢溜须拍马之人，平时人前马后总是跟着一群马屁精，他们的阿谀奉承让李璟十分受用。李璟喜欢文学、绘画、书法、篆刻，自己也常常舞文弄墨，那些臣下就投其所好，谄媚以极。其中，最会哄李璟高兴，同时文学、绘画修养也不错的大臣，一共有五个，都得到了李璟的重用，他们是：陈觉、冯延巳、冯延鲁、查文徽、魏岑，当时就被人称作是“南唐五鬼”。

在这几个人的忽悠下，南唐中主李璟还真以为自己国运亨通、文运昌盛，趁闽国和楚国出现了内乱，就头脑发昏，发兵前去攻打，不仅没有占到便宜，反而损兵折将，耗损了国力。当时，在南唐四周几乎都是南唐的敌人，生存环境很不好。后来，后周的世宗柴荣发现李璟图谋北上拓展疆土，对后周也有威胁，柴荣就发兵攻打李璟。这一仗打了三年，结果是李璟的后唐惨败，他不仅被迫割让了江北淮南的十四个州给了后周，还废去皇帝称号，向后周称臣，丢尽了颜面，丢失了疆土，几年之后，羞愤不堪地死于南昌。

后主李煜是在父亲死后的当年七月即位的。这个时候，赵匡胤已经在北中国建立了北宋政权，实力雄厚，随时都可能南侵。后主李煜害怕被北宋攻打，就使用了宋太祖的年号“建隆”来作为自己朝代的年号。但是，在内心里，李煜是渴望成为一个有作为的帝王的。但内忧外患，即使革除了那些阿谀父皇的“南唐五鬼”也没有用，所以，他的内心很苦闷。

李煜说：“父皇对诸位待诏非常好啊，我也一样。不过，每个人关心的东西不一样，内心里能装下的东西，也不一样。”

众位画家不知道李煜说的是什么意思，所指又是什么，有些茫然。君臣之间在一团和气中，还是有着某种距离的。或者，画家们也隐约看到了李煜内心里的不安。但这种不安是什么，他们又说不清楚。再说了，画院待诏，不过是帮闲文人，与皇上唱和酬酢，替皇上解除点内心的紧张和苦闷，也就不错了。这些待诏们都知道，自己的俸禄和安全在南唐是有保证的，假如是北朝那些粗汉皇帝当政，稍不留心就会被拉去砍头，相比之下，南唐虽然萎靡不振，国土狭小，但这日子还是好过多了。

喝茶，赏花，都是文人雅事，也是李煜排遣内心苦闷的一个办法。众画家们一个个都在继续吹捧着南唐后主，让李煜也是昏昏然兴奋异常。他们填词作文，绘画写字，兼谈佛理，十分愉快。到最高兴的时候，李煜吩咐随从说：“快去，请出来窅娘给诸位画院待诏跳舞助兴！”

窅娘是李煜最为宠爱的一个宫女，这宫女擅长舞蹈，她体态非常轻盈，尤其令人称奇的，是她有一双常年用帛所缠裹的小脚，纤细如新月，小巧若新粽。众位画院待诏早就听说窅娘了，可是还没有见过，都非常高兴。

未几，大家忽然闻到一股异香，在亭台之后转角处走出来一位腰肢细软，体态轻盈到了走路完全没有声音的女子。只见她长得是清秀如朝露，纯美如兰草。她长袖善舞，给皇上叩谢，给众位画家施礼。

李煜说："窅娘啊，你给我们跳一支《莲花乘波》吧。乐师，奏乐，乐女，唱曲。就唱我填写的那阕词。"

乐师、乐女都准备好了，然后开始演奏演唱。乐曲响起，李煜亲自填写的一阕词也唱起来了。

但见那窅娘轻舒莲步，一下就跳上了假山前面的一朵金制的莲花，开始在莲花的花瓣上跳舞，她水袖飘扬，腰肢就像没有骨头一样柔软，在那朵不大的莲花上，她闪展腾挪，她动若脱兔，她安若处子，她慢如移石，她快如闪电，她笑如夏花，她凌厉如剑，她稳如泰山，她轻若鸿毛，她皎洁如月，她似有还无，她若隐若现，她飘飘若仙，她淡然如菊，她浓若彩霞，她狂风大作，她乍暖还寒，她蜻蜓点水，她腾云驾雾，她凌波微步，她似水柔情，她如痴如狂，她万物归一。

众位画院待诏都看呆了。窅娘跳完了舞，从莲花上跳下，施礼之后就退下不见了，真是惊鸿一瞥啊。

李煜感到很得意，也感到兴尽了。"众位待诏可以歇息了。但请高太冲、顾闳中、周文矩三位留步，朕有事与你们说。"

二

其他的画家都走了，就留下了高太冲、顾闳中、周文矩三位。三个画家不知道李煜的葫芦里卖的什么药。等待着李煜说话。

李煜说："朕有内心的苦楚，没有办法倒出来啊。你们不知道，每年朕都要向那北宋皇帝进贡大量的金银财宝、珍玩字画、美女珍馐、特产佳酿，才能够偏安于这一隅，说起来很羞惭啊。"说到了这里，李煜忽然拔出了身上的短剑，挥剑斩断了一截松枝，恨恨地说："我倒是一直想厉兵秣马，收服江北淮南那丢掉的十四州，做一个有作为的君主。可是，可是，我空有大志，手下无能臣强将啊，无能臣强将，我又能怎样？"

高太冲、顾闳中、周文矩看到皇帝对他们说了心里话，都感到惊恐和着急，赶紧叩首："皇上需要我们做的，万死不辞！"

李煜看了看他们三个："也不要你们做什么大事啦。你们又不会带兵去打仗，陪着朕填词作文，写字画画，就不错了，朕已经很开心了。"

高太冲、顾闳中、周文矩稍微放心了一点，他们最害怕的，就是让他们上前线打仗，或者出使北宋，那都是可怕的差事。但他们的嘴上还在说："皇帝万岁万万岁！请吩咐我等任何事，臣下都将万死不辞！"

"不要万死不辞，只要你们为朕做一件小事。"李煜的嘴角浮现出一丝难以察觉的诡秘的微笑。

"一件小事？莫说一件，就是一百件，一千件，臣下也愿意去做。"高太冲说。

李煜笑道："朕幸亏还有你们这些知心人啊。你们与韩熙载熟悉不熟悉？"

三个人面面相觑。说与韩熙载熟悉吧，怕皇上恼怒，说不熟悉吧，分明这三个画家是认识乃至熟悉韩熙载的。

李煜说：“这个韩熙载，你们知道的，是一个有雄才的人。但是朕内心里一直拿不定主意，不知道他到底有没有二心，能不能担当大任。我倒是有任命他为宰相的想法，但是他，我听说他现在是毫无斗志，在家里每天都在大宴宾客，歌舞升平，纸醉金迷，实际上是在借酒浇愁。可是，他有我发愁吗？没有吧，对吧？没有朕这么发愁。我的烦闷谁知道啊。不当皇帝，不会知道当皇帝的苦楚，尤其是我这个皇帝，小皇帝！还是北宋的阶下的小皇帝。羞耻啊，我悲愤啊。朕快要心急如焚了。可是，没有能臣，就没有有作为的皇帝，对不对？从古代到现在，都是这样。这江山绝不是皇帝一个人打下来，也守得下来的，必须要有能臣能将才可以，可是，你们说，朕又能依靠谁？”

高太冲、顾闳中、周文矩连连点头。顾闳中说：“陛下，您是绝世英主，自当有能人相助，也会有天恩眷顾。这个韩熙载，的确是一个相才，但现在他是玩物丧志的名声很大。不过，臣下并没有和他有太多过往，只是认识而已，对他并不了解。”

周文矩也叩首说：“臣下也是和他没有过多交往，就是有时候他宴请文士聚会，请过臣下去过他家里，诗文唱和过。”

高太冲说：“臣下也曾被他邀请去，给他的家伎王屋山画了一幅《六幺舞》。这个王屋山，是他最喜欢的家伎。善舞能文啊。”

李煜说：“有我的窅娘的舞蹈跳得好吗？”

高太冲说：“那自然是比不上了。确实是比不上，不不，简直是天壤之别。”

李煜说：“不瞒诸位臣工，朕的确想拜韩熙载为相。但我听说，他是放任自流，主动低调，不堪重任。有很多关于他的传闻，比如他喜欢男妓，好南风，但也不排斥女人。这朕就奇怪了。难道，他趣味这么广杂？有意思吗？因此，朕很想知道他生活和交往的真相，以便确定是否重用他。朕听说，他夜夜大宴宾客，当宾客到他家的时候，他竟然先让自己家的女仆、舞伎出来迎接，调戏甚至殴击、戏耍来访的宾客，还争夺靴笏，闹得实在不成体统，然后，这个韩熙载才缓步从室内而出，表情暧昧而习以为常。他还结交了不少江湖巫医，以及僧人和炼丹道人，这些出家人在他家也是登堂入室，与女仆、歌伎等杂处一室。这很糟糕啊。我听了很生气，但他是三朝元老，太皇、父皇都很倚重他，我也很想重用他，我都不知道怎么办好了。”

顾闳中揣摩到了李煜的心思，就说：“陛下不必着急，待我等潜入他家，目视心记，画出来给您呈上，您就一目了然了。”

高太冲和周文矩也连连点头：“臣下也就这点本事了！”

李煜感到满意了。“三位臣工，朕是想让你们潜入韩熙载的家中，目视心记，把他家里的环境、人际关系、使用的东西、他的心理状态等各种情况都弄清楚，发挥你们的特长，将你们所见所知，画出来给朕看。然后朕才能决定如何使用他。起码，能够将画呈给他看，让他羞惭，警醒，汗颜，不好意思，丢人，自我批评吧。至于如何潜入他家，与他接近，我想，你们过去与他有各种层次的交往，自会有办法，他也愿意邀请你们前往吧。”

高太冲、顾闳中、周文矩作揖：“皇上万岁万万岁！臣下愿意去目视心记，画下韩熙载的活动，圆满完成任务。”

李煜微微一笑，说：“而且，朕想让你们三个人进行一场绘画比赛，看谁画得好，我会按照一等二等三等来给你们打分，让你们今后的待遇有差别，拉开距离。这可不是小事啊，这是你们三个人关于声誉、技艺和待遇的一场竞赛。谁赢谁输，要看你们的作品了。这画院待诏体制要不要继续保留，就看你们三位的表现了。因此，这是关键时刻。再说了，北宋虎视眈眈，假如我的小王朝倾覆了，皮之不存，毛将焉附？你们这些毛毛，就会被风吹散尽了。”李煜的声调遽然悲愤了起来，“朕忽然来灵感了，拿笔墨纸砚来！朕要填词了！当然，朕喜欢一个人写作，你们三位臣工，退下吧。”

一阵春风，扫落了杏花桃花樱花一大片。三位画家退下去了。

三

这个韩熙载，可不是一个一般人。韩熙载出身于名门，他的曾祖父韩钧担任过太常卿（国务委员），祖父韩殷担任过侍奉御史（监察司法部副部长）；父亲韩光嗣担任过秘书少监（中办副主任）、平卢观察支使（市委副书记）。这么一个显赫的家庭，造就了韩熙载视野的开阔，学识的丰厚。韩熙载自幼喜欢读书，少年时在洛阳一带游学，后来考中了进士。但他的父亲韩光嗣卷进了一场兵变，最终被杀，导致韩熙载不得不南迁江南避祸。他伪装成商贾，渡过淮河，逃入了吴国境内。

生逢乱世，中原能人志士南迁的很多，很多有才华的人都得到南朝那些小朝廷的擢用，但韩熙载虽然才名远扬，但却没有被重用，他只是先后担任了滁州、和州、常州的从事，也就是帮闲幕僚这样的闲官。

当时，在吴国掌握实际大权的是徐知诰，也就是后来的南唐皇帝、烈祖李昪。这个徐知诰也是命运奇特，他本是个孤儿，后来被五代十国时期的吴国武帝杨行密收养，从此改变了命运。接着，他又被吴国大臣徐温收为养子，改名为徐知诰。后来他出镇南京，被封为了齐王。公元 937 年，他感觉自己势力够了，就废掉了吴国皇帝杨溥，自己当了皇帝，也改了名字叫作李昪，以李姓来方便自称是唐朝的后裔。他还把韩熙载召回南唐的都城金陵，让他担任秘书郎一职，并且还让他担任了太子东宫的文翰，也就是太子的老师。

于是，韩熙载每天就在东宫与太子李璟谈天说地，论文作诗。这在东宫一待就是七年。与太子的长期相处，使太子李璟对他的才学十分了解，虽然韩熙载没有被重用，但是却储备了很好的政治资源。

保大元年（943 年），李昪驾崩，太子李璟即位，他立即任命自己的老师韩熙载为虞部员外郎、史馆修撰。员外郎这个官职是执掌五礼、负责拟死去皇帝的谥号的，是国家在礼仪方面的权威，可见李璟对韩熙载这个老师很器重。据记载，韩熙载所起草的诏诰文字典雅，才气横溢，宫廷上下好评如潮。

不过，韩熙载是一个非常有个性的人。他担任知制诰之后，就认真地履行起义务，承担起责任来了。他对于朝中的大事总是要仗义执言，毫不客气。他驳正失礼之处，指摘批评弊端，章疏连连不断，引起了几个朝中权贵的忌恨与不满。中主李璟信任的那“南唐五鬼”，大都对他不满，尤其是宋齐丘、冯延巳更为不满，常常谗言说他放任怪诞，不可靠。这有了朝内的敌人，就使韩熙载日后的仕途命运难以预料了。

也许，性格决定了命运。但话说回来了，韩熙载毕竟是中主李璟当太子时的老师，不看僧面看佛面，又能如何对待他？况且韩熙载才华出众，李璟知道老师的性格狷介狂放，就很袒护他，不仅不怎么听信谗言，还给他“赐紫”。“赐紫”的意思，就是韩熙载可以穿三品以上官员才能穿的紫色袍服，虽然他才是五品官。这说明李璟对他是信任和依赖的，同时，也为韩熙载的进一步提升，做好了铺垫。果然，不久之后，韩熙载又被提升为中书舍人、户部侍郎。这就等于是任命韩熙载为民政部副部长了，进入到朝廷命官的序列。

中主李璟于公元961年病死于南昌。等到后主李煜即位后，任命韩熙载为吏部侍郎、兼修国史。这个位置更为重要了，相当于组织部副部长兼文史办负责人之一。

韩熙载从小就见过各类官员，他的性格狂放，不惧权贵，放诞诙谐。有一个传说很有趣。当时，“南唐五鬼”之一、当朝权臣宋齐丘的实力鼎盛时，竟然以为自己的文章华丽超群，被人吹捧为文采堪比韩愈，他自己竟然也相信。而且，宋齐丘有个毛病，他喜欢到处给人撰写碑志。当时韩熙载的书法已经很有名了，很擅长写八分，所以，每逢有朝廷大臣、名人贵族故去，都由宋齐丘起草刻碑的文字，由韩熙载进行书法缮写。这时，有趣的场景出现了：韩熙载每次誊写宋齐丘的文章时，都用细纸塞住自己的鼻孔，面目僵硬。

有人问他，您这是干吗呢？韩熙载回答：“因为（宋齐丘的）文辞秽且臭，不堪忍受。”

韩熙载还因为改铸钱币的事，与当朝宰相严续在李煜的面前争论起来。在朝廷上，韩熙载辞色俱厉，声震殿廷，搞得场面很难看，宰相的面子下不来，后主这个皇帝的面子也很难看。李煜责怪韩熙载失礼，改任他为秘书监，等于说是降职使用了。但不到一年，又再次任命他为吏部侍郎，并升任兵部尚书、充勤政殿学士承旨，反而又将韩熙载升为国防部长兼中央政策研究室主任，等于进了政治局。

于是乎，这韩熙载在南唐前后三代皇帝的关照下，地位逐渐抬升，因此，人脉广埠，家财颇丰。除了俸禄丰厚，由于他文名远播，书法也好，江南的贵族、士人、僧道等纷纷慕名而来，拿着钱、丝绸缎子和其他稀罕物来找他撰写碑文。甚至有人以一千两黄金的价格，来求韩熙载写一篇文章。加上皇帝的不断赏赐，使韩熙载成为南唐朝臣中为数不多的富有之家。于是，韩熙载才有条件蓄伎养乐，广招宾客，常常在家里宴饮歌舞。

而这时，面对北宋的虎视眈眈，南唐的小日子很不好过。李煜更是心急如焚，每天都睡得不踏实。他很想起用韩熙载为宰相，好好练兵，准备对付北宋的南侵。但是，这个韩熙载，到底靠得住靠不住？他没有把握，就派出了高太冲、顾闳中、周文矩三个宫廷画院待诏，前往韩熙载家里刺探情况。

毕竟，那是一个没有录音、录像和针孔摄像头的年代，皇帝要打探情报，也只能指望画家去看看了。

四

三个月之后，高太冲、顾闳中、周文矩先后完成了各自的“韩熙载宴乐图”，他们派人禀报皇上李煜，说作品完成了。有一天，李煜就让他们抱着自己的画作，前来宫内，给李煜亲看。

这一天，天气晴朗，窗明几净，大堂中，李煜专门让人放好了看画的案几。三个画家鱼贯而入，每个人都抱着一卷子自己的绘画，彼此之间还有不服气和较劲的成分，内心里也多少还有点紧张，不知道今天皇上在他们三个之间，会如何分出一个一二三等来，要知道，这可是和退休后的待遇挂钩的。

李煜见到三位画家完成了任务，十分高兴，说："三位待诏辛苦了。几个月以来，我听说，你们不辞辛苦，又不露痕迹地多次出入韩熙载的家，目识心记，回家又潜心绘画。如今，画作即成，朕十分欣慰，朕估计，朕会看到几幅传世之作的诞生。虽然朕可能会在你们之间分出个一二三来。朕先看高太冲的画吧。"

高太冲拈着胡须，他踌躇满志地将画作放在案几上，不用那些宫人帮忙，他自己缓缓打开了自己的画作。只见这是一幅巨作，长一丈，宽两尺。然后，他说："请皇上和两位同道，上前批评观看。"

李煜和顾闳中、周文矩一起上前，站在了案几跟前。这个高太冲，本来是善于画人物的。早年李璟在位的时候，他画过多幅中主李璟的肖像，可以说是栩栩如生，深得众人赞许。但是，他画的这幅题名为《韩熙载府邸图》，却完全是另外一种风格：

这是一幅四联画，以全景的方法，将韩熙载的那个几进的大园林宅子，连同大门、照壁、一进、二进、三进、池塘、后花园等，全都画了进来。也就是说，高太冲画的是韩熙载的那个由亭台楼阁、四合院、花园、池塘、假山、长廊、花草、树木构成的府邸全景，画面上，房屋、墙壁、柱子、栏杆、瓦件、门窗、家具、亭台，纷纷入画，栩栩如生。在这幅画中，可见韩熙载精心营造的园林大宅是那么的丰富、精致，虽然比不上李煜皇宫的气派，但是却有着皇宫所没有的文人雅趣，曲径通幽，池塘映月，巧夺天工。

在由四幅连接起来的画作中，还可以看到各色人等往来穿梭于这个大宅子里。人物是小的，但是却能够分辨出来是哪些人。有女仆、乐工、僧人、更夫、伙夫、大厨、挑夫，也有歌女、舞伎、妻妾，更有各色官宦文士，来往于这个大宅子。因为是全景画，将韩熙载的住家环境，以无与伦比的精雕细描的方法全部刻画了出来。在四联画中，处处可以看到韩熙载身着玄衣，游走在众人中间。他是这个宅子的真正中心。可以说，这幅画是微缩的韩熙载的生活全景图，也是他微缩的全部府邸的小世界。这个世界包含了居住环境、心境、人物关系、自然与人、园林和内心、植物和动物，男人和女人，都在其中。这几乎是一个小宇宙，一个由韩熙载作为中心的小宇宙。

几个人都看呆了。这幅画作的确是非常宏富，细致，全面，精美。李煜赞叹道："太冲先生是超越了他自己的。在艺术上，你超越了自己的过去画风，你就超越了别人。真是一幅好画、大画、传世之作！韩熙载这家伙算是有福了。多年之后，他人消失了，但是这幅画作会永存下去。"

皇帝如此之高的评价，让高太冲不仅拈须而笑："陛下过奖了！"

李煜赞叹了许久，命令随从将画作卷起来，放在一边，又说："诸位待诏，咱们来看看周文矩画的是啥吧。"

周文矩丝毫都不畏缩，在案几上徐徐展开了自己的画作。他的画作也是横一丈，纵近一尺半。"请大家品评。"

几个人上前，但见周文矩的这幅大画，一共有八段，画名是《欢宴人物谱》，画的全是人物的画像，一个个、一对对、一组组，将韩熙载府上出入的人物，以组合的方式画了出来。等于说，周文矩画出了韩熙载府上参加宴会和聚会，以及他的家庭成员的群像，一共有八十多位。这等于是另外的一幅《八十九神仙卷》，那些组合起来的人物画像，精细、生动，就如同活人在眼前一样。

这个周文矩，本是金陵句容人，他最擅长的，本来是车马、房屋、树林、山景、溪流等大景色，也就是说，本来，那高太冲这次画的，才是他周文矩的绘画专长，可是，他们两个分别采取了对方擅长的技法，明显是在挑战。高太冲善画人物近景，周文矩善画景色远景，可是，如今周文矩画的都是人物的近景写真。而且，他画的这八十九个人，每个人的人像下面都写了名字，标明了他们和韩熙载之间的关系。

周文矩画的这些人物像，衣服的纹路非常逼真有特色，号称“战笔”，行笔瘦硬，似乎受到了李煜的书法风格的影响。这些人物极其生动，似乎是精气神都在动作和神态中。八段连接起来的画作将韩熙载家出入的人物，全部展现出来了。这个周文矩啊！真的是有密探的功夫啊，他是做到了目识心记，做到了一个都不放过，做到了全部都呈现了出来。这等于是给韩熙载的人物关系专门做了一个图谱，等于将韩熙载的那些社会关系、家庭关系做了一个详略得当的图画解说，让人一目了然。

李煜赞叹道：“这些人物真是栩栩如生啊，而且，韩熙载的人物关系、社会关系朕一目了然。朕十分喜欢。这也是伟大的传世之作啊。”

高太冲也佩服地说道：“我本来是善画人物的，但看了周文矩兄的人物，你看那衣服上的皱纹，我画不出。我服气了，服气了。”

李煜说：“好画！卷起来，卷起来。高太冲画出了环境，周文矩画出了人物。都是绘画大师啊。朕有你们几个待诏，实在是幸运呢。”

周文矩得意地笑着，说：“现在，该看闳中兄的画作了，我想看看他是怎么画韩熙载的。”

几个人退后，顾闳中上前，将怀里抱的画在案几上徐徐展开。然后，几个人上前观瞧。许久，大家都说不出话来，包括皇帝李煜也是沉默良久。

但见顾闳中的这幅名为《夜宴图》的画作，一共分为五段，如同连环画一样，将韩熙载夜宴的场景，以人物和动作来结合，纵达一尺多，绢本设色，五个段落，每个段落都有故事和人物，场景和环境。

第一个段落，画的是韩熙载和身着红衣的状元郎粲坐在榻上，在凝听教坊副使李嘉明的妹妹弹琵琶。李嘉明正扭头看着妹妹的演奏，表情生动。旁边还有太常博士陈致雍、门生舒雅、家伎王屋山、紫微朱铣等人。这一段的画面上，一共有十二个人，七男五女，一个个表情专注，但有细微的差别。韩熙载坐在榻上的表情是沉郁、持重，似乎若有所思。

第二段，以屏风与第一段相隔，这一段有八个人物，画的是身着黄衣，长须飘飘的韩熙载亲自擂鼓助兴，而家伎王屋山在那里跳六幺舞，身着红衣的状元郎粲斜靠在椅子上观赏。还有鼓掌打拍子的一男一女、打着连枷的舒雅，以及站立观赏的陈致雍。这一段有趣的是，韩熙载的好朋友德明和尚忽然到来拜访，看到了这一幕，不得不尴尬地站在一侧，掩面低头，不敢睁眼观瞧。

第三段，画的是长髯高帽的韩熙载坐在榻上休息，这一段的画面中有八个人，除了韩熙载，其余七位都是女性，这些女人都是韩熙载府上养的女人，她们拢鬓高髻，头戴金钗，穿着高腰束带长裙。榻上一共有五个女人围着韩熙载，一个侍女拿来了黄铜盆子让韩熙载净手。而在画面的右侧，李嘉明的妹妹倒举着琵琶和竹笛，与一个手拿托盘、端着茶饮上来的侍女在说话，显示了韩熙载纵情于声色，忘情于日常生活的场景。

第四段，韩熙载袒胸露肚，盘腿脱鞋坐在了一张檀木椅子上，表情沉郁，一边挥动扇子纳凉，一边观赏着五个乐女在吹奏一套散曲。而他身边还有三个女人，或者挥打扇子，或者垂手等待，或者在聆听韩熙载的吩咐。而画面的左侧，还有一个男子坐在那里，在用木板打着节拍。这一段，表现的是韩熙载沉醉着听音乐的情况。

最后一段，也就是第五段，画面上一共有八个人，表现的是韩熙载在欢宴结束之后，与客人送行的场面。可见他的两个客人仍旧在与女眷们调笑、旖旎和恋恋不舍，有相互扶持拥抱的，有坐在椅子上，握着女人的手不愿意放开的。而身着黄色便服的韩熙载右手拿着鼓槌，放在腰间，左手落寞而沉郁地挥手告别。画面的最右边，是一个女人在对一个男人说着看到的场景，由屏风所隔开。

这五段如同连续的画面，将韩熙载夜宴的情形全部画了出来，详略得当，有人物有故事，有场景有声音，有情绪有内容，有格调有伏笔。李煜、高太冲、周文矩都看呆了。

许久，李煜说："朕不得不做出评价了。顾闳中的这幅《夜宴图》，是你们三个人中画得最好的。顾闳中，三幅画作，三个画院待诏，这一次，朕评你为第一。第二名是周文矩，你画的八十九个人，实在是好。但是，你的画没有场景，也没有表现出韩熙载的复杂内心。而朕能从顾闳中的这《夜宴图》中，窥探到韩熙载的内心。至于高太冲的这一幅画，虽然是巨细靡遗，虽然是图景万胜，虽然是气象万千，但是，你的画里只有环境，而没有人的内心，人物太小，几乎看不到脸上的表情，尤其是，你没有画出韩熙载的精神状况。所以，朕不得不将你这一幅画排在第三位，也就是末尾了。"

李煜点评完毕，依旧爱不释手、如醉如痴地观赏着顾闳中的那幅《夜宴图》，而顾闳中此时是得意非凡，周文矩是喜忧参半，高太冲则是沮丧至极。尤其是高太冲，他心情一落千丈，趁着李煜还在看画，偷偷拿着自己的那幅《韩熙载府邸图》，一溜烟走了。

高太冲回到了自己的家里，倒在榻上久久不能言语。夫人关切地走过来，问他："夫君，你怎么了？一副闷闷不乐的样子。"

高太冲忽然吐出一口鲜血来，他展开《韩熙载府邸图》仔细地凝视着，忽然，他发狂般地将这幅《韩熙载府邸图》几把就撕成了碎片，"我输了！我输了，输给顾闳中那个家伙了！气死我了！我的退休金从此要少很多了！"

五

几天之后，李煜让韩熙载来宫中谈话，向他出示的画作，就是顾闳中画的《夜宴图》。韩熙载一看，大吃一惊，赶紧跪下磕头，"臣该死，臣沉溺于声色犬马，酒池肉林，该杀啊。"

李煜将他扶起来："且罢！你回去好好反省吧。别的话朕就不多说了。朕的意思，其实你是明白的。你总得给朕一个重用你的理由和契机吧？太皇、父皇对你都曾经恩重有加，可是，朕现在真的不知道该如何对待你了。你先回去吧。"

韩熙载没有说话，泪流满面，躬身而退。

韩熙载回到家里之后，痛定思痛，决定遣散所有他供养的歌舞乐女，削减开支，闭门谢客，静心思过。内心里在想着李煜会不会拿他开刀祭旗。其实，他不善于进行财务管理，已经陷入财务危机当中了。因为，招待宾客是很花钱的，往常，他的俸禄来了，他就赶紧支付给自己养的家伎仆人，自己的手头常常很紧张，现金流严重不足。

李煜以画作来规劝韩熙载的事，很快在南唐的朝内朝外都传遍了。大家都在议论这个事情。高太冲也一病不起，顾闳中是踌躇满志，找他买画的人多了三倍，画价也上涨了十倍。韩熙载就更觉得没有颜面。他遣散了仆人、歌女、舞伎之后，就索性换上破衣烂衫，装成瞎子乞丐的模样，手持独弦琴，让门生舒雅执板，在自家的院子里敲敲打打，还跑到一些老朋友那里去假装乞讨。这是做给议论他的人看的。

对他的这种更加荒诞不经的行为，皇帝李煜听说之后，真是哭笑不得。而其他当朝大臣则不断地给李煜进谗言，给韩熙载上眼药，说，这个韩熙载，如此放诞荒谬，实在是不能重用也不堪重用啊。

李煜也就死了要拜韩熙载为宰相的心思了。

但韩熙载发现，自己虽然是放诞怪异，但他必须要依赖皇帝主子。因为他得到的钱都是财政的钱，是皇帝赐予的。在他实在不能度日的情况下，他就向李煜上表哭穷诉苦。李煜虽然不满，但还是拿了财政的钱补贴他。后来，韩熙载索性不再上朝，被人弹劾，李煜不得不把他贬为右庶子，放逐到外地去了。

韩熙载被放逐，离开金陵的时候，他坐着一辆孤单的马车上路，感觉很凄惨。他在半路上就给李煜写信，表示悔愧，希望皇上将他召回。没有多久，李煜这个厚道、心软的君主，又把他召回来，韩熙载重新登堂入室。虽然担任的还是闲差，但俸禄一点都不少。而他以前所赶走的那些舞歌伎乐女侍女，听说他回来了，又纷纷返回，死心塌地地跟着他。韩熙载就又过上了那种纵情声色的日子。

关于韩熙载假装纵情声色、实为躲避拜相的真正原因，陆游在《南唐书·韩熙载传》里有一种说法：韩熙载曾经对好朋友说，“中原大宋王朝一直对江南后唐小王朝虎视眈眈的，一旦真命天子出现，我们连丢盔弃甲的时间都没有了。在这种情况下，我怎能够去当宰相，成为败军和俘虏，然后成为千古罪人？”

韩熙载有着这样的深谋远虑和对局势的精确体察，也就不难理解他的佯装疯傻，纵情声色，忘情山水之中了。可见，韩熙载的政治抱负是没有了，而亡国当俘虏的命运迫在眉睫，这样的矛盾与痛苦也在深深地折磨着他，使他除了以声色自娱，已别无出路。这就是为什么在顾闳中的画笔下的《夜宴图》中，我们看到，韩熙载即使在欢宴时心情也不欢畅，反而郁郁寡欢、心情沉重的根本原因。

韩熙载是在宋太祖开宝三年，也就是公元970年病死的，享年六十九岁。韩熙载死后，后主李煜非常痛惜，下诏赠韩熙载为左仆射、同平章事，即文臣之首——宰相之职，谥号为“文靖”，这在当时已经是最好的谥号了。

韩熙载死的时候家财早已散尽了，因此，他的棺椁衣衾都由后主李煜赐给。那些美女、侍从、仆人都一哄而散。李煜又命人为他选择墓地，要求必须选在“山峰秀绝，灵仙胜境，或与古贤丘表相近，使为泉台雅游”的地方。后来，他被埋葬在风景秀美的梅颐岭上，与东晋著名大臣谢安的墓相邻。李煜还令南唐的著名文士徐铉为韩熙载撰写墓志铭，命令大臣徐锴负责收集韩熙载的文章，编集成册。这韩熙载虽然生逢乱世，但是却能寿终正寝，也是他审时度势、抱残守缺、以退为进的报答。

韩熙载死后的第四年，也就是公元974年，宋太祖就大举进攻南唐，而李煜竟然不相信宋太祖真的发了大兵前来讨伐他。他天真地以为，北宋的军队过不了长江的天险。结果，宋军用木船搭建了浮桥，十万大军瞬间过江，一举打败了南唐守军。李煜听到的，都是前线失利的消息，但他就是不愿意投降。

宋军攻破金陵之后，李煜决意自杀，让人在宫中堆起了柴草，准备投火自焚。但是当那柴火熊熊燃烧起来的时候，李煜又犹豫、踯躅，没有了自焚的勇气，最后率领群臣投降了。

南唐就此灭亡。李煜被押解到了开封，被宋太祖降为违命侯、光禄大夫。他的行动处处受到监视和限制，因此，只有在幽禁处以填词为消遣，由此，诞生出中国文学史上一个杰出的词人。他的那首著名的《虞美人》，就是这个时候写成的。其哀怨、哀挽、悲伤的情绪被宋太祖所体察到，公元978年，宋太宗派人毒死了他，所使用的毒药叫作“牵机”。

据说，这种毒药药性狠毒，李煜服了之后，头和脚不断地弓曲伸缩，反复伸张、蜷缩达几十次，那动作很像是织布的牵机在织布一样。显然，李煜死的时候十分痛苦，他死后被称为南唐后主，留下了哀名和那些精美的诗词。

利玛窦的一封长信

致无以名状的你：

我必须要给你写一封信。但是，你是谁？说实话，我也不知道。但是我有些话要说，也许，你，您，他，她，它，上帝，都是我要倾诉的对象。过去，我常常给人写信，比如，我喜欢给远在罗马的耶稣会第五任总会长、我的首脑克劳迪奥·阿夸维瓦写信，告诉他我来到中国传教的千辛万苦和取得的点滴进展；我喜欢给在罗马的老校友朱里奥·富里加蒂写信，告诉他我遇到的各种问题，让他帮助我想办法；我还给我的神学老师埃马努埃莱·德戈埃斯写信，告诉他让不信上帝的人信仰上帝是多么的不容易，我给澳门的朋友爱德华多·德桑斯写信，告诉他中国的复杂性；我还给我的密友吉罗拉莫·科斯塔写信，告诉他一些中国人总是认为我懂得炼金术，能够将贱金属变成贵金属，比如银子，因为，他们觉得我似乎从来不缺钱，可是我越是向他们保证我不懂如何将水银变成银子，他们就越不相信我，认为我在撒谎。所以，写信是我最重要的告解和倾诉，表达和分享。

眼下，我必须要写这封信了，我离开意大利已经有二十八年了。在这东方亚洲的大地上，我来回奔走，就是为了宣扬主的恩德，宣扬耶稣基督的福音。但是，有时候，其实我对自己是有所审视的。我的信仰是坚定的，我从来都是上帝的仆人，耶稣基督的信仰者，我带着主所给予的火种，走了那么远，来到了到处都是奇异的风景、植物、打扮古怪的人群中——他们说的话我一句都听不懂，以及散发着独特气味的特别食物的地方，忍住饥肠辘辘不去吃那些怪东西。

这些都还在其次，重要的是，他们还信奉各种妖魔鬼怪，各种神仙。那些东西都是子虚乌有的，都是他们想象出来的。我后来理解到，他们认为，人是大地上的过路客，因此，人是苦命的，悲哀的，他们必须要想象出大于他们生命的东西，能够管他们生前死后的事情的神和鬼，这样就建立了他们的信仰。你就说是信仰也好，是东方野蛮人的胡思乱想也好。可是，我是上帝的仆人，我带来的是耶稣基督的福音，是圣母玛利亚的祝福，是告诉他们原罪和赎罪，是让他们像上帝的羔羊那样，找到正确的世间之路、信仰之路，而不是走到歪门邪道上去，尤其是，去信奉那些古怪的偶像和乱七八糟的神祇。

但是，有人说东方人是野蛮人，我没有来之前，一开始，我也是这么想象的，但是等到我来到了这里，我就不那么看了，我就要给你说清楚了。你看，无论是我到过的果阿，还是澳门，这些地方的人都有他们自己的历史和文化。在印度的海港城市果阿，我看到了商业的繁荣和东方大港风景，到处都是琳琅满目的货物，人种也很复杂，我看到了摩尔人、波斯人、犹太人、阿拉伯人、威尼斯人、土耳其人、意大利人、犹太人、中国人等，到处都是布匹、金银器、香料、药材、玉石，甚至还有鸦片。鸦片贸易是果阿的重要生意，这种东方的热热闹闹，让我觉得我可以在东方待下去。深入到果阿的内部，去认识它、了解它，我就发现了远比希腊和罗马文明更为古老的一种文明和宗教，比耶稣基督诞生还要早的一种文明和宗教，这使我震惊和战栗，使我感到了郁闷和对未来事物的好奇心。

我在果阿认识了一些人，他们告诉我，在不远的亚洲东部，还有一个更为神奇的国度，就这样，我坐船来到了澳门，这个葡萄牙人所建立的桥头堡城市，也在海边上。我在澳门待了一段时间，然后，我向中国的腹地而去，去了广东肇庆，住了很久，从那里又北上到达韶州，然后发生了一些事情，我不得不继续北上，去了江西南昌，在那里，我获得了影响力，结识了当地很多有名的官员和文人，他们争相来看我，就如同观看一只他们不熟悉的动物。他们来看我的时候，还隐藏着三个隐秘的目的：第一个，是相信我有将水银变成银子的能力；第二个，是我能治百病，包括那些稀奇古怪的病症；第三个，是我懂得一种数学，这种数学可以帮助他们记住所有需要背诵的东西，比如“四书五经”的内容，然后用来参加帝国的官员录用考试。

必须承认，我在南昌的日子是愉快的。后来，我觉得应该到这个帝国的都城去，我又跟随一个将军的船队，从南昌沿长江而下，到达了南京。南京！那可是一个有着伟大的城墙和城楼的美丽城市。在南京，耶稣基督的福音得到了传播。然后，我坐一条船，沿着运河北上，到达了北京，大明帝国后来的都城，在那里，我最终靠近了皇帝。虽然我几乎可以说是从来都没有见过他，但我却觉得，我似乎就在大明帝国皇帝的身边生活。这一点，我每次在那高高的红色宫墙的外面溜达的时候，每次我看到了遥远的西山近在咫尺的时候，我就深刻地感觉到了这一点。

中国，的确是一个古怪的国家，这个国家，有很多人，打扮奇特，很多风景也是你们从来都没有见过的。我在前几年写的那本《中国札记》中详细地分析了这个国家。这个幅员辽阔的国家有很多物产。比如，他们无论是老百姓还是官吏或者读书人，都很喜欢养殖花草，有钱和地位的人还建有园林般的后花园，用来创造和享受精致的生活。他们还烧制出了瓷器——这世界上最好和最可爱的物品。他们富于创造性地将煤炭用于取暖和烹饪，他们对山水花鸟的热爱，投射到了一种独特的纸上水墨艺术中。他们懂得欣赏古代的青铜器、陶器，喜欢用毛笔写字，并使之成了世界上独一无二的艺术，这种艺术叫作书法，就是写字的方法。他们还发明了印刷术，用雕刻的木板批量印刷用线装订起来的书籍，便于传播知识。各类的经典、诗词和小说作品，以及作家的文集，家谱和佛教用书很容易被翻印。我亲眼看到雕工们灵巧地用刻刀在一块木板雕刻出相反方向的汉字，简直让我目瞪口呆。

我印象最深的，还是这个国家的交通。他们主要依靠天然的水道，也就是大大小小的河流，河流上总是行走着各类船只，还有一条几百年之前就开凿出来、贯通南北的大运河，从富庶的南方直接通向了北京。成千上万种货物都在内河上运输，商业贸易发达。而大量进贡到京城的东西，有巨大的木材、新鲜的水果、精致的瓷器和丝绸、新鲜鱼类，都在河上的船中储存着，被运往北京。

但是，必须说明，那些内陆的河流也隐藏了很多危险。1592 年，我坐在一个姓石的将军的船队中的一条船上前往南京，本来前半途很顺利，但在江西的赣江上，忽然遭遇了险滩上的激流，结果，我乘坐的船被大浪打翻了，很多人都落水淹死了。幸亏我被主眷顾，我急中生智地、感谢上帝给我在危急时刻送来了绳子，我抓住了一条绳子，然后得救。而我的一个助手，年轻得力的若昂·巴拉达斯则被激流卷走，再也没有出现了。那个南昌的石将军的家财也在这次事故中几乎全部丧失，最终，我们不得不放弃水路，改走陆路，才安全抵达了南京。

这个国家总的说来，并不好战，他们从来都不随身携带武器，男人具有女人普遍具有的仁慈、内向和精细。即使是男人，只要是有点身份，都能花上两个小时来弄头发、整理仪表。但是，这个国家也潜伏着很多危险。它有一个底层的社会，这个底层社会是由盗贼、黑帮、骗子、小偷、流氓所控制的。但是，我从来都不在底层社会游走，我走的是上层路线。可上层路线也有危险。这危险嘛，从哪里说起呢？就从几年以前在北京的一次流言和大搜捕说起吧，那是我遇到的最危险的境遇之一。

当时，在北京流传着一本不知道是谁写的线装书页，说的是当时在宫中有人在酝酿一个阴谋，一些人要将万历皇帝喜欢的一个爱妃的儿子册立为王储，取代已经是王储的皇帝的大儿子。皇帝闻听后大怒，认为这样的谣言是不可饶恕的，就让他的特务机构——东厂锦衣卫进行大搜捕，非要找出流言和制作小册子的源头。很多官吏、学者和诗人，都受到了怀疑和拷打，最后，有人密告说，一个叫作真可的和尚参与了此事，证据是在真可的禅房里，发现了这样一本书。而且，还有人说，是我这个传教士干的。但万历皇帝对我这个从很远的国家来的外国人，是从不怀疑的，因为，散布这样的谣言，对我危险性极大，但皇帝是明察秋毫的。于是，他手下的人就抓捕并且拷打了真可和尚。其实，这个真可和尚是我的老对头，他认为我所宣扬的耶稣基督的福音，是妖言惑众。他曾经当面给我吹牛说，他有一个什么金刚不坏之身，但是，这次东厂对他的拷打，几下子就让他一命呜呼了。我听说了这个消息，心情十分复杂。虽然我们是敌人——他的佛教是我的基督教的敌人，但我还是很希望我们都很好，能够相安无事，各取所需。可是，他的金刚不坏之身是假的，他就这么被打死了。这个事情也就不了了之，最终，皇帝也没有查出来是谁散布了流言蜚语。

还有一次也很惊险：万历皇帝宠信的一个太监名字叫作高寀，他欺骗万历皇帝,说在南海的南边有一个吕宋岛,那里的马尼拉城附近有一座金山、一座银山，金子和银子随便挖，怎么采都采不完。于是，喜欢金银财宝的万历皇帝就听信了，他就派出了一支船队，前往马尼拉去寻找那子虚乌有的金山银山。

这支船队到达了马尼拉，当时，马尼拉被西班牙人统治，那里已经有很多中国人了。他们做生意、打鱼、捕猎等。越来越多的中国人的到来，让当地的西班牙总督感到害怕，他认为中国人、大明王朝即将进攻马尼拉，就发动了一次针对中国人的袭击，杀死了两万个中国人。消息传到了北京，皇帝大怒，同时，他派大臣徐光启来找我，问我，那些西班牙人和我这个金发碧眼的外国人，是不是一伙人。我们意大利人和西班牙人当然、肯定、绝对不是一种人，对不对？但大明皇帝不明白我们之间的分别，他发出了这样的疑问，那就说明，他开始怀疑我了。我当时就赶紧委托徐光启去告诉皇帝，我们意大利人与西班牙人是两个国家的人，我们说的话不一样，服饰、饮食、习惯都不一样。西班牙人是新的海上霸主，是野蛮的家伙。徐光启帮助我把我的说明传到了万历皇帝那里，万历皇帝听了，虽然有些太监在大声叫嚷说我是一个骗子，但是徐光启还是说服了皇帝。徐光启是好样的，他帮助我翻译欧几里得几何学。于是，最终，万历皇帝明白我们和西班牙人不是一种人，他们在马尼拉杀害中国人的行径和我无关。

我忧心忡忡了很多天，既为自己担忧，也为在北京的其他人担忧。好在英明的皇帝没有做出昏聩之举。实际上，中国的皇帝是最为孤独的。只要你进入过他的那庞大的宫殿建筑，见过那些巨大而空阔的亭台楼阁，你就明白这一点了。我在 1602 年第一次进入到紫禁城的时候，就惊呆了。这么空阔的殿堂，皇帝凑巧也不在那里，但他仿佛还坐在金銮殿里，等待着我。于是，我对着空空的金銮殿进行了一次叩拜。是的，那是我最为奇特的见闻。在这座能够容纳三万人的紫禁城里，有万历皇帝的礼仪象群、三千铁甲兵护卫，以及那高大的红墙作为宫墙，守卫着一个孤独的皇帝，他需要对祖宗传下来的江山社稷做出安全保证。所以，中国的皇帝是肩负着最大的责任，也是最为孤独和可怜的。

我记得，在那所宫殿里，我想起来，从广东一路上来到北京，我看到了很多车辆、木船所承载的巨大的树木，那是需要七八个人才可以怀抱过来的木头，据说，都是用来修建这皇宫的。而最令人称奇的，是中国的皇帝活着的时候，就开始修建他的陵墓，这样在他生前就知道他的陵墓是什么样子了。为此，皇帝还十分好奇地通过他手下的太监，前来询问我，关于欧洲国王在丧葬方面的一些习俗和规矩。

我很重视大明皇帝的询问。我联合了几个教士，花了十天的时间，详细地准备了一份材料，有文有图，介绍了欧洲的西班牙国王腓力二世在1598 年的葬礼的规制和情况。万历皇帝对腓力二世的铅制棺材放在了一个木制棺材里，然后又放进一个教堂的石制墓穴中感到了惊异。他让手下太监将中国历朝历代的皇帝的一些丧葬的规矩也转赐给了我们，比如，在汉代的时候，“黄肠题凑”的丧葬方法，与腓力二世的丧葬方式是相似的。皇帝的棺椁就是大棺材里面套着小棺材，然后又被放置在秘密的地下、山中和岩石墓穴里。

其实，最让我恼火的，是关于我喜欢娈童的一个传言。在万历朝中，很多中国官员私下里蓄养男孩子，那是因为公开的嫖妓是禁止的，于是有些官员就喜欢搞同性恋，玩男孩子。而作为上帝的仆人，我们耶稣会的教堂中的大部分人也都是男人，因此，不知道是谁，我猜是记恨我的一个欧洲传教士给罗马写信，说我违反了1566 年教皇庇护四世谴责同性恋的檄文，诬告和指控我在中国犯下了鸡奸的罪行。而且，这样的诬告信，说得有鼻子有眼的，说我用教堂调制出来的特殊麻药，将一个男孩子麻醉了，然后他在我的屋子里待了三天，在这三天里，我不断地鸡奸这个男孩，最后，还把他卖给了一个葡萄牙人。

这绝对是诽谤和诬陷，中伤和造谣。根本没有这样的事情。也许，这是痛恨我们的佛教徒干的？据说，有个耶稣会士将一个信仰佛教的二十岁男子带到了澳门，但愤怒的中国人一定要这个耶稣会士将人交出来，带回到广州，否则，他们将毁灭葡萄牙人的商船，甚至烧毁整个澳门的街道。这件事情当时在广东闹得很大，最终，那个耶稣会士真的交出来了一个二十岁的中国男孩，男孩后来被毒打和严刑。而对我的诽谤，不管是来自哪里，是欧洲人还是中国人，是教士还是佛教徒，都是错误的。在我的内心里，我认为，耶稣会士必须要过一种贞洁的生活，这样才可以接近天使，然后接近上帝。耶稣会士必须要跟各种各样的魔鬼战斗，包括内心的、肉欲的魔鬼。人生而有罪，人，必须要对自己的原罪进行反省，然后对自我进行审视和批评，这样才可以接近上帝的恩德。这是一个教士起码的修养和修行的规则。我是严守这一规则的，因此，当听说了关于我鸡奸男孩的传闻的时候，我先是愤怒，然后，是茫然，最后，是啼笑皆非了，这个传言和我相去甚远，说的就不是我。所以，到了最后，在我解释了之后，我不再理会这样令人恶心的谣言了。谣言止于智者，这是中国人说的一句话，谣言是写在水上的，水走远了，谣言就不见了。

啊，我必须要再次回忆我的生平了。我不能稀里糊涂地忘记我的过去。我父亲做过意大利马切拉塔城的总督，我的母亲是一个家庭妇女，但她希望我到罗马去学习，于是，我十七岁就去罗马学习了。我学习了法律、文学、天文学、应用数学、欧几里得几何学、地理学、透视学和音乐理论，十九岁加入了天主教耶稣会。1577 年，我二十五岁，按照我母亲说的，不仅要到罗马，男人还应该去更远的地方。我先到的是印度果阿，五年之后我来到了澳门，那个时候我才只有三十岁。三十岁！这是一个什么样的年龄?我天资聪颖，很快就学会了汉语，并在广东肇庆传教。我的传教会的小房子，刚好在肇庆高要县的一座很有名的佛塔崇禧塔附近，结果，当地居民认为我的传教破坏了当地风水，就用石块袭击我，希望把我赶走。但是，我的心中有主的召唤，我决意留下来。我结交当地最主要的官员，制作浑天仪、地球仪、日晷等仪器送给他们，给他们讲解新的宇宙观。

这让他们大开眼界，对我的戒备放松了。我还开办了一所教会图书馆，将我带来的大量印刷精美的意大利图书，借阅给当地的学生。不久，新到任的两广总督刘文洋不喜欢天主教，他威胁我要赶走我。我不得不来到了更北面的韶州，在那里，我索性剃发刮胡子，穿上了袈裟，成了和尚的打扮，并取了一个中国名字：利玛窦。后来，我还按照儒家读书人的装扮，打扮成儒雅的读书人，身穿丝绸长袍，蓄发高挽。我绘制了《山海舆地图》，让他们广为翻印，教给他们地理知识。然后，我结交了更多有才学、有地位的中国官员，又来到了南昌。在南昌，我不仅受到了当地巡抚的信赖和欢迎，还拿着我制作的天文仪器、欧洲钟表、玻璃器皿和书籍，结交了两个亲王。我很想到都城北京去，但似乎有一种力量拒绝我这么快就到那里。我到南京盘桓了两年，建立了一所天主教堂，还在苏州传教，结识了当时最为重要的一批官员和学者，尤其是一个著名的文学家和学者李贽。李贽的大胆和反叛的思想，连我都感到惊奇。

1601 年，我获准去北京觐见万历皇帝。我带去的见面礼一共有三十多件，有天主圣母像两幅、《圣经》一部、珍珠镶嵌十字架、万国地图集、自鸣钟、沙漏、玻璃器皿等西方物件。但是在大殿里，我没有亲眼看见皇帝。皇帝据说很久就不上朝了，取而代之的，是一位贴身的大太监，他在垂下的帘子后面接见了我。这个老太监的声音听上去并不女性化，稳重而亲切。后来，我听说，后来万历皇帝陛下对我带来的礼物感到满意和好奇，对自鸣钟尤其感到喜欢，专门在后花园里建筑了一所亭子，来安放那架比较大的自鸣钟，让我定期负责管理和修理，还给我任命了一个职务，让我住在了宣武门内的一个胡同里，发给我固定的俸禄。我在宣武门内建立了一所小教堂，因为皇帝的特许。我就这样在北京扎根了。

后来，我进宫修缮自鸣钟的时候，多次向大明皇帝进献欧洲油画，其中一幅画的是威尼斯的圣马可广场，还有一幅画的是西班牙皇宫以及一所教堂的正面像。

皇帝对我的礼遇，使很多万历朝的重臣，如大学士、宰相、礼部尚书、刑部尚书、礼部尚书、翰林等，都与我有往来。特别是徐光启，他甚至还带着一些官员信奉了天主教，与我一起翻译天文学、数学、几何学和地理学，然后进献给万历皇帝。与此同时，我在徐光启、李之藻的帮助下，将中国的“四书五经”翻译成了拉丁文。我觉得，中国人最需要掌握的，是欧几里得的几何学。在我的口授下，徐光启翻译了《几何原本》，也就是欧几里得几何学的平面几何部分。当徐光启还要翻译后面的立体几何学部分时，我建议暂缓翻译，因为平面几何已经够中国人用了。而立体几何则建立在假设的基础之上，是很难理解的，要慢慢翻译。

当时担任礼部尚书的徐光启将我写的天文学、数学著作《乾坤体义》《经天该》《浑盖通宪图说》等都专门讲解给万历皇帝，还将我带去的浑天仪、地球仪、日晷、天球仪等带给皇帝看，万历皇帝看了这些东西很高兴，说：“过去，朕知道有天圆地方一说，这利玛窦让朕知道了这地也是圆的。因为，他就是坐船跑来的，亲自证明了地是圆的。是所谓天圆地也圆。”

我很想给中国人编制一套历法。万历皇帝也很高兴，派徐光启协助我。但这个事情到现在还没有完成，我心急如焚，也没有办法，因为，后来来找我的人实在是太多了。

我带给中国人的《万国图志》，应该是改变他们的地理观念的书。这本书我在肇庆的时候就专门让人翻印了一些，而中国人只有“国”的概念，而无“洲”的概念，我的《万国图志》告诉他们，除了中国的大明王朝，这个世界上还有许多的国家，许多的陆地、丘陵、山地和海洋。我写得很清楚，这个世界有五大洲，有我的祖国意大利所在的欧罗巴洲还有都是黑色人居住的利未亚洲，以及中国所在的亚细亚洲，还有南北墨利加洲，和地球的南极点的墨瓦蜡尼加洲。在这五大洲的旁边，都是海洋所包围，这就是我们所居住的地球。这个地球是圆的，表面被海水和山峦、草原、冰峰、河流所覆盖。除了这些地理地貌，地球还按照南北的经纬度，从北到南，依次分为五带：北寒带、北温带、热带、南温带、南寒带。其中，赤道贯穿热带的中心线，是地球上最热的地方。而北寒带和南寒带则是最冷的地方。因为地球受到太阳照射的角度不一样，所以就形成了五带。

我带来的这些思想，彻底改变了大明王朝人对万事万物的认识，他们尊敬我的最重要的地方是，我的到来使他们改变了固有的成见，更新了他们的知识。

说起来，数学和天文学是我最擅长的，延伸出来的有地理学，以及用于水利工程的各类机械装置学，如排水机械、水闸、平面曲率技术、光学、透视、测量学、测时法、天体观测、地质学等。我随身带着克拉维斯的《球体》和皮克罗米尼的《地球》，根据这两本书，我能够计算纬度，测算日食月食，制作日晷仪，然后绘制世界地图，等等。我还写了《交友论》和《论记忆术》，从人际关系和人的记忆的角度，来帮助我认识的中国人去更好地理解我们所在的世界。

当然，我还藏起来了一些书籍，没有翻译成汉语。比如，关于欧洲火器，也就是杀人的枪炮、大炮的制作技术的书籍。那都是用来杀人的，不是用来传达善意和主的恩德与爱的。虽然徐光启听说了这些书，竭力让我翻译这些书，但我还是想着应该暂缓翻译。当然，后来我听说有别的传教士帮助他们制作大炮，那是他们的事情，我的兴趣不在这一点上。1607年，在与徐光启合作翻译了《几何原本》的时候，我在序言里，说了一些数学对于军事比其他诸如农业、医术、经商更为重要的话，我甚至断言，数学水平决定了一个国家的军事水平、一个将军打仗的胜负可能，以及一个士兵能否活命的根本。比如，我详细论述了一个将军如果不能计算出他打仗的时候需要的后勤支援的程度，行军路线的消耗和设计，以及地理状况对部队的影响，还有排兵布阵的方法，那么，这个将军打的就是无准备的仗。我不知道我的这段论述是不是被大明王朝的一些有心人注意到了，他们特别希望我翻译那些能够制造大炮和枪支的书籍，他们需要这个。大明王朝面临许多的威胁，比如来自海上的那些倭寇，虽然倭寇只有一些木船，可能够骚扰到内陆几十里的地方，我就觉得奇怪了。这个国家对海洋是排斥的、惧怕的，从来都不愿意到达深海。不过，郑和下西洋又说明了相反的例子，说明了他们的航海技术很高超，但却没有运用到打仗方面。

我感觉今年我特别疲惫。今年适逢大考殿试，从全国各地进京的官员达到五千人，而进京赶考的书生也有五千多人，他们中间的很多人都来慕名拜访我，让我是目不暇接、力不从心。这么多人都来到了北京，他们中间的很多人都想看看我，我要尽量地满足他们的要求，给他们展现欧洲人、我这个上帝的仆人最好的一面。因此，我很疲倦。在北京，达官贵人们喜欢通宵达旦地欢宴，他们花在吃饭的时间上太多了，而我必须要在这样的场合待很久，每次我接到了邀请，参加了他们的宴会，我又要发过来答谢他们。中国人说了，“来而不往非礼也”。这花费了我大量的精力，也让我这个喜欢吃素食的人感到为难。

现在是春天，我每天都在应付着各类的来访，感到头很疼。我觉得我病了，请来了中国医生给我把脉，他们认为我需要休息，需要静养。我做的事情太多了。最近，我还经常做噩梦，梦见我死了，被送回了意大利安葬，但是我却能看到棺材外面发生的一切。

我焦虑地抚摸着我的圣物袋，里面装着我最为珍视的宝物：一个据说是用耶稣被钉上去的那个大十字架的碎片做成的小十字架、一些圣徒的圣骨碎片、一盒耶路撒冷的泥土。我不知道我抚摸这圣物袋是在做什么，显然，我感觉到一种告别的气氛了。

那么，我最想在这个国家实现的愿望实现了吗？没有，我能确认这一点。我最欣赏乃至崇敬的同行，是科东神父，他现在在法兰西国王亨利四世的身边，促使了亨利四世公开宣布放弃新教，改信天主教，科东神父就成了他身边的忏悔神父。这是多么伟大的进展！一个神父让国王在他那里忏悔，我却做不到这一点。

于是，我在昨天梦见了我一直未能见到、但我却时刻感到他在我附近的万历皇帝，最终信奉了天主教，然后，我成了他的忏悔神父，他向我忏悔他所做的一切，尽管他是万寿无疆、无所不能的中国皇帝，却要向主忏悔。假如这个梦将成为真的，那么，我离开人世的时刻，会是多么的幸福。

后 记

我平时喜欢读闲书，乱翻书。其中就读了不少历史书。二三十岁的时候，心态比较浮躁，写了不少当下都市题材的小说。后来，随着年龄的增长，心慢慢静下来了，读书也更加杂乱。在阅读历史著作的时候，我时常会萌发写些新历史小说的念头。

这本书可以说就是这样一种心态下的产物。因为我不喜欢重复自己，或者说，每次写部小说，总要稍微有些变化，或者题材，或者结构，或者叙述语调等。可以说，我的左手写了不少当代题材的小说，右手，就又写了一些历史小说。

十多年下来，我写的历史小说，有几部长篇小说，主要是《中国屏风》系列四部，以近代历史上来到中国的外国人为主角。现在这一本则是十一篇中短篇小说。其中，有三部中篇小说：《长生》《安克赫森阿蒙》《楼兰三叠》，其余八篇是短篇小说。从题材上看，中外都有，不同历史时期都有，都是依据一些史实所展开的一点想象。

收在这里的《长生》，是这篇小说的“中篇版”，因为我后来扩充成一个十五万字的长篇小说，也出过一次。但我也很喜欢这篇小说的中篇版。小说写的是 13 世纪初期，丘处机道长正在成为人间新霸主的成吉思汗的召请，不远万里，前往如今的阿富汗兴都库什山下与成吉思汗面见的故事。我在上大学的时候，读了丘处机的一些诗作，非常喜欢，就对这个人物产生了兴趣。何况他又是中国道教的著名人物。因此，才有了《长生》的中篇版和长篇版。其实，假如今后有时间，我还想再把《长生》的小长篇扩展成大一点的长篇，类似吴承恩的《西游记》那样，虚构出丘处机带着十八个弟子，一路上与妖魔鬼怪斗法的故事，这样是不是更有趣呢？

《安克赫森阿蒙》是一篇关于埃及法老图坦卡蒙的小说。图坦卡蒙的死因到现在都没有定论，十分神秘。我某年出国，在异乡的宾馆里看电视的时候，看到了一部纪录片，讲的就是考古学家对图坦卡蒙的金字塔进行发掘的情况，后来我又读了几本关于埃及法老的书，有一天兴之所至，就写了这篇小说。

《楼兰三叠》写的是关于楼兰的故事。小说分成三个部分，其中，第一个部分是楼兰毁灭的想象，第二个部分，是斯文•赫定发现楼兰的情况，第三个部分是我本人在某年去楼兰的所见所闻。等于说，这篇小说由历史到现实，由远及近，由想象到今天的这么一个时间的过渡。上下穿越了一千多年。

还有几部短篇小说，如《一个西班牙水手在新西班牙的纪闻》《李渔与花豹》《鱼玄机》这三篇，是 2000 年之前就写了的，这一次收入在这里，我又做了详细的修订和改写。这几篇小说的主人公分别是十六世纪的西班牙水手、明末清初的大文人李渔、唐代中期的著名女诗人鱼玄机等。

后面几篇是我新近写的。《瘸子帖木儿死前看到的中国》，讲述了瘸子帖木儿险些对明朝中国发动战争的故事。据历史学家说，假如帖木儿不是碰巧死了的话，明朝将面临最大的一场危机。

《玄奘给唐太宗讲的四个故事》取材于《大唐西域记》，我挑选了几个对唐太宗应该有触动的故事，由玄奘亲口讲给了唐太宗听。

我一直很喜欢《韩熙载夜宴图》这幅画，最终，导致了《三幅关于韩熙载的画》的写作。我想象了历史上失传的、关于韩熙载的另外两幅画的情况，以及韩熙载和李煜之间的关系。

《色诺芬的动员演说》取材自色诺芬本人的著作《长征记》，色诺芬是古希腊很有名的作家，他的多部作品被翻译成了中文。我一直对希腊罗马时期的历史著作有兴趣，这篇小说不过是随手一写。因为，我曾经做过一个梦，梦见我在一座古城里醒来，而一个古代的人在我的耳边说："这是亚历山大大帝所征服和建造的城市，它是亚历山大城！"众所周知，亚历山大很年轻就去世了，死之前他已经建立了很多亚历山大城，他的远征路线一直到了印度。我不知道我今后会不会写一部关于亚历山大大帝的长篇小说。我觉得是可能的，因为，我对他的生平特别有兴趣。

《利玛窦的一封信》则是我有一天去北京市委党校，看到利玛窦的墓地之后，产生了写一篇小说的想法，取材于他的《中国札记》和史景迁的研究著作《利玛窦的记忆之宫》。读了这篇小说，你一定会对利玛窦有一个基本的了解。

一切历史小说也都是当代小说，正如克罗齐说过，"一切历史都是当代史"。我在写这些小说的时候，有意地、尽量去寻找一种历史的声音感和现场感，去绘制一些历史人物的声音和行动的肖像。这可能是我自己的历史小说的观念吧。

这十一篇小说，于我是一种题材的拓展和大脑的转换，假如能给读者带来一点对历史人物的兴趣和会心的微笑，我觉得就很好了。